暨南大学中华文化港澳台及海外传承传播协同创新中心
资助出版

暨南中文名家文丛

主编　程国赋　贺仲明

秦牧集

李亚萍／编

人民出版社

秦牧（1919—1992）

1938年秦牧（前排左二）送别将赴延安参加革命的朋友陈远高（前排右二）、
文讯（后排右一）等

1978年3月，在北京参加全国科学大会
（前排右起依次为秦牧、徐迟、陈景润、黄宗英）

20 世纪 80 年代秦牧与妻子在阳台合影

总　序

程国赋　贺仲明

作为中国第一所由政府创办的华侨学府，暨南大学从创办开始就与中华文化传承传播息息相关。学校的前身是 1906 年清政府创立于南京的暨南学堂，后迁至上海，1927 年更名为国立暨南大学。抗日战争期间，迁址福建建阳。1946 年迁回上海，1949 年 8 月合并于复旦大学、交通大学等高校。新中国成立后，暨南大学于 1958 年在广州重建，"文革"期间一度停办，1978 年在广州复办。暨南学堂的创办，与清政府"宏教泽""系侨情"的考虑密切相关。"暨南"二字出自《尚书·禹贡》："东渐于海，西被于流沙，朔南暨，声教讫于四海。"意即面向南洋，将中华文化远播到五洲四海。2018 年 10 月 24 日，习近平总书记视察暨南大学并发表重要讲话，肯定学校"作用独特"，指示学校"把中华优秀传统文化传播到五洲四海"。

暨南大学中文系成立于 1927 年，已有 94 年的发展历史，是暨南大学成立最早的院系之一。自此以来，中文系以其深厚的人文底蕴和国学基础，以传播中华文化为己任，坚持"宏教泽而系侨情"的办学宗旨，培养和造就了一代代人文英才，成为暨南大学办学历史上有着重要地位和影响的学系。

在中文系的发展历史上，名家荟萃，群星闪烁，1949 年以前的各个时期，夏丏尊、方光焘、龙榆生、陈钟凡、郑振铎、许杰、刘大杰、梁实秋、沈从文、李健吾、钱锺书、洪深、曹聚仁、王统照、何家槐、沈端先（夏衍）等一大批名彦学者亲执教鞭，授业解惑。1958 年暨大在广州重建后，萧殷、黄轶球、何家槐、郭安仁（丽尼）、秦牧等著名专家、学者、作家在中文系任教。可谓鸿儒硕学，流光溢彩，有云蒸霞蔚之盛。这些专家、学者不仅有着很深的学术造诣和学术成就，而且拥有浓厚的家国情怀。在随学校几度搬迁的过程中，在暨南大学坎坷曲折的办学历程中，一代又一代暨南大学中文系的师生以爱国爱校、坚忍不拔、顽强拼搏、不折不挠的精神践行着"忠信笃敬"的暨南校训。以抗日战争时期发生在暨南园的"最后一课"为例，1941 年 12 月 8 日，太平洋战争爆发。日军坦克开进上海租界，并炮击停泊在黄浦江上的英美军舰。这天早晨，学校举行会议，作出了悲壮而坚毅的决定："当看到一个日本兵或一面日本旗经过校门时，立刻停课，将这所大学关闭。"何炳松校长含泪向教师们宣布后，大家分头准备上课。上课铃响了，学生们如往日一样坐在座位上。教师们宣布了学校的决定，学生们脸上呈现出坚毅的神色，静静地坐着，听老师在讲台上严肃而镇静地讲授"最后一课"。在郑振铎撰写的《最后一课》（收入《蛰居散记》，上海出版公司 1951 年版）中，他用沉重的笔调记下了暨南大学百年历史上最为悲壮也最为神圣的一幕：

> 我不荒废一秒钟的工夫，开始照常的讲下去。学生们照常的笔记着，默默无声的。
>
> 这一课似乎讲得格外的亲切，格外的清朗，语音里自己觉得有点异样；似带着坚毅的决心，最后的沉着；像殉难者的最后的晚餐，像冲锋前的士兵们似的上了刺刀，"引满待发"。
>
> 然而镇定、安详、没有一丝的紧张的神色。该来的事变，一定会来的。一切都已准备好。
>
> 谁都明白这"最后一课"的意义。我愿意讲得愈多愈好；学生们

愿意笔记得愈多愈好。

讲下去，讲下去，讲下去。恨不得把所有的应该讲授的东西，统统在这一课里讲完了它；学生们也沙沙的不停的在抄记着，心无旁用，笔不停挥。……

没有伤感，没有悲哀，只有坚定的决心，沉毅异常的在等待着；等待着最后一刻的到来。

远远的有沉重的车轮辗地的声音可听到。

几分钟后，几辆满载着日本兵的军用车，经过校门口，由东向西，徐徐的走过，当头一面旭日旗，血红的一个圆圈，在迎风飘荡着。

时间是上午 10 时 30 分。

我一眼看见了这些车子走过去，立刻挺直了身体，作着立正的姿势沉毅的合上书本，以坚决的口气宣布道：

"现在下课！"

学生们一致的立了起来，默默的不说一句话，有几个女生似在低低的啜泣着。

没有一个学生有什么要问的，没有迟疑，没有踌躇，没有彷徨，没有顾虑。个个人都已决定了应该怎么办，应该向哪一个方面走去。

赤热的心，像钢铁铸成似的坚固，像走着鹅步的仪仗队似的一致。

从来没有那么无纷纭的一致的坚决过，从校长到工役。

这样的，光荣的国立暨南大学在上海暂时结束了她的生命。默默的在忙着迁校的工作。

这天早上，王统照教授给学生讲的是大学一年级国文课，内容是陆机的《文赋》。徐开垒从学生的角度记述了"最后一课"对他心灵的震撼和终身的影响：

　　这天他的脸色非常严肃，课堂上一片静寂，而我们回头从阳台上望下去，康脑脱路上却是一片乱哄哄，但见日本军队卡车正在马路上横冲直撞，卡车的喇叭声像鬼哭狼嚎。王统照老师像法国著名作家都德的短篇小说《最后一课》里的韩麦尔先生那样认真地坚持讲课，在到剩下最后一刻钟时间，他才终于放下课本（讲义），讲课程以外的话了。

　　他的神情是这样严峻，在他黑瘦的脸上，从玳瑁边眼镜里射出极其严肃的眼光，用十分沉痛又十分关切爱护的口气对我们说：

　　"同学们，刚才何校长与我们许多教师商量，决定向全校师生员工发出通知：学校从现在开始，停办了！因为日本军队已经开始进入租界！我们决不能让敌人来接管我们的学校！今天这一节是最后一课，我们现在要解散了！"……

　　多么沉痛的现实！多么使人刻骨铭心的难忘印象！这时我又忽然听到王统照先生对我们讲话了：

　　"同学们，你们都很年轻，都二十岁不到吧？我们的日子正长，青年人要有志气，要有能冲破黑暗的精神，学校可能内迁，你们跟不跟学校到内地去，何校长说过了：这要看每个人的家庭环境来定，不要勉强。问题在不论留下来，还是跟着内迁，都要有个精神准备，这就是坚持爱国，坚持抗日！……"（徐开垒：《何炳松校长的爱国主义精神》，载刘寅生等编：《何炳松纪念文集》，华东师范大学出版社1990年版）

　　后来，何炳松曾对人谈及当时的情况，说："与学校同仁共同经过'一·二八'之变，经过'八·一三'之变，又经过'一二·八'之变。我们忍受，我们镇定，我们照应该做的步骤，默默地做去。我们没有丢自己的脸，没有丢国家民族的脸。在事变已过，局势大定以后，总是邀少数友好喝一次酒。我们斟了满满的一大杯'干了吧！'一饮而尽。"（阮毅成：《记何炳松先生》，载刘寅生等编：《何炳松纪念文集》，华东师范大学出版社1990年版）正所谓仰天俯地，无愧于心！暨南百年，屡遭磨难，三度停办，数易其址，而终保华侨高等教育而不断，实有赖于是。

暨南大学中文系前辈学者的学术精神和家国情怀滋养、鼓励着一代代的中文人。在几代人的共同努力下，目前，暨南大学中文学科获得快速发展，在学科建设、人才队伍、教学、科研、社会服务等各方面均取得突出的成绩，截至2021年，本学科拥有一级学科博士点、博士后流动站、国家文科基础学科人才培养和科学研究基地、文艺学国家重点学科（2007年）、广东省一级攀峰重点学科。其中，国家文科基础学科人才培养和科学研究基地是全校唯一一个同类的研究基地；本学科拥有国家教学名师、长江学者特聘教授、青年长江学者、国家"万人计划"哲学社会科学领军人才、青年拔尖人才、教育部新世纪优秀人才等国家级人才20人次，广东省高校珠江学者特聘教授、广东省"千百十工程"国家级、省级培养对象等省级人才25人次，其中，长江学者特聘教授、青年长江学者、国家"万人计划"哲学社会科学领军人才、教育部新世纪优秀人才、广东省高校珠江学者特聘教授、广东省"千百十工程"国家级培养对象等人才称号的获批，均实现我校在同一领域的突破；目前本学科在研的国家社科基金重大项目14项，近五年新增国家社科基金项目62项；在2020年第八届教育部高等学校优秀成果奖评选中，中文系教师共获得一等奖1项、二等奖3项，这是全校迄今为止第一个教育部高等学校优秀成果奖一等奖，实现我校在科学研究领域的重要突破；近年来本学科教师发表论文715篇，其中在《中国社会科学》《文学评论》《文艺研究》《中国语文》等权威期刊发表论文125篇；入选首批国家级一流本科专业，在2020年软科中国最好学科排名中，暨南大学中文学科进入全国前 5%，在全国排名第九。2020 年 9 月，依托暨南大学文学院，中华文化港澳台及海外传承传播协同创新中心被教育部认定为省部共建协同创新中心，这是全国侨务系统第一家，同时也是广东省第二家人文社科类省部共建协同创新中心，协同创新中心的认定对于向港澳台和海外传播中华文化、对于包括中国语言文学学科在内的暨南大学文科的发展将起到很好的推动作用。

暨南大学中文系薪火相传，生生不息。目前，学科处在一个重要的发展时期。中文学科入选广东省高水平大学建设的行列，入选"冲一流、补短板、强特色"重点建设的学科。在国家双一流建设以及广东省高水平大学建设的征程中，暨南中文人将在前辈学者打下的扎实基础上不断开拓，力争将学科建设提上一个新的台阶。

为了纪念曾经在暨南大学中文系工作、任教过的前辈学者，为弘扬他们的学术精神和家国情怀，经中文系系务会集体讨论，决定编撰"暨南中文名家文丛"。暨南大学中文系前辈中优秀学者云集，我们无法悉数纳入，只能依据一定的选取原则。具体有三：一是学术或创作成就卓著；二是与暨大中文系渊源深厚；三是业已辞世。在此原则上，我们选取了夏丏尊、方光焘、龙榆生、郑振铎、刘大杰、许杰、王统照、何家槐、秦牧、萧殷等 10 位教授，编撰文集。其他许多名家大家，只能留遗珠之憾了。我们编撰该文丛的目的，既表达我们对前辈学者的崇高敬意，同时也希望更多的后来者知晓来路，立足当下，展望未来。这套丛书由中文系 10 位年轻老师主持编撰，分两年出版。

最后说明一下编选体例。版本方面，我们采用初版本和善本相结合的方式。编选上，尽量保留原文风格，但对一些术语、译名上的差异，以及异体字、标点符号等，则按照现在标准给予修订。个别逻辑错误或文字疏漏，也进行了补正。

　　"暨南中文名家文丛"的编撰得到中华文化港澳台及海外传承传播协同创新中心和广东省高水平大学经费的支持，得到人民出版社的大力支持，特此致谢。

2021 年 10 月于广州

目 录
CONTENTS

前　言

李亚萍

　　说到秦牧，大家自然就想起《花城》《土地》等脍炙人口的散文名作，他与杨朔、刘白羽并称中国当代散文三大家。而秦牧亦是一位知识广博、视野开阔、治学严谨的批评家、历史研究者、小说作家、儿童文学创作者，从二十世纪四十年代至九十年代，秦牧笔耕不辍，为后人留下了丰富的文学资源。秦牧长期生活在广州，曾担任《羊城晚报》副总编辑、广东省作协副主席、《作品》杂志主编、暨南大学中文系兼职系主任、中国当代文学研究会副会长等职务，为广东文学的发展和人才培育作出了巨大贡献。

　　秦牧的一生可以说是为文学的一生，从小便对文学情有独钟。1919年秦牧出生于香港一个破落的华商家庭，取名林派光。1922年全家搬至新加坡，7岁时秦牧进入新加坡大坡市潮州会馆兴办的端蒙小学读书。童年的秦牧喜欢看马戏，爱读书，经常阅读冰心、张天翼等人的作品，他也喜欢各种动物，这为他以后创作儿童文学积累了素材。1932年父亲生意失败，举家迁回故乡澄海县东里镇樟林乡。秦牧入读汕头市立第一中学，取学名为林顽石，初二时以"顽石"为笔名写作。1936年夏，秦牧再次来到香港，考入华南中学，改名林觉夫。此时，他开始接触鲁迅、巴金、茅盾、艾思奇等人的著作，对文学和哲学产生了浓厚的兴趣，也因家境不好常写些稿子挣取生活费用。

　　西安事变爆发后，秦牧积极参加学生救亡运动，开始撰写文艺评论等在《大众日报》《东方日报》发表。1938 年他离开香港，奔赴广州参加前锋剧社，从事抗日宣传工作。同年进入《中山日报》担任助理编辑，并以林觉夫署名写作。1939 年《中山日报》在韶关复刊，秦牧任副刊编辑，开始用"秦牧"作笔名，这个寓意结束秦朝的苛政，在关中自由放牧、纵情驰骋的笔名，一直沿用至今。不久因其思想倾向进步而被变相开除，从那时起至 1944 年，秦牧主要辗转于粤桂两省，做过部队政工人员、报纸编辑、中学老师等，职业经常变动也常失业，写作就成为他唯一固定的收入来源。这一时期，秦牧的作品主要以杂文为主，大多发表在《广西日报》《大公晚报》上，他以青年杂文家的战斗姿态逐步登上文坛。

抗战胜利后，秦牧参加了与解放区工会合作的中国劳动协会工作，任《中国工人》周刊编辑，关注重庆工人待遇，反对政治迫害。《中国工人》停刊后，秦牧开始了三年的专业写作生涯，撰写了大量杂文、小说、寓言、人物传记及文艺理论等。这些作品主要发表在《华商报》《大公报》《文汇报》《光明报》《文艺生活》等刊物上。1947 年 6 月秦牧的第一部作品集《秦牧杂文》由叶圣陶先生审定，在上海开明书店出版，该书于 1948 年再版。同年文学评论集《世界文学欣赏初步》在香港生活书店出版，受到文学爱好者的欢迎，次年又再版，1950 年更名为《世界文学欣赏》在上海三联书店出版。

新中国成立后至"文化大革命"前，秦牧都在广东省任职，先后担任过广东省文教厅科长（主编《广东教育与文化》杂志）、中华书局广州编辑室主任（主编发行于海外各国的《中华通俗文库》）、中国作家协会广东分会副主席、《羊城晚报》副总编辑等工作。这一时期秦牧接连出版了散文集《贝壳集》《星下集》《花城》《潮汐与船》，中篇小说《黄金海岸》，童话集《蜜蜂和地球》，儿童故事集《在化妆晚会上》，完成了三十万字的长篇小说《愤怒的海》等作品。其中散文名篇《花城》《土地》《古战场春晓》《社稷坛抒情》

《菊花和金鱼》等作品陆续被收入大学、中学课本。

"文化大革命"开始后秦牧遭到巨大冲击，1968年被下放粤北英德"五七干校"劳动改造。1973年调回广州，任广东省文艺创作室副主任，担任《作品》杂志副主编。1978年后，秦牧的作品基本以"一年一书"的速度与读者见面，各种文集不断出版和再版，散文集《长河浪花集》（1978）、《长街灯语》（1979）、《花蜜与蜂刺》（1980）、《晴窗晨笔》（1981）、《北京漫笔》（1982）、《秋林红果》（1983）接连面世，《花城》也不断再版，文艺论集《语林采英》和长篇小说《愤怒的海》均相继面世。这是他写作生涯的第二个高峰期，勤奋、努力和专注成就了他的文学，正如秦牧在回顾自己的文学生涯时所说："一个年轻人立志要干什么，怀着锲而不舍、死生以之的精神，如果不是在激流中沉没，再也不浮出水面的话，那么到头来总是可以在若干程度上实现自己的初衷的，我自己的经历就是这样。"①而1992年10月14日晚，秦牧因心脏骤停离开人世，书桌上留下的是一个尚未开写的文章标题。

秦牧因其侨居经历、对海外侨胞的由衷关切（中篇小说《黄金海岸》、长篇小说《愤怒的海》）以及在创作中体现出来的对"出洋"题材的偏好（散文《故里的红头船》《在遥远的海岸上》《潮汐和船》等），与暨南大学渊源深厚。泰国华侨学生刘助桥回忆"第一次见到秦牧，是在1963年春天，在广州暨南大学礼堂里，听他作访问古巴的报告"②。此时的秦牧刚从古巴考察归来，收集了许多古巴华侨的资料，准备写作长篇小说《愤怒的海》。报告会后不久，秦牧便作为客座教授到暨大中系讲学。秦牧的讲课和他的写

---

①　秦牧：《半生文学生涯的缩影——〈秦牧自选集〉序》，《秦牧自选集》，花城出版社1984年版，第3页。

②　刘助桥：《忆秦牧》，《边疆文学》1998年第2期。

作一样，"善于从古今中外不同的领域，选择最有启发性的例子来进行说明问题，深入浅出，生动精彩"。

1979 年 9 月，秦牧兼任暨南大学中文系主任，虽没有承担实际的事务性工作，但他在创作上的成就及文坛影响力极大地促动了暨大中文系的办学。秦牧经常邀请作家进校园讲座，并亲自示范鼓励学生创作，这对当时的中文系学生起到了较好的引导作用。本书选取的文艺评论大部分写于该时期，且在当时的读者中受欢迎程度较高。秦牧也对家乡的青年多加提携，帮助他们走上文学之路，如黄国钦、陈放、陈慧中等，都深深记得这位老前辈对他们的引导和帮助。"你的散文写得不错，寄给我的几篇我都看了，总的印象还可以，你要保持这种创作势头，不要松懈。"[①] 秦牧的作品和精神影响了一个时代的年轻人，而今，让我们再次通过他的文字来怀念他！

本书的选编主要突出秦牧作为散文家和文艺评论家的成就，故选取他的散文代表作、文艺散论及创作谈分成三辑呈现。读者可重温秦牧经典散文的魅力，同样也可窥见秦牧对文艺创作、文学现象的分析及其创作经验谈，这类文艺杂谈虽短小却十分具有启发性，深入浅出，娓娓道来，对诸多刚踏入文学之门的青年人而言是非常宝贵的经验。

---

① 黄国钦：《秦牧和家乡》，《延河文学月刊》2009 年第 1 期。

| 第一编 |

散文撷英

社稷坛抒情 *

北京有座美丽的中山公园，公园里有个用五色土砌成的社稷坛。

社稷坛是北京九坛之一，它和坐落在南城的天坛遥遥相对。古代的帝王们，在天坛祭天，在社稷坛祭地。祭天为了要求风调雨顺，祭地为了要求土地肥沃。祭天祭地的终极目的只有一个：就是五谷丰登，可以"聚敛贡城阙"。五谷是从地里长出来的，因此，人们臆想的稷神（五谷）就和社神（土地）同在一个坛里受膜拜了。

穿过古柏参天，处处都是花圃的园林，来到这个社稷坛前，突然有一种寥廓空旷的感觉。在庄严的宫殿建筑之前，有这么一个四方的土坛，屹立在地面，它东面是青土，南面是红土，西面是白土，北面是黑土，中间嵌着一大块圆形的黄土。这图案使人沉思、使人怀古。遥想当年帝王们穿着衮服，戴着冕旒，在礼乐声中祭地的情景，你仿佛看到他们在庄严中流露出来的对于"天命"畏惧的眼色，你仿佛看到许多人慑服在大自然脚下的神情。

这社稷坛现在已经没有一点儿神秘庄严的色彩了。它只是一个奇特的历史遗迹。节日里，欢乐的人群在上面舞狮，少年们在上面嬉戏追逐。平时则有三三两两的游人在那里低徊。对，这真是一个激发人们思古幽情的好所在！作为一个中国人，可以让这种使人微醉的感情发酵的去处可真多呢！你可以到泰山去观日出，在八达岭长城顶看日落。可以在西湖荡画舫，到南京鸡鸣寺听钟声。可以在华北平原跑马，在戈壁滩上骑骆驼。可以访寻古代宫殿遗迹，听一听燕子的呢喃，或者到南方的海神庙旁，看浪涛拍

---

* 原载《北京日报》1956 年 11 月 14 日，同时刊载于《作品》1956 年第 11 期。本文选自《秦牧全集》（增订版）第 1 卷，广东教育出版社 2007 年版，第 222—228 页。

岸……这些节目你随便可以举出一百几十种来，但在这里面可不要遗漏掉这个社稷坛！这坛后的宫殿是华丽的，飞檐、斗拱、琉璃瓦、白石阶……真是金碧辉煌！而坛呢，却很荒凉，就只有五色的泥土。然而这种对照却也使人想起：没有这泥土所代表的土地，没有在大地上胼手胝足的劳动者，根本就不会有这宫殿，不会有一切人类的文明。你在这个土坛上走着走着，仿佛走进古代去，走到一望无际的原野上，在那里，莽莽苍苍，风声如吼。一个戴着高冠、穿着芒鞋的古代诗人正在用他的悲悯深沉的眼睛眺望大地，吟咏着这样的诗句：

> 朝东西眺望没有边际，
>
> 朝南北眺望没有头绪，
>
> 朝上下眺望没有依归，
>
> 我的驱驰不知何所底止！
>
> ……
>
> 九州究竟安放在什么上面？
>
> 河床何以洼陷？
>
> 地面，从东至西究竟多少宽，从南至北多少长？
>
> 南北要比东西短些，短的程度究竟是怎样？

（屈原：《悲回风》和《天问》，引自郭沫若译诗）

这不仅仅是屈原的声音，也是许许多多古代诗人瞭望原野时曾经涌起的感情。这种"大地茫茫"的心境，是和对于自然之谜的探索和对于人间疾苦的愤慨联结在一起的。

想一想这些肥沃土地的来历，你会不由得涌起一种遥接万代的感情。我们居住的这个星球，最古老时代原是一个寂寞的大石球，上面没有一株草，一只虫，也没有一层土壤。经过了多少亿万年，太阳风雨的力量，原始生物的尸骸，才给地球造成了一层层的土壤，每经历千年万年，土壤才增加薄薄的一层。想一想我们那土壤厚达五十米的华北黄土高原吧！那该是大自然在多长的时间里的杰作！但这还不算，劳动者开辟这些土地，是和大自然进行过多么剧烈的斗争呀！这种斗争一代接连一代继续着，我们仿佛又会见了古代的唱着《诗经》里怨愤之歌的农民，像敦煌壁画上面描绘的辛勤劳苦的农民，驾着那种和古墓里挖掘出来的陶制高轮牛车相似的车子，奔驰在原野上，辛苦开辟着田地。然而他们一代代穿着破絮似的衣服，吃着极端粗劣的食物。你仿佛看到他们在田野里仰天叹息，他们一家老小围着幽幽的灯光在饮泣。看到他们画红了眉毛，或者在头上包一块黄布揭竿起义，看到他们大批地陈尸在那吸尽了他们的汗水然后又吸尽了他们鲜血的土地。想一想，在原始社会中他们怎样匍匐在鬼神脚下，在阶级社会中他们又怎样挣扎在重重枷锁之中。啊，这些给荒凉的大地铺上了锦绣花巾的人们，这些从狗尾草、蟋蟀草中给我们选出了稻麦来的人们，我们该多么感念他们！想象的羽翼可以把我们带到古代去，在一家家的门口清清楚楚看到他们在劳动，在饮食，在希望，在叹息，可惜隔着一道历史的门限，我们却不能和他们作半句的交谈！但怀古思今，想起了我们这个时代的农民是几千年历史中第一次真正挣脱了枷锁，逐渐离开了鬼神天命的羁绊的农民，我们又仿佛走出了黑暗的历史的隧洞，突然见到耀眼的阳光了。

你在这个五色土坛上面走着走着，仿佛又回到公元前几千年去，会见了古代的思想家。他们白发苍苍，正对着天上的星辰，海里的潮汐，陶窑的火光，大地的泥土沉思。那时的思想家没有什么书籍可以阅读参考，日月经天，江河行地，四时代谢，万物死生的现象，都使他们抱头苦思。他们还远不能给世界的现象说出一个较完整的答案。但是他们终究也看出一点道理来了，世间的万物万事，有因有果，有主有从，它们互相错综地关联着……正是由于古代有这样的思想家这样地思考过，才给后来的历史创造了这样一座五色的土坛。

"五行"的观念和我们这个民族一样地古老，东、南、西、北是人们很早就知道的，人们总以为自己所处是大地的中间，于是在四方之外又加上了一个"中心"，东、南、西、北、中凑成了五方五土的观念，直到今天我们还看到好些人家的屋角有"五方五土龙神"的牌位。烧陶方法和冶铜技术发明了，人们在熊熊火光旁边，看到火把泥土变成了陶器，把矿石烧成溶液，木头燃烧发出了火光，水又能够把火熄灭。这种现象使古代的思想家想到木、火、金、水、土（依照《左传》的排列次序）是万物的本源。于是木、火、金、水、土把五行的观念充实起来了。

烧制陶器这件事使人类向文明跨前一大步，在埃及，在希腊，都由此产生了神明用泥土造人的神话。在中国，却大大地发扬了"五行"的观念。根据木、火、金、水、土五种东西彼此的作用，又产生了五行相克相生的理论。根据这几种东西的颜色：树木是苍翠的，火光是红艳艳的，金属是亮晶晶的，深深的水潭是黝黑的，中原的泥土是黄色的。于是青、赤、白、黑、黄五种颜色就被拿来配木、火、金、水、土，成为颜色上的五行了。

这个四方、五行的观念被古代思想家用来分析许许多多的事物，音乐上的宫、商、角、徵、羽五个音阶，天上二十八宿的分隶青龙、朱雀、白虎、玄武（乌龟）四方，都是和这种观念紧密地联结起来的。

把世界万物的本源看做是木、火、金、水、土五种元素相互作用产生出来的，这和古代印度哲学家把万物说成是由地、火、水、风所构成，古代希腊哲学家说万物的本源是水或者火……那思想的脉络是多么地近似啊。

尽管这种说法在几千年后的今天看来是奇特甚至好笑的，然而那里面不也包含着光辉的真理吗：万物的本源都是物质，物质彼此起着错综的作用……哦！我们遇见的对着泥土沉思的思想家，他们正是古代的略具雏形的唯物主义者！

没有这些古代思想家，我们就不会有这个五色的土坛。审视这五种颜色吧，端详这个根据"天圆地方"的古代观念筑起来的四方坛吧！它和我们民族的古代文化存在多么密切的关系啊！

我们汉民族的摇篮在黄河的中上游，那里绵亘的是一望无际的黄土高原。因此，黄色被用来配"土"，用来配"中心"，成为我们民族传统中高贵的颜色。中心是不同于四方的，能够生长五谷的土地是不同于其他东西的，黄色是不同于其他颜色的。在这个土坛的中心，黄土被特别砌成了一个圆形，审视这个黄色的圆圈吧！它使我们想起奔腾澎湃的黄河，想起在地层下不断被发掘出来的古代村落，也想起那古木参天的黄帝的陵墓。

我多么想去抱一抱那些古代的思想家，没有他们的艰苦探索，就没有今天人类的智慧。正像没有勇敢走下树来的猿人，就不会有人类一样。多少万年的劳动经验和生活智慧积累起来，才有了今天的人类文明。每一个人在人类智慧的长河旁边，都不过像一只饮河的鼹鼠。在知识的大森林里面，都不过像一只栖于一枝的鹪鹩。这河是多少亿万滴水汇成的啊，这森林是多少亿万株草木构成的啊！

瞧着这个社稷坛，你会想起中国的泥土，那黄河流域的黄土，四川盆地的红壤，肥沃的黑土，洁白的白垩土……你会想起文学里许许多多关于泥土的故事：有人包起一包祖国的泥土藏在身旁到国外去；有人临死遗嘱必须用祖国的泥土撒到自己胸上；有人远适异国归来俯身亲吻了自己国门的土地。这些动人的关于泥土的故事，使人对五色土发生了奇异的感情，仿佛它们是童话里的角色，每一粒土壤都可以叙述一段奇特的故事，或者唱一首美好的诗歌一样。

瞧着这个紧紧拼合起来的五色土坛，一个人也会想起国土的统一，在我们的土地上，为了统一而发生的战争该有多少万次呀，然而严格说来，历史上的中国从来没有高度统一过。四分五裂，豪强纷纷划地称王的时代不去说它了，可怜的供主像傀儡似地住在京都，整天送猪肉、龟肉慰问跋扈的诸侯的时代不去说它了，就是号称强盛统一的时代，还不是有许多拥兵自重的藩镇，许多专权用事的贵戚，许多地方的豪霸，在他们的领地里当着小皇帝，使中央号令不行，使国中还有许许多多的小国。中国历史上没有一个时期像今天这样高度统一过，等我们解放了台湾和一些沿海岛屿以后，这种统一的规模就更加空前了。古代思想家的预言："不嗜杀人者能一之。"由于不剥削人的无产阶级登上了历史舞台，竟使这一句话在两千多年后空前地应验了。

我在这个土坛上低徊漫步，想起了许许多多的事情。我们未必"前不见古人，后不见来者"，凭着思想和感情的羽翼，我们尽可去会一会古人，见一见来者。我仿佛曾经上溯历史的河流，看见了古代的诗人、农民、思想家、志士，看他们的举动，听他们的声音，然后又穿过历史的隧洞，回到阳光灿烂的现实。啊，做一个历史悠久的民族的子孙是多么值得自豪的一回事！做今天的一个中国的儿女是多么值得快慰的一回事！回溯过去，瞻望未来，你会觉得激动，很想深深呼吸一口新鲜的空气，想好好地学习和劳动，好好地安排在无穷的时间之中一个人仅有一次，而我们又恰恰生逢其时的宝贵的生命。

我真爱北京这座发人深思的社稷坛！

在遥远的海岸上 *

中国有一千三百万华侨散布在世界各地，这一千三百万人和国内人民的思想感情的脉搏是一同跳动着的。在这方面，我常常想起无数动人的事件，使自己像喝过醇酒似地进入一种感情微醺的境界。虽然我离开海外回到国内来已经很久很久了。

波兰古典作家显克微支有一个短篇小说叫做《灯塔看守人》。里面讲的是十九世纪流浪异国的一个波兰老人的故事。这个老人因为反抗压迫，在国外流浪了大半生，到他衰老的暮年，异常困倦地渴望获得一个安定的位置度过他的余生。在意外的机会中他找到了一个看守灯塔的职业。这工作是异常寂寞孤独的，整天和潮汐海鸥为伍，在偏僻的岩礁上，连人影也不见一个。唯一的工作就是每天按时燃着灯火，使来往的船只不致失事。这工作很轻便，但绝对不容许疏忽。只要有一次的错失，他就得失掉位置，重新去做无所归依的流浪者了。老人是很喜欢这工作的，他按时点燃灯塔，从不误事。但有一次他收到了一个邮包，有人寄给他一本波兰诗人的诗集。他翻读着书籍，和祖国的千丝万缕的感情使他沉浸于一种如醉如痴的境界，他回忆、沉思、激动、神往，像喝醉了酒似地一连躺了好几个钟头，终于忘记点燃灯火。于是，他被撤职了。

许许多多华侨眷念祖国的故事，那情景，是和这个小说中的波兰老人有很多相似之处的。

宋庆龄副主席访问印度尼西亚，回来叙述过她在峇厘岛上见到的一桩事情："我们国内已不易看到的铜钱，在峇厘岛上家家都能找到，这种铜钱

---

* 原载《人民日报》1956 年 12 月 11—12 日，本文选自《秦牧全集》（增订版）第 1 卷，广东教育出版社 2007 年版，第 229—233 页。

被停止流通还是不久的事情。现在人们把铜钱结成一串一串的吊起来，当作宗教仪式上不可缺少的神器。在一家银器店里我们发现一串串的铜钱中有开元年号的，有万历年号的，也有清朝各种年号的……"这种表面上看起来很细小的事象，里面蕴藏着的人们眷念祖国的感情却是多么的强烈啊。

和这种事象相仿佛，我记起了华侨许多保持祖国古老的风俗习惯的事情。这种情形意味的决不是普通意义的"保守"。他们正是以这来寄托他们永不忘本的家国之思的。正像波兰的作曲家肖邦，到西欧去流浪时，永远带着一撮祖国的泥土那样，具有深远的寓意。

《红楼梦》七十二回，从王熙凤向贾琏发脾气的谈话中讲到一个词儿："衔口垫背"。那是一种古老的迷信的风俗，在死人嘴里放一颗珍珠或一些米叫做"衔口"；入殓时在装殓的褥下放一些钱叫做"垫背"。这风俗在国内，即使在解放前也已经不容易见到了。但在南洋华侨当中还相当地流行，我的母亲入殓时就采用了这种仪式。在福建，清初时候，许多反清复明的志士和他们所影响的人们，入殓时习惯在脸部盖上一块白布。那意义是："反清复明事业未成，羞见先人于地下"。这习俗，也同样随着一部分福建侨民带到海外去。

对古代祖国英雄豪杰的怀念，是无数华侨共有的感情。在热带的雨夜，家人父子围在一起谈郭子仪、岳飞、戚继光……是许多华侨家庭常有的事。在南洋一带，人们又十分推崇曾经踏上那边土地的三保太监郑和。亲戚朋友们在灯下聚谈的时候，话题常常很自然地拉到这个太监身上去。这位在五百多年前曾经出使七次、航程十六万海里的三保太监，在许多华侨口中仿佛变成了一个无所不能的异人。南洋有些成人遇到困难，有时还会喃喃祈祷道："三保公保佑，三保公保佑！"南洋侨胞对郑和的尊崇，是渲染上许多神话色彩的。他们所以这样做，严肃追究起来，实际上蕴藏着一些颇为辛酸的理由。从前，当华侨没有一个强盛的祖国，还处在"海外孤儿"的境地的时候，他们不得不怀念和神化当年扬眉吐气的先人，不得不通过"三保太监"来寄托他们备受损害的民族自尊心。

对于光荣先人的追念，对于风俗习惯的保持，在这些现象里面，闪耀着强烈的爱国主义感情。从美洲到欧洲，从非洲到南洋，众多的华侨坚持着吃中国饭，穿土布衣服，着广东木屐，吃从遥远的家乡运来或者自制的腐乳、咸鱼、梅菜、凉茶，继续过我们的清明、端午、中秋、冬至，祖孙累代数百年如一日地坚持着。为什么有些风俗在国内已经逐渐改变或者丧失了，在海外却那么牢固地保存着，从这里是可以找到很好的答案的。

这些年来，海外华侨每当遇到放映国产电影或者祖国的各种代表团抵达的时候，他们有人会跋涉一百几十里路来看一场电影，或者会一会亲人。有的人回到国门，踏上祖国土地时就纵情高歌，有一个华侨甚至特地缝了一件缀满了五角星的衣服，在抵达边境时披到身上。有一些累世居留海外的华侨土生，因为当地华侨人数稀少，说中国话的机会不多，因而操中国语言已经不很灵便，然而这些年来他们也纷纷回来了。他们一家家已经离开祖国一两百年，他们已经不大会讲祖国语言，然而祖国有一种巨大的吸力把他们从海外吸引回来。一个历史文化悠久的国家，在她的子子孙孙的身上留下了多么深远的影响！祖国的强大，使她的海外儿女的强烈感情得到了一个很自然的喷火口了。那类使人感动的事象的出现决不是偶然的事。

在世界各个遥远的海岸上，有多少万颗心像向日葵似地向着祖国！从海外远道归来的人们，如果看到已经翻身的祖国有些事情还不如理想的时候，想一想她是我们共同的经历过千万劫难的母亲，现在还不过是她的青春刚刚复活的顷刻，在她身上还存在许多旧时代的烙印。这样一想，就会更加奋发地和国内的人们一起来建设祖国了。同样地，当国内的人们觉得海外归来的劳动侨胞和自己的生活习惯有些地方不大相同时，想一想这是祖国大家庭中曾经辗转飘泊，在人生道途上备尝风浪的亲人；这样一想，生活的感情就会像水乳那样地交融起来了。

地球上的海洋有无数的海底电线把各个大洲联系起来。除了千万物质的电线之外，还有无数感情的电线遍布在各个海洋，把各大洲的人们联系起来。中国有为数很多的侨民居留海外，在世界上一切遥远的角落，千千万万感情的线路跨越重洋，纷纷延伸到中国的海岸。让我们永远怀念海外的亲人，并用加倍努力的建设，使这一千多万远适海外、翘首故国的人们有一个日益强盛的祖国吧！波兰小说中那个灯塔看守人的故事是感人的，我们深深地和那个老人的情感共鸣。但却希望像他那样的命运，不再支配着今天我们海外的亲人。当祖国日益强盛时，那时候，她就可以向世界上一切海洋发出电波，用她的慈爱庄严的声音呼唤道："儿女们，你们随时回到我的怀抱吧！"

海滩拾贝 *

在艺术摄影中，常常看到这样的画面：无边无际的海滩上，一个人俯身在拾些什么；天上飘浮着云彩，远处激溅着一线浪花。这样的画面引人走进一个哲理和诗情水乳交融的境界。

这种情景是很引人入胜的。但是这样的画图，人却不难走到里面去。一个人只要到海滩去拾拾贝壳，就会很自然地变成那种图片里面的人物了。

许许多多的人都有爱贝壳的习性。有些人生活趣味本来很少，但一见到贝壳却会爱不释手，一跑到海滩去捡起贝壳来就往往兴奋得像个小孩。在这方面，似乎我们中有许多人还保持着我们远代的老祖先的审美观念，他们曾经震惊于贝壳的美丽，一致同意把贝壳用做货币。也许由于爱贝壳的人众多吧，广州文化公园的水产馆里陈列贝壳的那些玻璃柜旁总是挤满了观众。广州近年还有一间有趣的商店出现，它专门贩卖贝壳和珊瑚。香港也有这一类的商店。因为这样的缘故，现在开到南海群岛去的船只，就不只是运的海味、鸟粪，还有运贝壳和珊瑚的了。

但是从商店里买回来的贝壳，比较自己从海滩亲自拾回来的，风味毕竟不同。无论在商店里的贝壳是怎样的五光十色，实际上比我们在海滩上所见到的，却总要贫乏得多。

凡是有海滩的地方，就有贝壳。但是有些著名的海滩，那种贝壳丰富的情形，却不是一般的小海滩可以比拟的。像海南岛三亚附近渔村一带的海滩，你走到上面去，可以发现每一步都有贝壳，而且构造千奇百怪，用句古话来形容，真可以说是"鬼斧神工"。据到过西沙群岛的人说，那边的

---

* 最早收入秦牧散文集《花城》（作家出版社 1961 年版），本文选自《秦牧全集》（增订版）第 1 卷，广东教育出版社 2007 年版，第 480—485 页。

情形就更可观了。要找到特别美丽、离奇的贝壳就得到特别荒僻的小岛去。贝壳究竟有多少种呢？这样的题目正像问天上的星，问地上的树，问草丛里的昆虫，问碳水化合物有多少种那样的不易回答。有一些专门收集贝壳的"贝壳迷"，他们像古币迷、邮票迷……收集古币、邮票那样地搜集着贝壳。据说，世界各个角落的贝壳是千差万别的，有一个贝壳迷花了近十年心血，搜集到几千种远东出产的贝壳，而这，在贝壳所有品种中所占的仍然是一个很小的百分比。

令人目迷五色的各种贝壳，有大得像一颗椰子、一顶帽子、一支喇叭的，它们的名字就叫做"椰子螺"、"唐冠贝"、"天狗螺"。也有一些小得像颗珍珠，可以让女孩子串起来做项链的。它们有形形色色的状貌，因此人们也就给起了一些五花八门的名字。像伞的叫做"伞贝"，像钟的叫做"钟螺"，像小扇的叫做"扇贝"，像蜘蛛的叫做"蜘蛛螺"，像骷髅的叫做"骨贝"，还有鹅掌贝、鸭脚贝、冬菇贝等等。有一些贝壳，只从它们的名字就可以想见其令人惊艳的容貌，像锦身贝、凤凰贝、花瓣贝、初雪贝等就是。还有一些贝壳，给人叫做"波斯贝"、"高丽贝"，使人想见古代各国船舶往来，外国商人拿出新奇的贝壳来，人们围观啧啧赞美的情景。种类无比丰富的贝壳，使人不禁想起了一切瓷器的精品。所有歌咏瓷器的诗句，美丽的贝壳都可以当之无愧。像什么"大邑烧瓷薄且轻，扣如哀玉锦城传"啦，什么"雨过天青云破处，这般颜色作将来"啦，许多贝壳的模样儿、颜色儿，完全足以传达那种神韵。你细细看着海滩上的贝壳，它们有像白陶的，有像幼瓷的，有的像上了釉，有的颜色复杂，竟像是"窑变"的产品。历史家们考掘出来：地球上的各个区域，古代的人们日中为市的时代，一般都曾经采用贝壳做过流通手段，当铜和金还在地下酣睡的时候，这些海滩小动物建造的小房子就已经信用卓著地成为人们的良币了。在殷墟里面，和牛骨龟甲混在一起的，也还有贝币，说明三千五百年前这些奇妙的小东西已经普遍被人们用作交易的媒介了。直到今天，我们的文字里，许许多多和价值有关的字，像财、宝、买、卖、赏、赐、贵、贱等等，不写简笔字的时候，都还留有个"贝"字在里头。这情形，使我们想起了古代各洲的人们，在海滩上拾到美丽的贝壳的时候，那种欣赏赞叹的情景。在这方面，好像对自然景物的审美观念，千万代的人类之间，也还有一脉相通之处似的。自然，贝壳不容易损坏，不容易伪造，尤其是使它在人类货币史上占有光荣一席的主要原因。几千年前的贝币，我们今天在博物馆里看到的不是还很完好么？至于这么一种小玩意儿，似乎直到今天，聪明的人类也还未能制造出一枚赝品来。

爱贝壳的不仅是初到海滩的人们。渔民和在沿海区域的一切居民，实际上也都是爱贝壳的。从这一点看来，可以说是爱美的心理原很普遍。初到海滩的人兴高采烈地捡着贝壳，渔民和他们的孩子们看你那一种发痴的模样儿，也许抿着嘴善意地嘲笑着。但其实他们何曾不捡贝壳呢？只是他们"曾经沧海难为水"，一般平凡的贝壳，他们不放在眼里罢了。许多渔民的家庭，其实都藏有几枚美丽的贝壳，当我有一次在海南岛三亚附近的海滩上捡贝壳时，一个渔家老妇笑嘻嘻而又慷慨地说："来，我送两个给你。"于是她返身登上高脚的渔家棚屋里，拿出一个"小海星"和两枚"星宝贝"来像给小孩似的给了我。也还有一些渔家小孩，看到客人们拾贝壳拾得入了迷，也从他的家里拿出几枚美丽的贝壳让你看看的。一比较，你就知道他们目力不凡，通常的那种粗陶器或者素色瓷器似的贝壳他们是看不上眼的。他们所拾的贝壳都是像极了上等彩釉的珍品。例如那种"眼球贝"，四围一圈宝蓝色或者墨绿色，中心雪白的地方有许多美丽的斑点。类似这样的东西，住在海边的人们才肯俯身去拾起来。

海滩上的人们和城市里的贝壳商店，也有把贝壳制成各种用具的。有的人用贝壳做成饭瓢水杓，有的用贝壳做了台灯。还有的人用各种各样的贝壳堆成假石山，有一些贝壳适宜做塔，有些可以做桥，有的可以做垂钓渔翁的斗笠。海南的渔村里就常有这样一些"贝壳石山"出卖，正像农民中有许多工艺美术家一样，这是渔民工艺美术家们的杰作。贝壳的工艺美术，在中国原有很悠久的历史。像"嵌螺钿"，那种用精磨过的贝壳，嵌在雕镂和松漆过的器具上面的工艺美术，在中国已有千年左右的历史。当玻璃还没有大量制造和流行的时候，有一种半透明的叫做"窗贝"的贝壳，已经被人用来代替玻璃，人们用贝壳做各种器具的历史是很悠久的，而且一直盛行不衰，看来这类工艺美术将来还要大放光彩的。最近，粤东又有人用它来制造客厅里悬挂的屏条了，贝壳在这些屏条上给砌成了美丽的字画。

　　我们在海滩的时候，就是不去思念贝壳在人类生活上的价值，也没有找到什么珍奇的品种，我觉得，单是在海滩俯身拾贝这回事，本身就使人踏入一种饶有意味的境界。试想想：海水受月亮的作用，每天涨潮两次，在高潮线和低潮线之间有这么一片海滩。这里熙熙攘攘地生长着各种小生物，不怕干燥的贝类一直爬到高潮线，害怕干燥的就盘桓在低潮线，这两线之间，生物的类别何止千种万种！潮水来了，石头上的牡蛎、藤壶，海滩里的蛤贝，纷纷伸手忙碌地扑食着浮游生物，潮水退了，它们就各个忙着闭壳和躲藏。这看似平静的一片海滩，原来整天在演着生存的竞争。这看似单纯的一片海滩，内容竟是这样的丰富，单是贝类样式之多就令人眼花缭乱。这看似很少变化的一片海滩，其实岩石正在旅行，动物正在生死，正在进化退化。人对万事万物的矛盾、复杂、联系、变化的辩证规律认识不足时，常常招致许多的不幸。而一个人在海滩漫步，东捡一个花螺、西拾一块雪贝，却是很容易从中领会这种事物之间复杂、变化的道理的。因此，我说，一个人在海滩走着走着，多多地看和想，那情调很像走进一个哲理和诗的境界。

　　当你拾着贝壳，在那辽阔的海滩上留下两行转眼消灭的脚印时，我想每个肯多想一想的人都会感到个人的渺小，但看着那由亿万的沙粒积成的沙滩和亿万的水滴汇成的海洋，你又会感到渺小和伟大原又是极其辩证统一着的。没有无数的渺小，就没有伟大。离开了集体，伟大又一化而为渺小。那个从落地的苹果悟出万有引力的牛顿是常到海滩去的，他在临终的床上说过这样的话："我不知道世人怎样看我，但我自己却以为我是在未知的真理的大海前面，在海滩上拾一些光滑的石块或者美丽的贝壳就引以为乐的小孩……"这一段话是很感人的，人到海滩去常常可以纯真地变成小孩，感悟骄傲的可笑和自卑的无聊，把这历史常常馈赠给我们每个人的讨厌的礼物，像抛掉一块块破瓦片似的抛到海里去。

我抚弄着从海滩上拾回来的贝壳，常常想起的就是这么一些事物……

菱角的喜剧 *

自己从做小娃娃的时候起，就唱过"菱角儿，两头尖"那样的童谣。玩过用菱角的壳做成的玩具。也到菱角塘去捞过菱角，把那三角形的菱叶拖起来，摘着下面缀生着的一只只翘着钩儿的菱角，真是怪有趣的事情。从小到大，我吃菱角不知道吃了几百次，小的时候，常把熟菱角放在袋子里随街吃，弄得两只手都变成紫色。长大以后，这样的有趣吃法享受得少些了，但仍然经常吃到汤水菱角。"菱角是有两个角的"，这概念放在自己的脑子里坚固地形成起来。

在广西的时候，我第一次看到三个角的菱角，初见的时候，不禁小小吃了一惊。把一枚长着三个钩儿的菱角放在掌心里把玩了半天。心想："吃了半辈子菱角，才知道有些地方的菱角原来长的是三个角。多特别哦！"

在重庆的时候，有一天走过市场，看到有一篓菱角竟都是四个角的。当时禁不住大大吃了一惊，买了一大包菱角回来，一边吃，一边欣赏。两个角、三个角、四个角的菱角味道原都一样，只是它们的模样儿不同罢了。菱肉相似，这是它们的"同"，菱壳的钩儿数目不同，这是它们的"异"，"同中有异"，这道理在小小的"菱角家族"中也表现了出来。

在吃到四个角的菱角那一天，我随手翻了一本辞书，看一看关于菱角那一条的注释。原来，菱角有两个角、三个角、四个角的，书上早已说得清清楚楚，不知道是当年上植物课时漫不经心还是忘记了，我深以自己为什么对于吃了几十年的菱角竟一点常识也没有为憾。后来，才知道浙江嘉兴还有一种圆菱角是没有角的。

---

* 最早收入秦牧《花城》（作家出版社 1961 年版），本文选自《秦牧全集》（增订版）第 1 卷，广东教育出版社 2007 年版，第 546—549 页。

菱角有无角、两个角、三个角、四个角的，如果加上个别变异者，说不定偶然还有几个一个角和五个角的。但即使如此，"菱角家族"还应该算是最简单不过的。生物学书籍告诉我们，像蝗虫、蝴蝶……这一类昆虫，都各各有两千种左右。区别于其他的生物，它仍有许多的"同"，因此它仍构成一个家族，然而在"同"中它们又有许多的"异"。在不知道底细的人看来，他们都"差不多"，但是在专门研究它们的人的眼睛下，它们却原来有这么多的不同。复杂性、多样性，原是贯串于一切事物的。

是不是只有生物界有这种情形呢？不！一切事物都有复杂性、多样性。搞化学的人告诉我们，碳水化合物有几千种。搞物理的人告诉我们，同一种元素在各种各样的条件下有千奇百怪的形态。医生会告诉我们，人的体质有各种各样的不同，有些患"过敏症"的人喝一杯咖啡就要死要活，有些人装一肚子咖啡却仍旧可以酣然大睡。有些人牙齿不够一般人的二十八枚，个别的人却可以长出三十六枚……我的天，复杂性、多样性的事物原是这样无往不在的。

面对世界万事万物的这种复杂性、多样性，站在正确立场上的聪明人并不会茫然失措。因为它们既然有一般性，那就有规律可寻。掌握了一般性之后，再努力去掌握具体事物的特殊性，这就可以使认识达到比较精确的地步了。

自己因为一向看到的菱角都是两个角的，就以为天下的菱角都是两个角的，对人们早已调查出来的菱角的各种状态都不知道。或者，在书本上看到对蝴蝶、蝗虫的一般性的描绘，就以为蝴蝶、蝗虫的道理"止于此矣"，不再去注意它们的进一步的分别，在它们"家族"内的千百种的不同。这样的认识方法，怎能谈得上精确呢！

我们寻常所说的"认识事物深刻"，事实上就是认识事物的规律之后再高度掌握它的复杂性之谓。有一次我在田里跟一群农民一起劳动，突然天上乌云密布，狂风大作，大多数的农民都说一定要下大雨了，但有一个农民笑嘻嘻说绝对没有雨。过不了一会，果然又是丽日当空，一点雨意也没有了。大家问那农民这是什么道理。他说那个时候吹那种风就不会有雨，而且昆虫的活动他看来也没有异样。其他的农民只掌握一个"黑云"的条件，这农民却掌握了"黑云、风势、昆虫动态"等等条件，他除一般性之外更掌握了特殊性、复杂性，因此他胜利了。

只知道一般道理，不掌握事物的复杂性、多样性，常常是我们做事摔筋斗的原因。有些好种子，对甲地是良种，但是在乙地的土壤、风力等等条件下，却变成劣种。有些地方山洞可以养猪，但另一些地方山洞养猪却总是失败，原因是泥质、湿度等等不同的缘故。不掌握具体条件，就一定要倒霉。这真是灵验极了的事情。

广泛地吸取古今中外人们艰苦积累起来的丰富知识学理论学文化，深入实践、多方听取意见，肯定自己有所不知，随时随处努力求知，不止掌握事物的一般性还掌握它的特殊性……这一切是多么重要呵！这种认知事物的方法真像是讲究"君臣佐使"的中药方似的，抽出一味就不成其为好药了。

事物是复杂多样的，我们得和绝对化简单化的认识方法打仗。这"捞什子"——简单化绝对化的思想方法，常常把人害得好苦呵！

土　地[*]

我们生活在一个开辟人类新历史的光辉时代。在这样的时代，人们对许许多多的自然景物也都产生了新的联想、新的感情。不是有好些人在讴歌那光芒四射的朝阳、四季常青的松柏、庄严屹立的山峰、澎湃翻腾的海洋吗？不是有好些人在赞美挺拔的白杨、明亮的灯火、奔驰的列车、崭新的日历吗？睹物思人，这些东西引起人们多少丰富和充满感情的想象！

这里我想来谈谈大地，谈谈泥土。

当你坐在飞机上，看着我们无边无际的像覆盖上一张捻绿地毯的大地的时候；当你坐在汽车上，倚着车窗看万里平涛的时候；或者，在农村里，看到一个老农捏起一把泥土，仔细端详，想鉴定它究竟适宜于种植什么谷物和蔬菜的时候；或者，当你自己随着大伙在田里插秧，黑油油的泥土吱吱地冒出脚缝的时候，不知道你曾否为土地涌现过许许多多的遐想？想起它的过去，它的未来，想起世世代代的劳动人民为要成为土地的主人，怎样斗争和流血，想起在绵长的历史中，我们每一块土地上面曾经出现过的人物和事迹，他们的苦难、愤恨、希望、期待的心情？

有时，望着莽莽苍苍的大地，我骑着思想的野马奔驰到很远很远的地方，然后，才又收住缰绳，缓步回到眼前灿烂的现实中来。

我想起了二千六百多年前北方平原上的一幕情境。

一队亡命贵族，在黄土平原上仆仆奔驰。他们虽然仗剑驾车，然而看得出来，他们疲惫极了，饥饿极了。他们用搜索的眼光望着田野，然而骄阳在上，田陇间麦苗稀疏，哪里有什么可吃的东西！一个农民正在田里除

<small>* 最早收入秦牧《花城》（作家出版社 1961 年版），本文选自《秦牧全集》（增订版）第 1 卷，广东教育出版社 2007 年版，第 465—472 页。</small>

草。那流亡队伍中一个王子模样的人物走下车子来，尽量客气地向农民请求着："求你给我们弄点吃的东西吧！你总得要帮忙才好，我们已经好几天没有吃的了。"衣不蔽体、家里正在愁吃愁穿的农民望了这群不知稼穑艰难的人们一眼，一句话也没说，从田地里捧起一大块泥土，送到王子模样的人物面前，压抑着悲愤说："这个给你吧！"王子模样的人显然被激怒了，他转身到车上取下马鞭，怒气冲冲地想逞一下威风，鞭打那个胆敢冒犯他的尊严的农民。但是一个上了年纪的、大臣模样的人物上前去劝阻住了："这是土地，上天赐给我们的，可不正是我们的好征兆么！"于是，一幕怪剧出现了，那王子模样的人突然跪下地来，叩头谢着上苍，然后郑重地捧起土块，放到车上，一行人又策马前进了。辘辘大车过处卷起了漫天尘土……

这是《左传》记载下来的、春秋时期晋国公子重耳在亡命途中发生的故事。

为什么会发生这样奇怪的事情？除了因为这群贵族是在亡命途中，不得不压抑着威风外，还有一个原因是：在他们心目中，土地代表着上天不可思议的赏赐，代表了财富和权力！他们知道，只要掌握了土地的所有权，就可以永无休止地榨取农民的血汗。

古代中国皇帝把疆土封赠给公侯时，就有这么一个仪式：皇帝站在地坛上，取起一块泥土来，用茅草包了，递给被封的人。这就是所谓"菹茅"。上一个世纪，当殖民主义强盗还处在壮年时期，他们大肆杀戮太平洋各个岛屿上的土人，强迫他们投降，有一种被规定的投降仪式，就是要土人们跪在地上，用砂土撒到头顶。许许多多地方的部落，为了不愿跪着把神圣的泥土捧上天灵盖，就成批成批地被杀戮了。

呵！这宝贵的土地！不事稼穑的剥削阶级只知道想方设法地掠夺它，把它作为榨取财富的工具，而亲自在上面播种五谷的劳动者才真正对它具有强烈的感情，把它当做命根子，把它比喻成哺育自己的母亲。谈到这里，我想起了好些令人掀动感情波澜的事情。几个世纪以来，那些当年被迫得走投无路的破产的中国农民，飘流到海外去谋生的当儿，身上就常常怀着一撮家乡的泥土。那时，闽粤沿海港口上，一艘艘用白粉髹腹，用朱砂油头，头部两旁画上两个鱼眼睛似的小圈的红头船，乘着信风，把一批批失掉了土地的农民运到海外各地。当时离乡别井的人们，都习惯在远行之前从井里取出一撮泥土，珍重地包藏在身边。他们把这撮泥土叫做"乡井土"。直到现在，海外华侨的枕头箱里，还有人藏着这样的乡井土！试想想，在一撮撮看似平凡的泥土里，寄托了人们多少丰富深厚的情感！

过去，多少劳动者为了土地而进行了连绵不断的悲壮斗争！当外国侵略者犯境的时候，又有多少英雄义士为保卫它而英勇地献出了生命！在我国福建沿海地方，历史上就流传着许多可歌可泣的保卫土地的抗敌爱国故事。在明末御倭和抗清的浪潮中，那里曾经进行过保卫每一寸土地的激烈斗争。有的地方，妇女的发髻上流行着插上三支短剑似的装饰品，那是明代妇女准备星夜和突然来袭的倭寇搏斗的装束的遗迹。有的地方，从前曾经流行过成人死后入殓时在面部盖上白布的风俗，那是明朝遗民羞见先人于地下、一种激励后代的葬仪。这些风俗，多么沉痛，多么壮烈！在我国的湛江地方，有一座桥梁被命名为"寸金桥"，就寓有"一寸土地一寸金"的意思，这是用来纪念当年抵抗帝国主义侵略的民族英雄们的。土地的长度和面积单位可以用丈，用公里，用亩，用公顷，然而在含有国土的意义的时候，它的计算单位应该用一寸、一撮来衡量。因为它代表一个国家的主权，一寸土都决不容侵犯，一撮土都是珍宝。这里，我想到了我们中国的整个版图，在我们这一代人的手里，一定要使它真真正正地完整无缺。台、澎等地还被一小撮反动派所盘踞和被帝国主义侵占着，我们必须把它解放。从福建前线，我们听到了多少动人的故事呵！不仅我们英勇而强大的海军和空军，给予美蒋反动派以沉重的打击，就是民兵队伍，也巧妙地打击了敌人。就是好些少年儿童，在大炮轰击中也自动奔跑接驳电线，传信送物。他们体现了全体中国人民保卫每一寸国土的坚强意志。

今天，在世界范围内，许许多多被殖民者奴役着的地方，也正在进行着驱逐侵略者、保卫国土的斗争。在英雄的古巴，戴着宽边草帽的蔗农们不正是高举着"土地就是我们的生命"的标语牌在示威吗？哈瓦那的商店用纸包了一撮撮的泥土，随着货物一同递给古巴的顾客，纸包上面语重心长、激励人心地写着："这是古巴的土地，大家来保卫它！"呵！一寸土，一撮土，在这种场合意义是多么神圣！

提到了"一寸土"这几个字，我又禁不住想到一些岛屿上的人民战士。登上那些岛屿，你会更深地认识到"一寸土"的严肃意义。我到过一个小岛，那岛屿很小。然而，岛上的生活却是多么沸腾呵！这里的海滩、天空、海面，决不容许任何侵略者窥探和侵入一步，人民的子弟兵日夜守着大炮阵地，从望远镜里、从炮镜里观测着海洋上的任何动静。这些岛屿像是大陆的眼睛，这些战士又像是岛屿的眼睛。不论是在月白风清还是九级风浪的夜里，他们都全神贯注地盯着宽阔的海域；不仅这样，他们还把小岛建成花园一样美丽。本来是蛇虫蜿蜒、野生植物遍地都是的荒凉小岛，经过他们付出艰苦劳动，在上面建起了坚固的营房，辟出了林荫大道，又从祖国各地要来了花种，广植着笑脸迎人的各种花卉和鲜美的蔬菜；还建起畜牧栏，竖起鸽棚；又从海里摸出了石花，堆成小岛的美术图案。看到这些，令人不禁想到，我们所有的土地，一个个的岛屿，一寸寸的土壤，都在英雄们的守卫和汗水灌溉之下，迅速地在改变面貌了。

在我们看来很平凡的一块块的田野，实际上都有过极不平凡的经历。在几十万年之间，人类在这上面追逐着野兽，放牧着牛羊，捡拾着野果，播种着五谷，那时候人们匍伏在大自然的威力之下，风雨雷霆，电光野火，都曾经使他们畏惧颤栗。几十万年过去了，人类进入了阶级社会，一片片的土地像被戴上了镣铐似的，多少世代的农民，在大地上流尽了血汗，却挣不上温饱，有多少人在这一片片土地上面仰天叹息，锥心痛恨！又有多少人揭竿起义，画着眉毛，扎着头巾参加战斗，把压迫他们的贵族豪强杀死在这些土地上面。到了近代，又有多少人民的军队为了从封建地主阶级手里，把土地夺回来，和帝国主义的军队、剥削者的军队在这上面鏖战过。二十年代以来，中国共产党领导全国人民进行了革命斗争，打垮了反动统治者，推翻了剥削制度，进行了土地改革，土地的镣铐才被彻底打碎，劳动人民才真正成了土地的主人。我们热爱土地，我们正在豪迈地改造着土地，使它变成一片锦绣。当你这么思索的时候，大地上的红土黑土，黄土白土，仿佛都变成感情丰富的东西了，它们仿佛就像古代神话中的"息壤"似的，正在不断变化，不断成长，就像是具有生命一样。

几千年来披枷戴锁的土地，一旦回到人民手里，变化是多么神速呵！你试展开一幅地图，思索一下各地的变化，该有多么惊人。沙漠开始出现了绿洲，不毛之地长出了庄稼，濯濯童山披上了锦裳，水库和运河像闪亮的镜子和一条条衣带一样缀满山谷和原野。有一次我从凌空直上的飞机的舷窗里俯瞰珠江三角洲，当时苍穹明净，我望了下去，真禁不住喝彩，珠江三角洲壮观秀丽得几乎难以形容。水网和湖泊熠熠发光，大地竟像是一幅碧绿的天鹅绒，公路好似刀切一样的笔直，一丘丘的田野又赛似棋盘般整齐。嘿！千百年前的人们，以为天上有什么神仙奇迹，其实真正的奇迹却在今天的大地上。劳动者的力量把大地改变得多美！一个巧手姑娘所绣的只是一小幅花巾，广大劳动者却以大地为巾，把本来丑陋难看的地面变得像苏绣广绣般美丽了。

你也许在"和平号"列车的瞭望车上看过迅速掠过的美丽的大地；也许参加过几万人挑灯修筑水电站大坝的工程，在那种场合，千千万万人仿佛变成了一个挥动着巨臂的巨人，正在做着开天辟地的工作。在华南，有些隔离大陆的岛屿给筑起了一条堤坝，和大陆连起来了；有些小山被搬掉填到海里，大海涌出陆地来了；干旱的雷州半岛被开出了一条比苏伊士运河还要长的运河；潮汕平原上的土地被整理成棋格一样齐整。我们时代的人就以一寸寸的土地为单位在精细工作着，又以一千里、一万里，更确切来说，又以全部已解放的九百余万平方公里土地作为一个整体来规划和工作着。这十几年来，同是千万年世代相传的大地上，长出了多少崭新的植物品种呵！每逢看到了欣欣向荣的庄稼，看到刚犁好的涌着泥浪的肥沃的土地，我的心头就涌起像《红旗歌谣》中的民歌所描写的——"沙果笑得红了脸，西瓜笑得如蜜甜，花儿笑得分了瓣，豌豆笑得鼓鼓圆"这一类带着泥土、露水、草叶、鲜花香味的情景。让我们对土地激发起更强烈的感情吧！因为大地母亲的镣铐解除了，现在就看我们怎样为哺育我们的大地母亲好好工作了。

事实上，无数的人也正在一天天地发展着这样的感情。你可以从细小或者巨大的场面中觉察到这一切。你看过公社的大队长率领着一群老农在巡田的情景吗？他们拿着一根软尺，到处量着，计算着一块块土地的水稻穗数，不管是不是自己管理的，看到任何一丘田里面的一根稗草都要涉水下去把它拔掉。你看到农村中的青年技术员在改变土壤的场面吗？有时他们把几千年未曾见过天日的沃土底下的砾土都翻动了，或者深夜焚起篝火烧土，要使一处处的土地都变得膏腴起来。

几万人围在一片土地上修筑堤坝，几千人举着红旗浩浩荡荡上山的情景尤其动人心魄。那呐喊，那笑声，尤其是那一对对灼热的眼睛！虽然在紧张的劳动中大家都少说话了，但是那眼光仿佛在诉说着一切："干呵干呵，向土地夺宝，把我们所有的土地都利用起来。一定要用我们这一代人的双手，搬掉落后和穷困这两座最后的大山。"有时这些声音寄托于劳动吆喝，寄托于车队奔驰之中，仿佛令人感到战鼓和进军号的撼人的气魄……

让我们捧起一把泥土来仔细端详吧！这是我们的土地呵！怎样保卫每一寸的土地呢？怎样使每一寸土地都发挥它的巨大的潜力，一天天更加美好起来呢？党正在领导和率领着我们前进。青春的大地也好像发出巨大的声音，要求每一个中国人民都作出回答。

古战场春晓 *

在 1961 年春天降临之前，我来到广州北郊的三元里高地上盘桓。看着莽莽苍苍、一片锦绣、"河水萦带，群山纠纷"的大地，不禁激起了凭吊怀古的豪情。

南国春早，真正的春天在崭新的日历刚刚掀开的时候，实际上已经来临了。这比冰天雪地的东北几乎要快上半年。这一带村落，现在都属于三元里人民公社，是出色的蔬菜产地，以水利工程和机耕驰名。在温煦的阳光之下，田野里东一片、西一片，都是菜园。芥蓝开满了白花，白菜簇生着黄花，椰菜在卷心，枸杞在摇曳，鹅黄嫩绿，蝶舞蜂喧，好一派艳阳天景色！那条从三元里村旁掠过的公路，繁荣热闹极了，小叶桉树夹道笔立，婆娑摆舞，远看像煞江南暮春的杨柳。一队队汽车奔驰过去了，一辆辆兽力车呀呀地拉过去了，还有络绎不绝的肩挑手提的行人，都各各在公路上卷起了尘土。好一番和平劳动、熙熙攘攘的景象！这一带田野是开阔的，南望越秀山上，庄严雄伟，曾经常常被用来作为广州风景标志的五层楼，正和这里小土阜上的三元里抗英斗争烈士纪念碑遥遥对峙。远处群山起伏，白云山、飞鹅岭像是绿色的围屏。大地到处给人一种壮阔开朗的印象。在历史名城的郊野，这样的河山气概，我们是常常可以领略到的。

被郁郁苍苍的扁柏、蒲葵、一品红、木麻黄环绕着的三元里抗英斗争烈士纪念碑，在晴空下，金色的字迹正闪闪发光。我登临这里已经好几遭了，但今年第一次来到，望着翡翠似的原野，俯瞰着名闻世界的这个叫做

＊　最早收入秦牧《花城》（作家出版社 1961 年版），本文选自《秦牧全集》（增订版）第 1 卷，广东教育出版社 2007 年版，第 459—464 页。

"三元里"的乡村，却激荡着不平常的感情。"指点江山，激扬文字"那样的名句飞到了我的心头。今年是 1961 年，今年 5 月底，是三元里等 103 个乡人民，在鸦片战争时代抗击英帝国主义侵略军大获胜利 120 周年纪念日。"60 年一个甲子。"今年刚好是三元里人民抗英斗争的辛丑年之后的第二个"辛丑"。120 年过去了，中国已经完全变了样。然而正像一位苏联历史学者站在这座巍峨的纪念碑下说过的话一样："这就是中国近代史的开端吧！"是的，这是中国近代史上气势磅礴的第一页。以三元里人民斗争为起点，如果以一个个的"年代"来划分，那么可以这样说：其后 10 年有太平天国的革命，将近后 60 年有义和团的斗争，后 70 年有辛亥革命，后 80 年有中国共产党的成立，快接近 110 年的时候新中国终于宣告诞生。中国是经历过一百多年的奋斗才从帝国主义制造的血泊中站起来的。望着这已经回春的天鹅绒似的土地，想起百多年来的往事，真按捺不住一种"折戟沉沙铁未销，自将磨洗认前朝"的心情。这条车水马龙的广州北郊大道，这个中国近代史上的反侵略圣地，这座人烟稠密的村庄，今年将有多少人要前来凭吊瞻仰！

这一片太阳灿烂、山川明丽的大地，原来是一百多年前的大战场！你在这里纵览低徊，会禁不住想起整个黑暗的 19 世纪的事情。

19 世纪是资本主义的壮年期，这一个世纪里面，殖民主义者完全不披任何外衣，像野兽一样到处闯撞掠夺。正像他俩用一个持刀海盗的画像作为香烟商标，用帆船作为许多商行标记一样，战船和枪炮就是他们的徽号。整个 19 世纪，在亚洲、非洲、美洲、澳洲，都普遍发生帝国主义者血洗大地的惨剧。但是在另一方面，各洲的人民，又几乎都不约而同地进行过猛烈的、可歌可泣的斗争。有些斗争，还是绵延一百几十年的。英国在几个世纪之间发展成为当年的头号侵略者。它用在国内圈地养羊的办法迫使大批农民流离失所；用"流荡罪"把破产农民投进监狱和驱进工厂；掠夺印度、非洲、澳洲等殖民地的原料来大办工业。用对"偷"一条围巾的劳动人民也处以死刑的严刑峻法来建立它的生产秩序；然后又挟着大宗鸦片和纺织品来撞毁我们这个东方古国的大门。当鸦片战争发生，林则徐被腐败的清廷革职谪戍，广州城里的总督、巡抚、将军、总兵都在侵略者面前变成了软壳蟹和叩头虫的时候，他们大举入侵了。他们勒索了"赎城费"，他们到处杀人、放火、奸淫、虏掠，甚至挖坟墓、射"活靶"，他们志得意满、骄横跋扈极了。然而侵略者没有想到，他们脚下竟有一座活火山。他们在三元里调戏妇女的事件终于点燃了这座火山。人民反侵略斗争的队伍，一两日间，由几千人发展到几万人。眼前这一片锦绣大地，就是当年杀声震天，使英国侵略者自承"恐怖到极点"的战场了。

凭吊着这个辽阔的古战场，使人想起了"升平社前擂大鼓，裂裳为旗竹为弩"、"三元里前声若雷，千众万众同时来"的诗句。我仿佛看到一百多年前战争的情景：那时，螺号呜呜，锣声当当，满山旗帜，遍地人潮，一支"黑底牙边白三连星"的神旗迎风飘动，指挥着战争。在"三元古庙"点了香烛，向这面旗宣誓过"旗进人进，旗退人退，打死无怨"的三元里的愤怒群众，以及邻近一百多乡的战友，抬着各式各样的原始武器：刀、矛、藤牌、三尖枪、长棍、抬枪、挠钩追歼着敌人；队伍中甚至还有儿童和妇女。这时天仿佛也愤怒了，狂风暴雨，闪电雷霆。狼狈的敌人从会战的地点——牛栏岗败退下来，结成方阵，颤栗逃命。在白茫茫一片的豪雨景色中，漫山遍野的中国人民举着武器追歼着他们，用挠钩把他们从队伍中拖出来劈死，或者用锄头把陷在泥淖里的敌兵锄死。眼前这一片土地上曾经布满"大英帝国"士兵的尸体，他们有些再也顾不得"尊严"，跪在地上，举手求饶了……

怀着抚摸一砖一石的心情，我走进了三元里，来到里北的"三元古庙"，这座创建于乾隆以前的道教神庙（道数以天、地与水为"三元"），是当年斗争的总指挥部，它近年已经被修葺一新并且变成纪念馆了。环庙四株老榕，苍劲魁梧；庙前一方平塘，涟漪潋滟。在这座庙里凝视那些历史文物，端详陈列在庙中的当年的武器和那面令人振奋的"黑底牙边白三连星旗"（复制品，原件存北京），抚诵着碑廊中百多年前的修庙碑记，令人禁不住涌起一种"继往开来"的翻身民族的自豪感。

120 年的时间久远么？是的，相当久远了。然而现在这里还活着受过当年挺身战斗的人民豪杰亲切教诲的人物呢。三元里首先奋拳痛击英国兵士的韦绍光，他的曾经亲受祖父教导的孙子韦交祖一直活到 71 岁，去年才逝世。三元里现在还有一位李姓的老人，祖父也参加过抗英的斗争，晚年时曾把许多战斗故事亲口告诉过他。他谈到当年群众公议"16 岁以上，60 岁以下男子一律上阵杀贼"的往事，还禁不住激动得目光灼灼呢。

一百多年过去了，然而那面光辉的战旗和一些古老武器被一代代保存下来，令人荡气回肠的战斗故事被一代代亲口传授下来，英雄民族的感情何等深厚！

在 19 世纪的中叶，当中国上空乌云密布，三元里的斗争、太平天国的革命事迹传到欧洲的时候，马克思预言过："将来中国的桌子也会跳舞"；恩格斯预言过："过了不久以后，我们就会看到世界上最古老的帝国（指中国）进行生死之际的斗争，同时我们也会看到亚洲新纪元的曙光。"现在，站在三元里的阳光之下，令人不禁回想和印证着这著名的历史科学预言。

中国人民以和 19 世纪最强大的侵略者打了一场硬仗，并使他们的兵士跪地求饶揭开了自己的近代史。其后 110 年，历程忧患屈辱，当新中国从血泊中站立起来的时候，又和朝鲜人民把扬言要打过鸭绿江来的当代最强大的帝国主义，击败于朝鲜战场上，重新出现了使他们的兵士跪地求饶的一幕。这里面包含了多少的历史规律和真理呵！

盘桓在这个古战场上，想着帝国主义已经日近黄昏了，眺望早降的绿野春光，随着庄稼的香气扑人而来的，是许多凝聚着古人感情的诗句："苟能制侵凌，岂在多杀伤。""岂伊地气暖，自有岁寒心。"呵，我们美丽的土地，英雄的人民！

花　城[*]

　　一年一度的广州年宵花市，素来脍炙人口。这些年常常有人从北方不远千里而来，瞧一瞧南国花市的盛况。还常常可以见到好些国际友人，也陶醉在这东方的节日情调中，和中国朋友一起选购着鲜花。往年的花市已经够盛大了，今年这个花海又涌起了一个新的高潮。因为农村人民公社化以后，花木的生产增加了，今年春节又是城市人民公社化之后的第一个春节，广州去年有累万的家庭妇女和街坊居民投入了生产和其他的劳动队伍。加上今年党和政府进一步安排群众的节日生活，花木供应空前多了，买花的人也空前多了，除了原来的几个年宵花市之外，又开辟了新的花市。如果把几个花市的长度累加起来，"十里花街"，恐怕是名不虚传了。在花市开始以前，站在珠江岸上眺望那条浩浩荡荡、作为全省三十六条内河航道枢纽的珠江，但见在各式各样的楼船汽轮当中，还错杂着一艘艘载满鲜花盆栽的木船，它们来自顺德、高要、清远、四会等县，载来了南国初春的气息和农民群众的心意。"多好多美的花！""今年花的品种可多啦！"江岸上人们不禁啧啧称赏。广州有个文化公园，园里今年也布置了一个大规模的"迎春会"。花匠们用鲜艳的盆花堆砌出"江山如此多娇"的大花字，除了各种色彩缤纷的名花瓜果外，还陈列着一株花朵灼灼、树冠直径达一丈许的大桃树。这一切，都显示出今年广州的花市是不平常的。

　　人们常常有这么一种体验：碰到热闹和奇特的场面，心里面就像被一根鹅羽撩拨着似的，有一种痒痒麻麻的感觉。总想把自己所看到和感觉的一切形容出来。对于广州的年宵花市，我就常常有这样的冲动。虽然过去

---

　　[*]　最早收入秦牧《花城》（作家出版社 1961 年版），本文选自《秦牧全集》（增订版）第 1 卷，广东教育出版社 2007 年版，第 493—498 页。

我已经描述过它们了，但是今年，徜徉在这个特别巨大的花海中，我又涌起这样的欲望了。

农历过年的各种风习，是我们民族在几千年的历史中形成的。我们现在有些过年风俗，一直可以追溯到一两千年前的史迹中去。这一切，是和许多的历史故事、民间传说、巧匠绝技和群众的美学观念密切联系起来的。在中国的年节中，有的是要踏青的，有的是要划船的，有的是要赶会的……这和外国的什么点灯节、泼水节一样，都各各有它们生活意义和诗情画意。过年的时候，一向我们各地的花样可多啦：贴春联、挂年画、耍狮子、玩龙灯、跑旱船、放花炮……人人穿上整洁衣服，头面一新，男人都理了发，妇女都修整了辫髻，大姑娘还扎了花饰。那"糖瓜祭灶，新年来到，姑娘要花，小子要炮，老头儿要一顶新毡帽"的北方俗谚，多少描述了这种气氛。这难道只是欢乐欢乐，玩儿玩儿而已么？难道我们从这隆重的节日情调中不还可以领略到我们民族文化的源远流长，和千百年来人们热烈向往美好未来地过年，但是贫苦的农户，也要设法购张年画，贴对门联；年轻的闺女也总是要在辫梢扎朵绒花，在窗棂上贴张大红剪纸，这就更足以想见无论在怎样困难中，人们对于幸福生活的强烈的憧憬。在新的时代，农历过年中那种深刻体现旧社会烙印的习俗被革除了，赌博、酗酒，向舞龙灯的人投掷燃烧的爆竹，千奇百怪的禁忌，这一类的事情没有了，那些要猴子的凤阳人、跑江湖扎纸花的石门人，那些摇着串上铜钱的冬青树枝的乞丐，以及号称从五台山峨眉山下来化缘的行脚僧人不见了。而一些美好的习俗被发扬光大起来，一些古老的风习被赋予了崭新的内容。现在我们也燃放爆竹，但是谁想到那和"驱傩"之类的迷信有什么牵联呢！现在我们也贴春联，但是有谁想到"岁月逢春花遍地，人民有党劲冲天""跃马横刀，万众一心驱穷白；飞花点翠，六亿双手绣山河"之类的春联，和古代的用桃木符辟邪有什么可以相提并论之处呢！古老的节日在新时代里是充满青春的光辉了。

这正是我们热爱那些古老而又新鲜的年节风习的原因。"风生白下千林暗，雾塞苍天百卉殚"的日子过去了，大地的花卉越种越美，人们怎能不热爱这个风光旖旎的南国花市，怎能不从这个盛大的花市享受着生活的温馨呢！

而南方的人们也真会安排，他们选择年宵逛花市这个节目作为过年生活里的一个高潮。太阳的热力是厉害的，在南方最热的海南岛上，有一些像菠萝之类的果树，根部也可以伸出地面结出果子来；有一些树木，锯断了用来做木桩，插在地里却又能长出嫩芽。在这样的地带，就正像昔人咏月季花的诗所说的："花落花开无日了，春来春去不相关。"早在春节到来之前一个月，你在郊外已经可以到处见到树上挂着一串串鲜艳的花朵了。而在年宵花市中，经过花农和园艺师们的努力，更是人工夺了天工，四时的花卉，除了夏天的荷花、石榴等不能见到外，其他各种各样的花几乎都出现了。牡丹、吊钟、水仙、大丽、梅花、菊花、山茶、墨兰……春秋冬三季的鲜花都挤在一起啦！

广州今年最大的花市设在太平路，就是历史上著名的"十三行"一带，花棚有点像马戏的看棚，一层一层衔接而上。那里各个公社、园艺场、植物园的旗帜飘扬，卖花的汉子们笑着高声报价。灯色花光，一片锦绣。我约略计算了一下花的种类，今年总在一百种上下。望着那一片花海，端详着那发着香气、轻轻颤动和舒展着叶芽和花瓣的植物中的珍品，你会禁不住赞叹，人们选择和布置这么一个场面来作为迎春的高潮，真是匠心独运！那千千万万朵笑脸迎人的鲜花，仿佛正在用清脆细碎的声音在浅笑低语："春来了！春来了！"买了花的人把花树举在头上，把盆花托在肩上，那人流仿佛又变成了一道奇特的花流。南国的人们也真懂得欣赏这些春天的使者。大伙不但欣赏花朵，还欣赏绿叶和鲜果。那像繁星似的金橘、四季橘、吉庆果之类的盆果，更是人们所欢迎的。但在这个特殊的、春节黎明即散的市集中，又仿佛一切事物都和花发生了联系。鱼摊上的金鱼，使人想起了水中的鲜花；海产摊上的贝壳和珊瑚，使人想起了海中的鲜花；至于古玩架上那些宝蓝、均红、天青、粉彩之类的瓷器和历代书画，又使人想起古代人们的巧手塑造出来的另一种永不凋谢的花朵了。

广州的花市上，吊钟、桃花、牡丹、水仙等是特别吸引人的花卉。尤其是这南方特有的吊钟，我觉得应该着重地提它一笔。这是一种先开花后发叶的多年生灌木。花蕾未开时被鳞状的厚壳包裹着，开花时鳞苞里就吊下了一个个粉红色的小钟状的花朵。通常一个鳞苞里有七八朵，也有个别多到十二朵的。听朝鲜的贵宾说，这种花在朝鲜也被认为珍品。牡丹被誉为花王，但南国花市上的牡丹大抵光秃秃不见叶子，真是"卧丛无力含醉妆"。唯独这吊钟显示着异常旺盛的生命力，插在花瓶里不仅能够开花，还能够发叶。这些小钟儿状的花朵，一簇簇迎风摇曳，使人就像听到了大地回春的铃铃铃的钟声。

花市盘桓，令人撩起一种对自己民族生活的深厚情感。我们和这一切古老而又青春的东西异常水乳交融。就正像北京人逛厂甸、上海人逛城隍庙、苏州人逛玄妙观所获得的那种特别亲切的感受一样。看着繁花锦绣，赏着姹紫嫣红，想起这种一日之间广州忽然变成了一座"花城"，几乎全城的人都出来深夜赏花的情景，真是感到美妙。

在旧时代绵长的历史中，能够买花的只是少数的人，现在一个纺织女工从花市举一株桃花回家，一个钢铁工人买一盆金橘托在头上，已经是很平常的事情了。听着卖花和买花的劳动者互相探询春讯，笑语声喧，令人深深体味到，亿万人的欢乐才是大地上真正的欢乐。

在这个花市里，也使人想到人类改造自然威力的巨大，牡丹本来是太行山的一种荒山小树，水仙本来是我国东南沼泽地带的一种野生植物，经过千百代人们的加工培养，竟使得它们变成了"国色天香"和"凌波仙子"！在野生状态时，菊花只能开着铜钱似的小花，鸡冠花更像是狗尾草似的，但是经过花农的悉心培养，人工的世代选择，它们竟变成这样丰腴艳丽了。"天工人可代，人工天不如。"生活的真理不正是这样么！

在这个花市里，你也不禁会想到各地的劳动人民共同创造历史文明的丰功伟绩。这里有来自福建的水仙，来自山东的牡丹，来自全国各省各地的名花异卉，还有本源出自印度的大丽，出自法国的猩红玫瑰，出自马来西亚的含笑，出自撒哈拉沙漠地区的许多仙人掌科植物。各方的溪涧汇成了河流，各地劳动人民的创造汇成了灿烂的文明，在这个熙熙攘攘的市集中不也让人充分感觉到这一点么！

你在这里也不能不惊叹群众审美的眼力。人们爱单托的水仙胜过双托的水仙，爱复瓣的桃花又胜过单瓣的桃花。为什么？因为单托水仙才显得更加清雅，复瓣红桃才显得更加艳丽。人们爱这种和谐的美！一盆花果，群众也大抵能够一致指出它们的优点和缺点。在这种品评中，我们不也可以领略到好些美学的道理么！

总之，徜徉在这个花海中，常常使你思索起来，感受到许多寻常的道理中新鲜的涵义。十一年来我养成了一个癖好，年年都要到花市去挤一挤，这正是其中的一个理由了。

我们赞美英勇的斗争和艰苦的劳动，也赞美由此而获得的幸福生活。因此，花市归来，像喝酒微醉似的，我拉拉扯扯写下这么一些话。让远地的人们也来分享我们的欢乐。

潮汐和船 *

海洋，多么的无边无际，辽阔深邃！这是世界上一切生命的发源地。这是地球上最巨型的动物的藏身之所。陆地上最高的山峰，最深的海洋完全可以把它淹没。地球上有四分之三的区域都是海洋。你凝视着海洋，有时真和望着星空一样，会涌起一种思索时间和空间的微妙、深远的感情。

当我们半裸着身体，在银白色的海滩上嬉戏，悠闲地拣拾着那些钟螺、蜘蛛螺、扇贝、冬菇贝的残骸；或者，掘开白色的沙蟹的洞穴，和那些被渔人形容为"沙马"的疾爬如飞的竖着眼睛的小家伙赛跑；或者，静静地躺下来，听着惊涛拍岸的那种雷吼般的声音，看着蓝天上朵朵轻轻飘浮的绢花似的白云，可以说都是很有情趣的事。但是，超越于这一切的，却是在血红的太阳刚刚冒出海面的时候，看渔船扬帆出海。或者，夕阳快要西坠的时候，渔船回来了。吹天狗螺的声音低沉地播送着，彪形大汉们挑着一箩箩的渔获物，吆喝着涉水登岸来了。这一类场景都使人感到一种生气勃勃的、奋斗和劳动的欢乐。

船是平常不过的东西，然而也可以说是十分奇妙的东西。一个海滩，只要有船，就不会令人感到寂寞了。好些海滩，原本是异常荒凉的。我到过一些孤悬海上的小岛，那岩岸的景象，甚至可以说有些骇人：长满了牡蛎和藤壶的巨礁，像太古时代的怪兽一样，蹲伏着、匍匐着。礁石上面，好似披着深褐色的毛毯一般，长满了各种绿绒状的、菌蕈状的海藻。海螺背着坚硬的壳，在石头上蠕动，或者，就像一枚枚螺丝钉楔死在木头里一样，牢固地贴紧着岩礁。海上呢，五颜六色的水母盲目地漂浮着，仿佛是

---

* 原载《作品》1962 年第 1 期，本文选自《秦牧全集》（增订版）第 1 卷，广东教育出版社 2007 年版，第 674—681 页。

全无生命的东西一样。远处的浪潮镶着银白色的花边，不断地向海岸冲击而来，越近岸边，气势越猛，终于撞击在岩石上，激起了飞溅的水柱和浪花，发出天崩地裂、鼓震雷鸣一样的巨响。这种偏僻小岛的岩岸，和那些辽阔的、游泳者云集的细沙海滩的景象完全不可同日而语。它寂寞、荒凉、原始、粗犷。在这种地方，人有时会忘我地发生这样的遐想：就不定在哪块岩石后面，会突然出现一个拿着粗石器、前额倾斜、口吻突出、目光迷惘、说话咿咿哑哑的原始人来。因为今天我们在这些最偏僻的角落里看到的景象，和几万年前、几十万年前我们的远祖所看到的并没有很大的差异。但是，无论怎样荒凉的海滩，只要有一条船出现了，情形就突然改观，这海滩再也不是那么寂寞了。通过这一条船，它可以和其他陆地、和整个世界联系起来。有时，乘着轮船渡过重洋，到了海水蓝得像墨，海豚像顽皮的小孩一样毫不客气地逐着轮船嬉戏的大洋中间，这时候，天苍苍，海茫茫，波涛汹涌，水天相接，偌大的轮船，竟像一件儿童玩具般在一大锅沸水里面簸荡。四围看不到一点陆地的暗影，也看不到一只飞鸟。突然，远远的水平线上一艘轮船驶来了，起初只是一颗黑点，越来越近，船的轮廓分明了，如果那不是一艘被怀着恶意者所操纵的船的话，两只轮船就会互相拉响汽笛致意了。这时，你也会像在荒凉的海滩上看到船一样，感到热闹，感到新鲜，感到亲切的友谊。在一刹那间，对于人类文明的这种产物——船，突然涌起异常强烈的感情了。

船，像一根小小的钥匙却能够打开大锁似的，它打开了海洋的门户。

船，像闪电划破了黑夜的长空一样，它划破了海洋的胸膛。

船，记录了人类的勇敢、智慧、毅力和许许多多艰苦的斗争。

因此，本来是全无生命的船，人们却往往把它当做有生命的东西来看待。几十年前，那些趁着季候风紧傍着海岸航线行驶、到南洋去的广东的红头船，每一艘的船头，都画上两颗圆瞪着的眼睛。这使人看来，仿佛就像是浮在海面的大鱼一样。在新加坡的通海的河汉里，我曾经看过密密麻麻地拥挤着这种瞪着眼睛的中国船，组成了奇异的图案。好像每一艘船都和安徒生童话中的人鱼一般，会讲出一段英勇瑰奇的故事。自然，现在的船是再也不髹漆这样的眼睛了。然而当你看到一艘新船沿着滑板下水时，人们欢欣鼓舞烧着爆竹，在船头贴着红纸、扎着彩带的情景；当你想到当轮船在航程中为死人举行海葬仪式，围着沉尸之处绕三个圈子的时候；当你想到在战斗和捕鱼的时候，船队可以配合得像一个人一样，这时刻对于船，我们可能仍会像古代的人们一样，觉得它"活起来"了。船仿佛成为世间的一种动物新种，而以操纵者作为它的脑子和心脏了。

凝视着船队扬帆出海，不断变幻着颜色的海水无可奈何地让路的情景，我有时会想起古代的航海家。不仅是郑和、地亚士、哥伦布、麦哲伦……这一类的航海家，还有那些更古老的没有名字的水手们。从世上第一条独木舟到原子破冰船，这条道路该有多远呢？我想它恐怕要超过几万年的吧。第一个从树上下来生活的猿人，第一个用火烤东西吃的原始人，第一个抓野马来骑的猎人，第一个从草里找出五谷来播种的农人，第一个挖独木舟的渔人，都应该在人类历史博物馆里各各立个铜像才好。想想现代的航海有时仍要遇到种种的困难，古代驾着独木舟在傍着海岸航行或者在珊瑚礁间穿梭来往的原始的水手们，他们该要冒多大的风险呵！那时鲨鱼在他们的船旁，随时伸出个背鳍来，旗鱼用尖嘴插进他们的船板；或者，顽皮的海豚掀翻他们的独木舟，一定是寻常的事。然而，太古时代的人们没有畏惧，一代代坚持下来，终于独木舟进步了，年积代累，一直发展到有了原子破冰船。这种船的钢壳撞碎几尺厚的坚冰迅速前进就像灵巧的姑娘们剪布一样的爽利。然而，即使人类已经进步到这样吧，凝视着海洋，仍然使人纪念着地球上的第一艘独木舟。

就是不去思索太古老的事情吧，想想比较近的，人类用钢铁造船，在船上安置蒸汽机，都只有一百来年的历史罢了，航海用罗盘指示方向，也只有千多年的历史罢了。在这之前，或者更古老的时代，连铁钉也没有，而独木舟又已经发展起来，那该怎么办呢！据说古代的北欧人，驾着原始的船舶航行的时候，就常常随身带着几只鸟，当船航入大洋，四望茫茫，就放出了鸟。如果鸟向后飞回去，就说明前路尚遥；如果鸟飞回船上，就说明前后离陆地都十分远；如果鸟飞向前去，就说明陆地近了。据说七八世纪的时候，波斯船和阿拉伯船，也还没有铁钉，只用椰子树皮制成的绳索来缝船板，再用脂膏和黏土涂塞缝隙，一遇到大风暴，整条船就散裂了。想一想古代的人们驾驶这一类木船是个什么味道吧！更何况那个时代，在桅杆上挂着骷髅标志的海盗船又纵横海上，更何况那个时代，人们关于海洋流传着许多惊心动魄的恐怖的传说！一直到哥伦布的时代，画家们所画的海洋还是像希腊神话似的，充满了许多的海怪。那个时代，水手们把船向茫茫的大洋驶去的时候需要多么大的勇气！他们在漆黑如墨的夜里，在甲板翘首辨认北极星，或者在白昼，当黑云垂下了尾巴预示风暴即将降临的时候，那种紧张的心情我们今天还依稀可以想见。怪不得古代留下来的洞穴壁画中，驾船和攻战、狩猎一样，是最吃香的题材了。中国的古墓有许许多多船舶的模型，古埃及和腓尼基的洞穴壁画中许许多多都是航海图，这表示了古代人们对于航海者多么深情的赞美！多么由衷的倾心！

地球上，海洋把一块块陆地分裂开来。然而船，看起来十分平常的船，在海洋上穿梭来往，构成了一条条无形的虚线，仿佛又把大陆、岛屿都缝合起来了。早在铁甲船、钢壳船出现以前，单单靠着木船，这个地球上陆地的联系缝合工作就已经基本告成，这真是伟大的壮举！就正因为这样，本来没有一株棉花的欧洲，出现了大片大片的棉田；本来没有一只绵羊的澳洲，出现了像云海一样的羊群；本来没有一株甘蔗的美洲，长满了如林的甘蔗；本来没有一株橡胶树的亚洲，出现了许多绿色的橡胶之岛……我知道你想就这种情况和罪恶的资本主义制度的发展史密切关联。是的，完全是这样，在那些年代，正不知道有多少奴隶在频繁的航海活动中精疲力竭伏尸在船桨上，正不知道有多少奴隶的尸体填了鱼腹。但是，尽管如此，血腥的历史仍然掩盖不了劳动者智慧和创造的光辉。如果说，在旧时代，在剥削制度的镣铐之下，运用比较笨拙的航海工具，人类尚且能够创造出如此光辉的业绩，在劳动人民翻了身之后，在不远的将来，整个资本主义制度在地球上埋葬以后，"四海一家"的景象该是何等可观哪。

每当我看到我们的船舶，迎着晨曦，趁着浪潮出海的时候，总是要涌起一种亲切向往的感情。登上人民的炮舰，抚摸着发亮的大炮；或者坐着鱼雷艇，像草原跑马一样，在海上疾驰，听任浪花迎面喷溅的那种豪迈、幸福的滋味，暂且不去说它了。单讲在渔港，遇上什么节日，譬如在端午节吧，装上收音机、推进器的渔船一艘艘回来了，顷刻间渔港里的船桅形成一个奇异的没有树叶的森林，一个个风杯在上面飘舞，每一艘渔船主桅上挂着的、渔民在上面观察鱼踪的绳椅也在迎风摆荡。每当看到那些船，就有一种像孩提时代过年一样的那种欢乐。它们带回来多少勇敢、智慧和毅力的故事呵！渔夫们，露出了古铜色的、肌腱饱满的胸膛，脸孔上刻下了由于烈日和海风的考验而产生的深深的额纹，他们讲述的许多海上的故事，大抵和《天方夜谭》《聊斋志异》一样的神奇。他们，有的拿着个鱼炮坐只小艇就敢于去炸大鲸；有的曾经抱着一根桅杆在海上漂泊过几昼夜；有的善于坐在桅顶的绳椅里，一看海面冒起的泡沫，就能辨别那是鳗鱼还是鲣鱼；有的伏在舱板上听水声，就能确定下面有什么鱼阵正在游过；有的能够潜水两三分钟，在海底掀开沉重的巨石，眼明手快地把一个个急速爬走的鲍鱼抓住；有的又像猿猴一样的敏捷，攀着桅杆几下子就能够爬到顶端去；还有些船曾经用几门土炮轰击过海匪的火轮，有的渔人潜水时用一柄尖刀和鲨鱼搏斗过；他们都聚集到海港里来过节，互相倾诉着动人的经历。请想想那是多么热闹的事，节日过了，龙船赛过了，在一日之间，所有的船又都扬帆出海了，那个奇特的海上森林转瞬之间变成了花盆，每一艘张帆的船都像一朵刚刚开放的花。太阳在船帆镀上金光，海浪在船腹镶上一圈银饰，一艘艘浪船各各又拖着一个扇形的水纹出海去了。看着这幅景象，人有时会陷入忘情的境界，不知道自己在遐想什么，总觉得倾慕、激动、亲切和豪迈，这样的感情凝聚在一起，像急流通过一个狭窄的河床一样，激起了巨响，但却又令人捉摸不定，莫明所以。我有时定一定神，整理着思路，想起上面提到的那一切，终于渐渐发觉，看大船和潮水搏斗、徐徐出海时产生的奇特的感情，原来是许多因素汇合而成的。它们包含着：对于人类文明积累的赞美，对于沉痛的历史往事的凭吊，对于翻身屹立起来的人民劳动创造的讴歌，对于勇敢、智慧和毅力的倾慕……是的，正是这一切，形成了那么一种"欲辨已忘言"的微妙的思想情感。而且，一艘艘的船又是多么使人想起一个个的人呵！没有龙骨，船就拼不起来了；没有腰骨，人就站不起来了。出海久了的船要用火来燂，正像在生活中沾染污垢的人们必须好好洗涤一样。装备越好的船，就越经得起风浪，正像为先进思想所教养越深的人，也就越能够乘风破浪前进一般。一条不能下水航行的船，即使如何精美，是毫无价值的，一个始终不能劳动创造的人，也是一样。航海总有遇到风险的时候，说不定还有一些船要沉没，然而这决不能吓倒海的儿女，即使在太古的独木舟时代，人们也没有被吓倒。船要是惧怕风浪，这奇妙的、能够划破大海胸膛的东西也就不再成其为船了。想着这么一些事情，那些漆着两颗大眼睛的、像一种新动物似的古老的红头船，突然又鲜明地飞到我的记忆中了。

　　我并不想在这儿告诉你某一次潮汐、某一个海港、某一艘船、某一个人的故事。我只想谈谈我看到船和潮水搏斗的时候，它们扬帆远征时候，自己的微妙的感受。像一个无知的小孩试图去捉住蜻蜓来缚在线上一样，我试图把那种微妙的思想感情捕捉来贴在纸上。如果你在这儿看到有些话好像是一个醉汉的呓语，那是自然不过的事。

榕树的美髯*

如果你要我投票选举几种南方树木的代表，第一票，我将投给榕树。

木棉、石栗、椰树、棕榈、凤凰树、木麻黄……这些树木，自然都洋溢着亚热带的情调，并且各各具有独特的风格。但是从和南方居民生活关系密切这一点来看，谁也比不上榕树。一株株古老的、盘根错节、桠杈上垂着一簇簇老人胡须似的"气根"的榕树，遍布在一座座村落周围，它们和那水波潋滟的池塘，闪闪发光的晒谷场，精巧雅致的豆棚瓜架，长着两个大角的笨拙的黑水牛，一同构成了南方典型的农村风光。无论你到广东的任何地方去，你都到处可以看到榕树，在广州，中央公园里面，旧书店密集的文德路两旁，市郊三元里的大庙门口，或者什么名山的山道，都随处有它们的踪迹。在巨大的榕树的树荫下乘凉、抽烟、喝茶、聊天、午睡、下棋、听报告、学文化，几乎是任何南方人生活中必曾有过的一课了。

有一些树木，由于具有独特的状貌和性质，我们很容易产生联想，把它们人格化。松树使人想起志士，芭蕉使人想起美人，修竹使人想起隐者，槐树之类的大树使人想起将军。而这些老榕树呢，它们使人想起智慧、慈祥、稳重而又饱历沧桑的老人。它们那一把把在和风中安静地飘拂的气根，很使人想起小说里"美髯公"之类的人物诨号。别小看这种树的"胡子"，它使榕树成为地球上"树木家族"中的巨无霸。动物中的大块头，是象和鲸；植物中的大块头又是谁呢？是槐树、桉树、栗树、红松之类么？对！这些都是植物界中的长人或者胖子。但是如果各各以一株树的母本连同它的一切附属物的重量来计算，世界上没有任何一种树能够压倒这种古怪的常绿

---

* 写于 1961 年，后收入《潮汐和船》（作家出版社 1964 年版），本文选自《秦牧全集》（增订版）第 1 卷，广东教育出版社 2007 年版，第 701—705 页。

乔木。榕树那一把一把的气根，一接触到地面就又会变成一株株的树干，母树连同子树，蔓衍不休，独木可以成林。人们传说一棵榕树可以有十亩宽广的树荫。这个估计，其实还可能是比较保守的。我看到一个材料，据说在孟加拉有一个著名的榕树独木林。它生有八百根垂下的钻入泥土的树根，每一根都发展成为树干，它的阴影面积竟超过了一公顷（十五亩）。广东的新会县有一个著名的"鸟的天堂"，江中洲渚上的林子里住满了鹭鸶和鹳，晨昏时形成了百鸟绕林的美景。那一个江心洲渚中的小树林，也是由一株榕树繁衍而成的。在那里，已经分不出哪一株树是原来的母本了。

古代南方有"榕不过吉"（赣南的吉安）的俗谚，这种长江流域的人们难得一见的树木，在南方却随处都有它们的踪迹。榕树的树子（和无花果一样，其实是它的发育了的囊状的花托）很小，只有一粒黄豆大小，淡红带紫。我们坐在榕树底下乘凉，有时不知不觉，可以被撒个满身。把玩着那些柔嫩的榕子，真禁不住赞美造物的神奇。谁想得到，这么小一粒榕子，培育成长起来，竟可以成为参天大树，甚至形成一片小树林呢！自然，榕树最奇特的毕竟是它的根，气根落地又成树干，这就使得古老的榕树形成了一个个的穹窿门，可以让儿童穿来穿去地捉迷藏。它的地下的根也气势雄伟，往往在树干的底座形成了一团盘根错节的突起物，假如是城市街道旁的榕树，那拱起的树根甚至能使水泥地面都为之迸裂。南方有些乡村，在榕树的基座灌上一层一两尺厚的水泥，造成一个和树身紧连在一起的平滑的圆台，这就使得"榕树下"更加成为一个纳凉消夏的好去处了。榕树躯干雄伟，绿叶参天，没有强劲深远的根是难以支撑树身的。因此，它的地下根又很能够"纵深发展"，向四面八方蔓延，一直爬到极深和极远的地方。根深叶茂，这使得一株大榕树的树荫，多么像一个露天的礼堂呀，怪不得几百年前，就有人称誉它做"榕厦"了。

有些植物，羞涩地把它们的茎也生到地下去。但是，榕树不仅让它的根深入地下，也让它们突现在地面；不仅突现在地面，还让它的根悬挂在空中；甚至盘缠贴附在树身上，使这些错综纠缠和变化万千的树根形成了老榕的古怪的衣裳。再没有一种植物，把"根"的作用显示于人类之前，像榕树这样的大胆和爽快的了。

在名山胜地的悬崖峭壁上，我甚至看过一些榕树，不需要多少泥土，也能够成长。一粒榕树种子落在峭壁上，依靠石头隙里一点点儿的泥土，好家伙！它成长起来了。它的根不能钻进坚硬的石头，就攀附在石壁上成长，在这种场合，这些根简直像一条条钢筋似的，它们发挥了奇特的作用，把石壁上的一点一滴的营养，都兼收并蓄，输送到树身去了。因此，你在石壁上看到有一株扭曲了的榕树在泰然地成长，一点也用不着惊奇。这样重视它的根的树木，在适宜的气候之中，还有什么地方不能生长的呢！

我从来没有看过一株榕树是自然枯死的。如果不是由于雷殛，不是由于斩伐，它似乎可以千年百代地活下去。正因为榕树具有这样神奇的生命力，在旧时代，一株老榕身上常常被人贴满了祈福禳祸的红纸，甚至在树根处给人插上了香烛，有好些迷信的老妇还在向它们焚香膜拜。今天自然已经很少这一类事情了，但是，榕树和人们生活的关系，却一点也不减于往昔。看到成群的农民在榕树下休息谈笑，或者看到榕树身上被挂着一块黑板，人们正在那里唱歌、上课，你会感到：这真是动人的图景！

一个人有时感触于某种景象，常常会涌起一种童稚似的感情。我们念过童话、神话、民间传说，那里面，老树不是像人一样，会说话的么？有时在榕树下乘凉，我就不禁想象：榕树真像那种智慧、慈祥、稳重而又饱历沧桑的老人！他是"智者不惑，仁者不忧，勇者不惧"那一流的人物，仿佛他什么时候都在掀髯微笑，像一个旷达的长者那样告诉在他身旁乘凉的小孩（反正我们和他比起来都成为小孩）："根是最重要的！你有了越多的根，你就可以吸收到越多的营养。你的根扎得越深，你和培育你的土地关系越密切，你就越有力量了。一株真正坚强屹立着的树是不怕烈日、风暴、旱患、水涝的。你瞧我，我抚育后代的成长，不怕他们掩盖了我，我具有这样的胸怀，任何从我的身体分出去而成长起来的小榕树，也都维护了我，壮大了我。"每一株长髯飘拂的老榕起码总有两三百岁的年龄吧，想起它们经历的沧桑，想起它们的倔强的生命，想起它们亲历了中国百余年来波澜壮阔的巨变，真不禁使人对于榕树感到深深的敬爱。

南海有一座著名的西樵山，入山的道旁就长满了许多老榕。不用说，它们每一株都有一把美丽的胡子。有一次夜里，我在山道漫步，披着一身月色，听着盈耳泉声，来到老榕树下，却禁不住错愕地止步了。看着那些老树的气根在和风中飘拂，月光使它们更加碧绿、柔和了。我禁不住呆呆站在那儿，像一个梦游病者似的一把一把去抚摸老榕树的美髯，但是又生怕把它们弄断。这时，老榕树真好像我们所敬仰的一些长者似的，教人想起他们由于勤奋吸收，和群众、和大地关系这么密切，因此，他们得以"永葆其美妙之青春"。像榕树的根扎得那么深，伸得那么远似的，他们的信仰那么坚定，因此，万劫不摧，永远那么豪迈安详地屹立着。这时候，我不觉沾染上古代拜物教徒的情绪了，真禁不住想喊一声"榕树爷爷，大胡子伯伯！"要是能够进入童话境域去，这些老榕树忽然开口了，和你攀谈了，谈起他对于树根的看法和生活的经历了，该多好哪！

沙面晨眺 *

每一个大城市总有一些树木格外葱笼、情调分外幽雅的地方的，广州的沙面就是这样一个所在。

沙面坐落在珠江河畔，一道人工挖成的环形河沟把它和整片陆地分离开来，使它形成了一个洲渚，或者也可以说是一个岛屿。在这块地面上，苍翠欲滴的树木：飘着长须的老榕，直立如笔的桃榔，散发着幽香的柠檬桉，簇生着巨大掌状叶子的蒲葵，一株株一丛丛地生长着。在绿荫之间，是许多欧洲式的建筑、球场、江滨大道和无数舒适的靠椅……在这美丽的地方，绝少汽车通行。偶尔有些自行车响着铃铛驰过，但是数量也不会多。除了公园，这自然是广州居民憩息的一个好去处了。不错，无论什么时候，这里总有一些远方游客、休假的劳动者、老人、少年儿童们在闲步，或者嬉戏。它经常让人体味到一种恬静闲适的乐趣……

这地方和公园不同的，是它在静中有动，它本身是幽雅的，但是它面临的，却是帆樯如织的喧闹的珠江。坐在这儿的靠椅里眺望珠江晨景，是一种很好的生活享受。随着太阳的上升，江水不断变幻着颜色：浅绿，深绿或者黄褐。它像一幅奇异的巨大的绸缎，闪耀着、流动着，紧紧围绕着这个古老而又青春焕发的英雄城市……

三十六条南方内河航道总汇的珠江是热烈的，喧闹的。这一条中国南方最著名的江流，在近代史上受尽了屈辱，但也流传着无数可歌可颂的英雄故事。如今，在太平岁月，它充满人民和平劳动的动人景象，江面上几乎时时刻刻都有船只通过，一艘华丽的载满旅客的"楼船"驶过去了，一艘

---

* 原载《文汇报》1961 年第 27 期，本文选自《秦牧全集》（增订版）第 1 卷，广东教育出版社 2007 年版，第 793—800 页。

拖着扇形波纹的电轮又响着铃铛紧接而来；一艘东江的货船划过去了，后面又出现了来自北江的木筏，各江的船只各有它们的风格，有的是宽腹的，有的是翘首的，老于此道的船家们可以为你一一数说每一艘货船的故乡和它们舱里所藏的宝贝。这许许多多来自远方的船只，加上纵横交织的舢板、小轮，许多捞鱼捕虾的艇、"虾扒"，构成了江面一幅熙熙攘攘的画图。

通着强力电流的跨江电线高高地横过江面，在晨风中轻微颤动。跟着这电线极目遥望那时常像笼罩着一层烟霭的对岸，可以见到一处处的厂房，高耸的烟囱正吐着青烟。这大抵是近十年来的产物，它们的不断涌现标志着这个原来的消费城市正在迅速改变成生产城市。这城市现在不是已经有了钢铁厂、船厂、拖拉机厂、重型机器厂、纸厂和好些"工业大道"了么！

坐在江滨林荫下舒适的靠椅里，眺望江景，你会不时地被一队队从你面前走过的幼儿园的孩子们所吸引，在沙面，这些孩子们好像特别的多，小女孩辫梢上扎着蝴蝶结，小男孩戴着海军帽子。他们胸前的罩衫上绣着小鹿小猫，发着银铃似的笑声，或者唱着"我是一个大苹果"之类的儿歌。在阿姨们率领下嘻嘻哈哈地走过去了。这景象，和那在草坪上打着太极拳，做着白鹤亮翅、金鸡独立之类姿势的老人们，正好相映成趣。听着远近楼房窗口里飘送出来的音乐，看着这一切情景，你怎会没有一种深刻的感受呢！

好一幅劳动人民之国的生活图景！

好一个幽雅闲适的地方！

好一片美丽整洁的江岸！

然而不知底细的人，有谁会想到在旧时代，这里原来却是一片血腥的土地，一个曾经激起亚洲风暴的低气压中心呢！

这里原来就是旧中国的"租界区"，像北京、天津、上海、青岛、汉口、九江等城市留下的一些"租界"陈迹一样，这就是当年到处飘扬着米字旗、星条旗、太阳旗、三色旗，到处布满了碉堡、机关枪巢的"租界"的遗迹了。

三十六年前，帝国主义在这里进行了一次对中国人民的大屠杀，激起了可以说是世界史上最长的一次罢工——"省港大罢工"。并因此掀起了整个亚洲的风暴。

至今，在沿着沙面河沟的东岸，一块"六·二三惨案"的纪念碑屹立着，还年年接受着许多远方来客献上的悼念的花圈。

这块土地本来是和整片陆地连在一起的，它有一个古老的美丽的名字，叫做"拾翠洲"。

1859 年，英法殖民军队用大炮对准清廷，强占了拾翠洲。在此前数年之间，广东人民的反帝斗争是轰轰烈烈的，三元里等一百零三乡的群众曾经以土炮土枪大败英军，当英国军队根据清廷官吏和他们签订的屈辱条约闹着要"入城"贸易和居住的时候，珠江两岸，曾经麇聚过各地闻风而至的十余万示威群众，愤怒的喊声吓退过侵略者的炮舰。然而，由于政权掌握在反动派手里，革命群众不断给压制着，侵略者倒给揖迎进来了。

于是，帝国主义者挖了这么一道河沟，把"拾翠洲"和大陆割离开来，形成了一个血腥的小岛。他们构筑了两道桥梁保持和陆地的交通，东面的叫东桥，西面的叫西桥。桥上面设了铁门，规定洋人从大门出入，中国人倒得从小门出入。桥头上设立了碉堡，机关枪口就对准着土地原来的主人。

那一幢幢西欧式的、中欧式的房子给营造了起来。一块块镌着各国文字的铜牌给钉了上去。这些围墙森严、木料厚重、巨大而又阴沉的房子里面，不知道进行过多少血腥的活动。中国的卖国贼、盗魁、私枭、奸商，当年就成为这些房子常川来往的"客人"；军火和毒品从这些房子里给分发到中国各地去；而珠江三角洲的蚕丝和金银又给搜刮到这些房子里面来，从沙面的码头直接装卸到外国的军舰上。那时候，离沙面不远的深水江面——白鹅潭上面，密密麻麻都是帝国主义的军舰，连土地面积不够中国百分之一的葡萄牙的军舰也经常在这里碇泊了。

那时候，醉熏熏的帝国主义士兵经常在这里追逐着中国妇女，外国资本家在这里挥舞着手杖殴击中国苦力。江岸林荫大道上的靠椅不让中国人憩息，中国人甚至赤足出入东桥西桥都受到拒绝。有一个时期，这些殖民者们还规定过中国人出入要持有"通行证"……

1925 年，中国酝酿着大革命的风暴，共产党反帝反封建的号召激起了群众运动的巨潮。于是卑怯而又凶残的帝国主义又施行屠杀手段了，上海五卅惨案发生后，青岛、汉口、九江都连续发生了类似事件，当北伐根据地的广州的革命群众起来游行示威的时候，帝国主义就在这一片土地上，又制造了一桩大血案。

那年的六月二十三日，几万群众游行经过这儿河沟对面的沙基，一路高呼着"中华民族解放万岁""全世界被压迫者联合起来"等口号，当队伍前队已经经过西桥附近，转入内街，后队将到西桥的时候，那些站在沙面的大建筑物上观看的帝国主义分子忽然都一齐躲开了。于是，霎时间，从沙面西桥的碉堡、水塔、大厦都射出了万恶的子弹，碇泊在白鹅潭的英国、法国、葡萄牙炮舰也都发动了炮击。这些机关枪和大炮是对着密集的游行队伍的，如果不是沙面的洋务工人在刽子手的身旁奋勇夺枪，和他们展开了搏斗的话，惨案的规模还要更大。但是即使这样，当时沙基的路面上，也已经变成了一个大血泊，有五十二人被杀害了，有一百多人身负重伤，这美丽的沙面就是当日刽子手血腥的屠场。

我看过许多当年拍摄的死难者的照片，他们之中，有工人、士兵、商人、教师、学生，还有老人和小孩。使他们致命的枪口有的是出入口深阔都达数寸的，有的是入口小出口大的，有的是出口大至盈尺的。这使得有些死难者只中了一颗枪弹，而面目已经全不可辨。它说明，从沙面射出的罪恶的子弹，不仅出自来复枪、机关枪，也还有些是出自猎枪的。帝国主义者把原来在非洲射杀野象和狮子的猎枪用来对付中国的和平群众了。而这些子弹，不仅有从碉堡、水塔中射出的，也还有从当年的"维多利亚酒店""屈臣氏药房"射出的。以鸦片战争时期英国女王的名字"维多利亚"命名的大酒店，就面对着西桥。这意义为"胜利"的"维多利亚"一词，从鸦片战争以后，它到处出现，香港的一座最高的山峰就给叫做维多利亚山，上海、广州，也到处有以这个词儿命名的外国大厦和商店。我们仿佛到处看到穿着燕尾礼服的、骄横跋扈的西方绅士，一天到晚在中国人面前叫嚷着："维多利亚，维多利亚！"

然而在党的号召和教育下，开始动员和组织起来的革命群众，终于给予高喊着"维多利亚"的帝国主义分子以严重的打击了。五卅惨案、沙基的大屠杀事件激起了中国人民无比的愤怒，广州和香港的群众怒吼起来；沙面的洋务工人全罢工了。这使得沙面的刽子手们异常紧张，珠江河面上英、美、法、日、葡的战舰一下子增加到十多艘。东桥西桥后面，他们装上了八厘米厚的钢板，并且布起电网来，不时自己放着冷枪壮胆。洋务工人的罢工使他们感到风声鹤唳，沙面上被雇佣的印度兵，隔天一下子都给调走，连沙面的印度人，也都给驱逐了。

中国人民反帝的怒潮，使东方爆发了一次世界史上空前的省港大罢工。香港的工人，不管是哪一行哪一业的，都联群结队回到广州。英国人用钉封铺门的手段来制止香港商人罢市；用出境限带五元港币、其余财物没收的野蛮手段来阻挠香港工人罢工返回内地，在一星期之间仅仅是采用这一掠夺手段，就搜刮了十余万元港币。但是工人们宁可身断分文也非罢工离开香港不可。港九的码头、车站上，等候舟车的罢工者人山人海。而在广州，共产党参加了的、正在积极准备北伐的革命政府由于发动了群众，接待工作做得井井有条，十几万罢工工人的生活都受到了妥善的安顿，他们后来有许多人都成为北伐的参加者了。

这一次规模空前的大罢工持续了一年四个月，它使香港政府每天的财政收入减少二十万元以上。中国劳动者的血汗使它变成花花世界的香港，一时顿失旧观，工人们都形容说香港变成了死港和臭港。由于罢工工人对香港的封锁，这个所谓"自由港"百物腾贵并且事事都不"自由"了。由于登山缆车的司机罢工，住在山顶的英国贵族大亨都只好步行下山了。由于厨司和女佣罢工，平时养尊处优的洋主妇洋小姐都只好亲下厨房、亲自上市买菜了。由于清粪工人罢工，到处大粪堆积，人们只好把粪溺倒到海里或者挖地洞就地掩埋，这样做的结果，大水塘渗入了粪溺，食水也变臭了。由于渡海小火轮罢工的结果，香港开尖沙咀的交通小轮从每渡几分钟变成了每渡一个小时，技术生疏的英国水手把船开得乱冲乱撞，时常碰到堤岸上……总之，大罢工使香港这个酒绿灯红的城市完全失色了。资本主义世界作家们描述的大罢工给现代城市造成的瘫痪状态，凡是那些笔墨不足的地方，当年香港的罢工工人都用实际行动为它补足了。

省港大罢工后不久就有北伐的誓师，当帝国主义收买了北伐队伍中的叛徒蒋介石之流，制造了"四一二"事件以后，"广州公社"的红旗又在这个城市里高举起来，五卅、沙基惨案给予中国人民的反面教育是巨大的。

今天，在沙面的靠椅里沐着晨曦，看着人们在太平岁月里幸福安详地生活的情形，想着三十六年前的那个血日和省港大罢工的景象，你不能不对回到祖国怀抱的这里的一块草坪、一片土地、一幢幢楼房、一株株草木，激发起深厚的感情。三十六年过去了，帝国主义在亚洲，已经从张牙舞爪变为不断败退，现在又是非洲和拉丁美洲到处燃烧起反侵略反奴役的烽火了。漫步在这片幽雅安谧的土地上，你仍会情不自禁地想起当年的屈辱和斗争。觉悟了的、组织起来的群众的力量该有多大！当年尚且这样，何况今日！好些中国城市里的这样一块块地方，尽管铜牌上的英文德文法文日文俄文已经剥蚀了，然而看着那些依稀可辨的陈迹，仍然令人激动。它们是一座座不挂招牌的历史博物馆，我们是一定要使新的一代，包括那些幼儿园的小孩子们读懂这些特殊博物馆里带着血腥的建筑物的历史的。

沙面上林荫大道的靠椅，现在已经变成中国普通劳动者随意憩息的地方了。当年的水泥碉堡，现在已经变成花坛了。这里现在也住着许多外国人，然而却大抵是和我们亲密地并肩走路的国际朋友了……

至于那座"维多利亚大厦"，现在变成了"胜利宾馆"，从文字的意义上来说都是"胜利"，然而它已经从英文变成中文了。

在沙面上漫步和休息，你会想起许许多多的事情：看见靠椅，想起了战斗和劳动的可贵；看到草木，想起了赋予万物生命的阳光；看到土地，想起中国神圣的版图；看到江流，想起历史的法则和时间的裁判……

江上灯语*

一艘吨位很小的小轮船，载着我们驶行西江全程，从两岸高山环峙、沃野纵横的上游，一直到海鸥飞掠、波光万顷的虎跳门海外。这一次，不是观光城市也不是访问工厂农村，更不是寻幽探胜，而是看航标灯，访问英雄的航标员。

船，带我们看江上的一个个航标，攀登岸畔的座座灯塔，叩访一个个航道站，认识一个个江上的航标员。

航标灯的款式可真多啦！从山麓灯塔到江面浮鼓，从水深信号杆到桥涵标……到处都有它们的踪迹。红的，绿的，白的；单闪的，双闪的，五花八门，洋洋大观。它们组成了一条银色的长链，明亮的珠串，使入夜以后的江河，也像白天一样，同样是一条可以让船舶安全行驶的航道，宛如路灯配置齐全的"水品大马路"。

我们这艘小火轮上，飘扬着一面"航标旗"。它红色铺底，上头有一颗大星，旁边横列四道象征波浪的白条，下端有一个航标图案。挂着这种旗帜的航道站、航标船，现在已经是随处可见了，但是，它的出现，可是经过极其艰苦的斗争历程呵！这航标旗的图案，不知是谁设计的，有意思！它仿佛正在响着这样的声音："在红色的大地上，由于有了一颗大星在照临，江河处处，都架设起安全导航的航标来了。"

在船头上，我们围观着西江详细的海图，这成叠的海图里，标着西江每一段的地形地貌。我翻看着那一页页图标，不禁"悚然一震"：好家伙！这平平展展，浩浩荡荡，气象万千，风光如画的大江，底下地形竟是这样

---

*　最早收入秦牧《长河浪花集》（人民文学出版社 1978 年版），本文选自《秦牧全集》（增订版）第 1 卷，广东教育出版社 2007 年版，第 801—811 页。

的复杂！水平线下的瑰奇险峻，高低悬殊，竟达到了这个地步！水底下，也有险峰深谷，也有丘陵平原。露出水面的浅滩礁石，大片沙洲，人们都一目了然，但是水底下的那个奇特境界，可就不是那么好懂了。西江河道，像命名"鬼仔角""老虎坑"等深水点，水深达到七十多米，有二十多层楼那么高，上游水浅处却不过两米，一层楼不够。如果没有航道工人的艰苦奋战，使一处处河道疏浚了，一座座灯塔巍然屹立了，一盏盏标灯夜夜闪光了，这条液体的"水晶大马路"，又会变作崎岖艰险的羊肠小径啦。

西江，我们祖国的第四大川，它流长二千多公里，从云贵高原蜿蜒而来，经过广西，流入广东。像一个人有乳名、本名、别号、诨号一样，这条大江，在各个流域，分别被人命名为南盘江、红水河、黔江、浔江，到广东后就成了西江，更下游处汇合其他水系，又给叫做珠江。它一路汇纳许多大小河流，越来越变得气魄雄浑，胸怀开阔，到了磨刀门入海处，水天茫茫，简直有吞吐河岳的气势了。然而它的发源处究竟是怎么一个模样呢？我们船上有一位技术员老刘同志，是一九五六年西江航道查勘队的成员，那年，他们从甘肃请来黄河水手，买了羊皮筏子，一队人直奔云南沾益，查勘西江水源。云南海拔两三千米的高峰到处凌云耸立，西江的源头就在昆明东北面一百多公里的马龙山花山洞。那时，他们每天跋涉峻岭险滩，一早起来就给羊皮筏子吹气，乘着它涉险查勘。羊皮筏子有时在乱石堆、树桠杈间给咬住了，有时给打翻了，大家就捞起沉水衣物、资料，爬上岸来，擦干身子，敷好伤口，坐在石滩上晒干衣物、资料，继续战斗。入夜，又在密林里搭起帐篷露宿，轮流守望篝火，依靠火光驱赶虎、豹、狐狸、野猪、野猴。这位亲历其境的勘查者说，大江的源头，本来只是浅涧小河，有时河水流了一段，潜流入地，成了杳无踪迹的地下河，过了若干里路，又再冒出地面，有时激流经过一道道"跌坎"，又变成了一幅幅瀑布，连羊皮筏子也行驶不了。南盘江源头，那些雷公滩、雷打滩、乱石河、打鼓村等河滩、村落的名字，就足够令人想起那只有十几二十米宽的山涧，日日夜夜，激流飞泻，撞击在星罗棋布的乱石上，水声大吼，既似击鼓，又像打雷，山鸣谷应，水雾蒙蒙的情景。源头是这么狭窄的江流，在奔腾千里，一路汇纳百川之后，临近出海，却变得这样浩瀚壮阔了。江水源流连羊皮筏子也乘载不了，到磨刀门等珠江"入海八门"之处却可以容纳几千吨以至万吨以上的巨轮。江水源流不过是狭窄的山涧，到了西江一带，一个洲渚却尽可以住上一两个农业大队的人口。嗐，不断吸收，不断成长着的事物，力量何等巨大！

记叙这些事情，目的可并非单在谈几句地理；我们既航行在这条和我们生活关系如此亲密的大江之上，就禁不住想到打听它的老家的讯息了。再说，江流蜿蜒奔腾，一路壮大的情景，不也使我们联想到事物的法则，历史的发展，人物的成长等一些道理吗！

这江上航标出现的历史，江上英雄航标员的故事，不少也和这条大江本身的经历很相像呢！

大江映着日月，驮着风帆，穿越峡谷，横贯大野，不知疲倦地奔流着，也以它的运动不息，浪花相接的雄姿，给我们作了一番哲理的启示。

水面之下地形地貌这样复杂，江上航行，特别是夜航，要是缺少标灯，真个像旧谚语所形容的"行船走马三分命"了。

都城一带流传着一个故事，抗战时期，日本军队侵略西江流域，到了那里一个小镇，首先干的事情，就是去抓一个"点灯工"，每天黄昏，由一个日本兵用枪口对着他，押他划着小艇去江上一个险段点亮一盏航标灯。那个点灯工被迫干了几晚，敌人监视松懈些了，只在岸上持枪威吓，要他单独把小艇划向航标。这个誓死不当奴隶的点灯工划艇离岸，霍地扑通一声跳进水里，拼死泅向对岸，敌人的乱枪没有击中他，他终于逃脱了。

这个真实的故事，既反映了侵略者的凶残，也说明江上险段的每一盏标灯对航运关系的重大，以及点灯人的艰苦的斗争。

西江有"三滩六峡七十二包头，九顶十角二十四沙"的船工谚语。这就是对一些险段的概括描绘。那西江六峡，在旧时代真是个沉船窝。半封建半殖民地的旧中国，外国战舰商船到处横冲直撞。有一次，一条英国船深夜驶进三榕峡，错把陆地当做峡口，一下子就撞上了浅滩。而那个弯弯曲曲、著名的羚羊峡，1936年，"巨华轮"沉在峡内，1947年，"大东号"又在峡口葬身。那时的羚羊峡，可真是个阴风大刮的"死亡的峡谷"啦。

我们今天航行在这峡谷激流之中，却并没有紧张的心情，水手们也都显得一片镇定安详。小火轮过了一个峡又一个峡，白天，在两岸山峦或者平畴之间，我们所看到的，是一江碧水，在日光之下激滟闪亮，一艘艘轮船犁起了雪浪花，疾驶而过，相遇时远远就互相鸣笛致意。它们所以能够这样泰然自若，是因为航道上处处有标记给它们打信号。这段江流，平均每公里有一点五座标志，水面上的浮标，两岸的灯塔，都在发挥导航的作用。那些六七米高，白色的，或者漆着一个红顶、黑顶的小灯塔，各各作为一种符号，告诉船只"危险"，"拐弯"，"对面走"，"靠岸走"等等。这条无声的语言的长链，长度和通航的江流一样。这就使得船长、船员们，可以平静地去掌握轮船的驾驶盘，或者安心地洗刷甲板了。

解放以来，江上航行是相当安全的。虽然，阶级斗争还存在，我们队伍中一些严重不负责任的人也还存在，极其个别的海事事件未能完全根绝。但是，由于标灯失常肇祸的事件，已经不再发生了。

江面，白天自有它的热闹，夜幕降临了，"星垂平野阔，月涌大江流。"照想该是很宁静的吧？不，夜航发展了，江面也还是相当喧闹。蓝空里繁星闪烁，江上岸畔，船灯标灯都不断闪耀着。它们的倒影，投射到变成暗绿色的江水上，到处摇曳着一串串瑰丽多彩，变幻无穷的光束。这时，轮船的汽笛，不时划破静谧的夜空，各种各样的"灯语"絮絮滔滔，通过船员的眼睛翻译成的语言，也都响起来了：

一艘轮船顶上挂着四只灯，它是在说："注意，我是一条拖轮，后面还拖着三条船。"

一艘小火轮上端亮着两只绿灯，它在说："航标船来啦，你们看到一路的标灯，正常没有？"

一艘笨重的轮船上面亮着一盏耀眼的红灯，它在说："小心，我是油船。"

一只大木船上面有盏黄灯，它在说："别误会，我是一艘运沙船。"

这时，标灯闪闪，也发着庄严的声音在导航。

江面的标灯映着眼睛，它在说："这里有礁石，浅滩，请避开。"

岸上的小灯塔在映着眼睛，（以下行船方向为准）左岸定时一闪，右岸定时两闪的白光，发着这样的声音："我是'过河标'，驶向对面吧！"

左岸的绿灯，右岸的红灯，定时映着眼睛，它们在说："这儿是'靠岸标'，靠近行驶吧！"

……

满天繁星，一江"灯语"，它教人想起航道工人的辛勤、北京中南海的光源。

珠江上，尽管第一座航标出现到现在已有一个世纪以上的历史，但是刚解放时，珠江的全部航标却只有三十多座。正像船工们所描绘的："四十年代没有灯"。

江流现在能够成为标灯闪耀的水晶大道，既从又一个侧面显示了革命的威力，也记录了航标工、挖泥船工以及许许多多航道工作者的战斗和功绩。

江上的航道工们，常被人誉为"无名英雄"，这决不是偶然的。他们之中，有许多人，的确可以当此称号而无愧。

　　有一些果树，开很细小的花，却结很硕大的果实，也有一些果树，结很细小的果实，却开着大朵的花。两种果树的两种风格："实而不华"与"华而不实"，在我们周围，不是有好些人也和它们各各依稀神似吗！

　　英雄的航标员，表现的是前一种风格。

　　航道工人，一年四季，三百六十五天，轮班坚守岗位，驾电船，爬山坡，查标顶，换设备。随着水位的深浅变化，测河道，扫河床，移标，撤标。涨水季节，要和洪水抢时间，争速度，要和台风暴雨搏斗，白天黑夜一个样。越是风口浪尖的境地，越是需要大干苦战。但是，现在这样艰苦的劳动，比起点煤油灯的时代天天运着一船灯来来往往，托着二十多斤重的标灯爬上江中高耸的标杆，日日夜夜，挂灯收灯，已经是不可同日而语了。比起在旧社会，用一根竹竿吊一盏煤油灯，给来往的船只作崖头标，自己戳棘在寒风中，划着破艇去向过往船只要柴要米，半饥半饱混日子，还要受"地头蛇"、兵痞们的欺凌剥削，那更是天差地别了。

　　马克思列宁主义、毛泽东思想的教育，历次政治运动的锻炼，使他们发扬了革命英雄主义和国家主人翁的精神，勇于斗争，也逐渐砍掉束缚自己思想的缆索，自觉破除了"拿多少钱，干多少活"的雇佣观念。他们逐渐变成一专多能，掌握"十八般武艺"的能手。他们驾驶小火轮，巡视航标，是驾驶员。他们管理船上的机器，是轮机员。他们检视、修理航标，是航标员。有些航道站的工人种树多年，为公家制桌子椅子，又是木工。"文化大革命"和"批林批孔"运动中他们痛批了"上智下愚"等谬论，争取多作贡献，上面提到的，发挥了巨大导航作用，为河山增添秀色的小灯塔群，都是他们自己下河捞沙，上山爆石，只使用国家最少量的资金亲手建成的。在这项劳动中，他们又是设计员、石工和泥水工了。

　　阶级斗争和路线斗争的锻炼，使他们高度警惕地注视着江上的一切。一遇可疑船只，他们把臂章一套，又是出色的民兵。投机倒把，流窜作案的坏家伙，许多都在他们面前俯首就擒了。

英雄的航标员长年累月在江上斗争着，二十多年来，在毛主席革命路线的指引下，许多人就是这样成为共产党员、先进工作者和卓越的多面手的。

这是江上无名英雄们的群像。我想举出和广西交界处的界首航道站一个党员站长来做例子。西江的船工、航道工们普遍知道他。我想江流和群山也应该是知道他的吧！航道工人一年只放假一次，一次度完全年的假期。其他时间都得日日夜夜坚守岗位。而这位披着件陈旧衣服，半生来往烟波江上，十分淳朴的瘦削的汉子，身躯里却蕴藏着无穷的工作毅力和巨大的献身精神。十八年来，为了给革命事业多作贡献，他鞠躬尽瘁，基本放弃了假期，十八年中，只公休三次。近五年来，一天假期也不要。我们在长岗航道站碰到这位出色的人物。他正驾着小火轮，带着一批电池箱来充电，好些船工、航道工都亲热地和他拉手，摸他的头。你可以从这些善意的调侃动作中，想见群众对他的热爱。大伙问起他如此坚持工作，内心是怎样想的。他想了想说："毛主席和党使我们得到解放。国家交给我们这样的任务，自己心里总是想，革命工作嘛，能够多做一些，就得多做，心里才好过。想什么？就想这些。"话不多，声音不高，但是真挚、有力、强烈、感人……

旧时代像江水一样，奔逝不返了。现在的江面，老早已经没有这样的景象：帝国主义的战舰商船在横冲直撞，地主官僚在游河宴饮、笙歌作乐；兵痞在鸣枪拦船，土匪在险段插上"堂口"的虎牙旗幡，勒收"行水"；船夫们跑上"龙母庙"，烧香跪拜；点灯工们在险滩上插根竹竿，吊盏昏黄的煤油灯，划着烂艇向过往船舶乞讨柴米，以至露出江面的成群礁石，深夜窜到江边树林草丛中的老虎，等等。这一切景象都一去不返了。但是，江底下有险段暗礁，江面上有阶级斗争，这却是持续存在的。英雄的航道工们，以他们洪亮的语言，出色的劳动，奋战的精神，艰苦的斗争，发着一个斩钉截铁，震天裂石的声音，告诉人们："要和资本主义势力斗争到底！沿着毛主席指引的革命航道前进！决不能让江水倒流！"这声音响彻长空，山鸣谷应，永远在江面掀起波涛，激昂回荡！

"四十年代不见灯，五十年代煤油灯，六十年代电气灯，七十年代电子灯。"这是西江航道工人的新民谚，它很好地概括了我国航道事业不断前进，标灯不断革新的历史。

现在，西江水面两岸标灯，都普遍采用半导体闪光仪了，这是"文化大革命"后群众科学研究活动广泛展开的一个成果。这种闪光仪，利用半导体对昼夜光暗的敏感性能，白天休息，入夜自动接通电路，标灯就亮了，再利用转盘通电接触面定时离合，又可以形成标灯单闪、双闪的景观。

进一步又将怎样呢？英雄的航道工们说：那该是充分利用太阳能的时代了，该是无线电导航的时代了。

一天的太阳光照射到灯塔上的单晶硅等设备上面，转化成的电能够得上标灯半个月的消耗，连续的阴天也不致影响夜间灯光的闪亮。一座太阳能标灯装置可以自动工作一二十年。第一座太阳能灯塔已经在西江航道的某一段建立起来啦。

当我们的轮船在这个地段泊岸，大家走向那座小灯塔的时候，不禁朗声欢笑了。大家一个劲儿地围绕灯塔瞻仰，轮番攀登。

我带着严肃而又欢乐的心情，也一级一级爬上了这座小灯塔。

太阳用它的光和热，千年万代，无穷无尽地照临着地球，抚育着一切生命。人类接受太阳的恩惠，虽然和人类在地球出现的历史一样久远，但是，对于太阳能的科学利用，现在可以说还处在幼儿园和小学的阶段。这座太阳能灯塔在咱们国家的江河上屹立，可真是具有不小的政治意义和科学意义呵！和整个灯塔群一样，它是自力更生、艰苦奋斗精神的又一体现。

我爬到灯塔顶端，掀开盖盘一番，一片片深茶褐色的单晶硅片，在阳光下灼灼闪亮，把太阳热能转化为电能的，就是这群神通广大的小魔术师了。

这样子看来平凡，内涵却很卓越，吸收阳光，发挥能量，战风斗雨，巍然屹立的小灯塔，江上许多无名英雄的风格特征，和它可相像啦！

江流，这大地的动脉血管，和我们的关系多么密切！当你在各条河道上夜航的时候，除了看岸上的繁灯、亮灯，也请注视一下这江畔、江上小小的标灯吧！全省江河上现在已经有几千盏这样的标灯在闪耀了。它们光度不大，但在实际意义上却可以说是吐着万丈光芒！它们显示出坚强、勇敢、沉静、热情的性格，显示出对人民的一片丹心。瞧，它眨动眼睛了，说话了，它告诉人们："应该辨认和遵循正确的航线！"

长街灯语[*]

北京的灯海，很美！

夜间，不论是乘坐飞机，还是火车、汽车，临近北京的时候，就可以从高空，或者从陆上看到远方有一团光雾，越来越近，隐约出现了一个朦朦胧胧的光海。飞机下降的时候，首先映入眼帘的，是长长的跑道两旁紫蓝色的灯光。驱车进城，各种色彩的灯光就陆续出现了。如果是乘坐火车呢，进入那个光海的边缘以后，一盏盏明亮的灯，就迅速地掠过车窗，起初还是每隔一段遥远的距离才有一盏，渐渐地越来越密，进入那个光海的内圈以后，就逐渐使人目不暇接了。

在北京住过的朋友，常常谈论北京之大。它的那个气派，使人想起中国是世界上人口最多的国家。而这个首都，又是在坦坦荡荡的千里平川的华北大平原上建立起来，还可以日涨夜大，不断扩展的。天安门广场，可以说是北京之大的一个象征。这样的广场，在世界上，如果不说是绝无仅有，也应该说是极其罕见的了。偌大一个北京，入夜时分，需要多少千万盏灯，才能够把它照亮！北京的街灯，在花式品种上，是相当多姿多彩的。经过许多研究照明工艺的科学家、技术工人们的努力，这些年，灯光不断出现了崭新的花样，除了一般的白炽灯、光管之外，还有什么"高压水银荧光灯"，什么"长弧氙灯"，什么"碘钨灯"，什么"低压纳蒸气灯"……它们有的发着极强的白色光，被称为"小太阳"，有的发着柔和的橙色光，浓雾也遮它不住。这些灯的照明效果比老式的，在世界上出现至今已有一百年历史的白炽灯都要高许许多多倍。在大街上，看两行璀璨的华灯直伸远

* 最早收入秦牧《长街灯语》（百花文艺出版社 1979 年版），本文选自《秦牧全集》（增订版）第 2 卷，广东教育出版社 2007 年版，第 75—81 页。

处，常常使人产生一种有趣的错觉，仿佛有一只巨大无比的蝴蝶从天外飞来，停在地球的某一端，把它的两条闪光的触角伸进北京的大街似的。对！长街灯串，遥望起来，就像是昆虫的两条触角！

北京的街灯，有的是圆球状的，像是一颗颗珍珠放大了几万倍，它们集织在一起的时候，又很像一串葡萄。有的是玉兰花蕊状的，这些花蕊，又有的像含苞待放，有的则已微微绽开；北京饭店那头，灯光又很像一朵朵梅花了。车过天安门广场或者北海公园的时候，我常常被这种灯景迷住，从心里赞叹道："真美！"黄昏散步的时候，我又常常爱到天安门前，金水河畔的石栏杆上坐坐，守候万灯齐亮时刻的来临。在暮色苍茫中，望着迅速流动的车辆的洪流，望着辽阔的广场周围庄严的建筑，追溯这个广场在中国现代史上曾经出现过的许多次群众的怒吼，常常感想如潮。时间一到，远远近近的灯顷刻间一齐亮了。仿佛华灯也在递着眼色，诉说往事，或者鼓掌呐喊，喝退了黑暗一样。觉得看这种千万灯盏，倏忽间一齐亮了起来的情景，真像看杰出的艺术品似的，是一种十分迷人的美的享受。

盛大的节日之夜，像海水满潮似的，这座灯光之海也涌起高潮了。平时的高脚杆街灯，十几盏一簇，只亮了一部分的，这时全都亮了。许多巨大建筑，用灯串或者霓虹灯管构成的线条映亮了整座房屋。这时，一个童话般的境界就涌现啦。天安门的双层大屋顶镶上金边了，城楼上八盏大红宫灯都亮了。远远近近，新华门、电报大楼、人民大会堂、革命历史博物馆、北京饭店、中国银行总管理处……这些地方都是特别漂亮的。在夜空里，它们仿佛都用金珠银珠镶了起来，现出了庄严雄伟的轮廓，有的像是宫殿，有的像是皇冠，有的像是闪光的崖壁。我们孩提时代听过的童话所描绘的景物，这时突然实实在在出现于地面之上。节日之夜，用灯串装饰起来，镀金镶银，溢彩流光的大建筑，北京是有不少的，但是它们特别密集在东西长安大街上。在西方，有人描绘壮丽的教堂大建筑，曾经用上"石头的交响乐"这样一句奇特的形容词语。北京的节日之夜，我很想改动这样的譬喻，形容它是"灯光的交响乐"。不止是街灯、大房屋都在闪闪放光，人民大会堂和革命历史博物馆周围的那些松柏树丛中，也给装上许多彩色小灯泡，它们也都一齐亮了起来，璀璀璨璨，闪闪烁烁，远远近近，形成了一座座灯光的喷泉，一条条灯光的河流，汇合起来，又构成一个灯光的海。这一团团光雾，把湛蓝色的天空，也渲染成紫蓝了。这种壮丽的图景，我觉得一般的绘画，油画也好，水彩也好，都很难描绘，铅笔和水墨就更不待说了，唯独有一种珠绣，用各种闪光的小珠串起来织成的画幅擅长于表现节日焰火景象的，还可以大体表现这种瑰奇情调。节日之夜，我看到杂在观赏人群之中的，还有好些已经瘫痪多年，坐在轮椅里让家人推着出来的老人，他们有些是一年难得出来几次的，良辰美景，也驱使他们纷纷出来赏玩了。就赛似古代的元宵灯节，吸引了禁闭在深闺的妇女一样。

北京的灯光之美，不仅体现于大街灯串，同时，也还体现于许多巨大建筑内部的灯饰。如果不是讲灯光的强度和光源的样式，而是指各种灯盏的形状，那么，大建筑内部，灯的型式，更够得上说是"百花齐放"了。在雄伟华丽的人民大会堂里，会场顶上，那些葵花灯、红星灯、"满天星"灯、眼形灯，样子都是很别致的。宴会厅里，天花板上，各种各样的灯，更是构成了一个整体的图案，大图案中又包括许多局部的图案，真是金碧辉煌，光华四射，我怎么数也数不清它究竟共有多少盏。设计这个数千灯盏构成的图案，本身就是一项了不起的艺术。政协大厦、电报大楼、友谊宾馆、北京饭店等许许多多地方，内部的灯饰也都争丽斗妍，各擅胜场。有的是像焰火一样，喷涌而出。有的好像许多花瓣，构成了一朵大花。有的由许多四方形的灯罩构成，汇成一面闪光的巨壁。有的是飘着流苏的八角宫灯，洋溢着东方的情调。夜间进入这些大建筑内部，各种灯饰常常久久地吸引了我的目光，它们把使用价值和艺术美感巧妙地结合起来了。这些灯光也从另一个角度告诉我们：艺术，在表现方式上，多么排斥划一平庸，多么要求丰富多彩！

我在这里描绘北京的灯光之美，可能有些人是不以为然的，特别是某些到过国外的人。外国自然有好些大都市，灯光的强度超过我们，灯型的花样也多过我们。先进的科学技术我们都得不断学习，北京的灯光灯饰也还需要不断改进，这是不在话下的。但是，我们不能够因为这样，就对于国内达到先进水平的东西不加赞美。再说，有些资本主义国家的大城市，灯光强得刺眼，霓虹灯颜色不断变换，几乎像是一阕疯狂的爵士音乐的那种夜景，我个人可并不怎样欣赏。那种夜景，是适宜于纵欲败度的人刺激感官、寻欢作乐的，可未必和劳动者工作之余理应享受到的闲适和安宁相适应。再说，北京灯光之美，是我们许多技术工人和科学家心血和汗水的结晶，这一点就很值得我们珍惜。有一个吹玻璃工人成长为造灯的科学家就发明了许许多多新型的灯，装在北京的大街上。听说一些到中国旅游的外国人曾经向这位工人科学家说：“你发明这么好的灯，如果在我们国家，你是可以发财成为富翁的了。”这个工人科学家回答得很有趣，他说：“但是，如果在你们那里，我也可能什么都发明不出来，或者，已经死掉了。”

在古老的时代，迷信的人们曾经以为天上的某一颗星，就是地上的某一个人生命的象征，这个人一死，那颗星也就殒落了。这种想法自然荒唐愚昧得可以。后来，又有人觉得以星星象征人的生命，未免太迷离惝恍，虚无缥缈了，就转而想到以地面上的灯光来象征人的生命。那时，有些人家生了个男婴，就到祠堂去挂上一盏灯，表示一个生命降临到地面上来了；封建社会歧视妇女，女婴可没有这个权利。不少妇女从小到大，对此愤愤不平，在她们扬眉吐气的时候，也就总是要把自己譬喻为能够发出光芒的一盏灯。义和团运动中，天津的许多妇女战士，就各各按其身份，以“灯”来作为自己一群的绰号，这也就是“红灯照”“黄灯照”“蓝灯照”这些名称的由来了。

走在北京的长街上，看看那一簇簇、一盏盏的明灯，想着历史，思索中国的今日和未来，不知道为什么，我竟联想到这些灯，多么像是某些人的心灵和眼睛呵！他们渴望自己的生命，像一盏灯似的，熊熊吐出光华。他们用灼热的眼光，注视着历史的长河，关注着行进的人流。每年，从全国各地，都有许许多多为人民事业鞠躬尽瘁，做出了贡献的人物，一飞机一飞机，一列车一列车地，被送到北京来，参加各式各样全国性的大会。这里不提欺世盗名，弄虚作假的人，他们实际上并无半点光辉。这里提的是许多脚踏实地，真正做出贡献的人物，他们各各像一盏灯似的，向地面投上一束光辉，在力所能及的范围内，起着驱除黑暗的作用。这么一想，我就觉得远远近近的灯，都像在呢呢喃喃，絮絮叨叨地讲着各种各样的语言了。世间，正像有"旗语""手语"一样，还有"灯语"，江河上的航标灯，就是能够发出语言的灯，它们各各以其颜色和闪光，讲着这样的话："靠这边行驶吧，这里安全。""这一段水浅，到对岸去吧！""这儿有危险，注意！""这里有个航标站，有什么事情来报告和询问吗？"等等。长街华灯，表面上看，是没有这么丰富的语言的，但你一想到历史上那些自号"红灯照""黄灯照""蓝灯照"的妇女，一想到旧时代到祠堂挂灯报告婴孩诞生的习俗，一想起那许许多多劳动模范，包括那位造灯的工人科学家一类的人物，有时就会把长街的华灯，高屋顶上的红灯，绿树丛中的小彩灯，各个胡同里的普通白炽灯人格化了，它们不也各各像某些人一样，能够发出各种言语吗？那长街的灯蕊在说："单独我一枚，是不能照亮你们走路的，但是我们集结起来，我们就有力量了。一簇一簇，一杆一杆的灯，就可以照着你一直向大街走去了。"高屋顶上的红灯在说："飞机注意吧，你们既然号称飞机，就得飞高一些，别把人民辛苦造成的建筑物碰坏，并把自己也碰得粉身碎骨了。"那些绿树丛中的小彩灯在说："我们虽然没有太多的光辉，但我们有一分热，发一分光，但愿也能给你们一点欢乐！"胡同里孤零零的小白炽灯在说："虽然我的力量不大，我的工作也是寂寞的。但是要是没有我们，大街上光辉灿烂又怎么样？小弄堂里还不是一片黑暗！尽管有人沐浴在我们的光辉中却无视我们的存在，我们可是知道自己的价值的！"至于那些发着强光的"高压水银荧光灯"和"碘钨灯"之类，我想它们大概应该响着这样的声音吧："是人民耗尽了心血才把我们培育出来的，也让我们以特大的光辉报答人民吧！如果我发着强光却忘记人民倾注了特大的心血和汗水，我就连一枚小小的灯泡的价值也不如了。"

璀璀灿灿，闪闪烁烁，"琉璃玉匣吐莲花，错缕金环映日月。"北京灯海，真是多姿多彩，斗巧竞妍。在长街上漫步，观赏它们，真是一种艺术享受。有时，像进入童话世界似的，也就不禁把一盏盏灯人格化，而且想入非非，要倾听它们究竟在诉说些什么了。

大象的哀歌 *

近来，常有机会见到大象和听到关于大象的故事，不知道为什么，心头竟然有一些怅惘的感情。

北京动物园里新运来了非洲象。这一来，颜色黳黑，耳朵大似葵叶，雌雄都有长牙的非洲象，和颜色较浅，耳朵小些，只有雄象生着长牙的亚洲象，就在温带城市的动物园里不期邂逅，一起供人观赏了。

到过非洲修筑坦赞铁路的朋友们说，大象的气力着实非凡，它们在森林里一路觅食的时候，拔掉一株株普通的树木，就像人类取走一根根棍子一样，轻轻巧巧，悠悠闲闲。非洲有些地方，修筑铁路，大象可以在一夜之间，用长鼻把许多路轨，卷起抛掉。修筑坦赞铁路的朋友虽然没有碰到过这种倒霉事，然而有些深入森林的人们的驻地曾经受到野象的袭击。当地居民教他们用一根根燃烧着的火把向野象抛去，才把它们驱走。一群野象纵横奔驰的时候，常常可以把整个村落的茅屋都掀倒。大象和犀牛这类素食动物甚至可以使凶猛的雄狮畏惧奔避，它们着实有"力拔山兮气盖世"的豪慨。

然而，这种陆地上最大的动物，想不到却有相当纤细的感情。

不久以前，在意大利彼萨城的动物园里，一头才二十五岁的年轻的象死掉了，原因是：每天给它喂食的饲养员退休离去，当这头象不再见到和它相处了九年的饲养员之后，心中感到悲痛，自动绝食了整整一周，终至饿死了。

这样的事，也许有人不相信，不过，我倒是相信的。人类之外的动物，

---

* 原载《浙江文艺》1978 年第 8 期，本文选自《秦牧全集》（增订版）第 2 卷，广东教育出版社 2007 年版，第 96—101 页。

如果讲具有一定的"灵性"，猩猩、狗、大象、熊之类是名列前茅的。在马戏班里，这类动物所能够做的玩意，常常超出一般人想象。马，也常常有人称赞它们的聪明，其实马是比较蠢的，一点点儿意外的事情，就常常可以使马匹惊惶失措，狂奔乱闯。"惊车"致人于死的事情，许多地方都发生过。由于对马的聪明估计过度，造成了许多的惨剧。然而大象就不同了，被驯养过的象，一个小孩就可以管住它。我还看过有这样的驯象，把和它混熟了的小孩，用长鼻轻轻卷起，放到自己背上。由于大象的身躯是这样的雄伟，产象地方，特别是亚洲的国家，从前常常有些国王，把雕琢精美的"王座"设置在象背上，骑象出游，以显示威严。至今亚洲仍有些国家，由皇室养着成群的象，炫耀权势。近古时代的中国王朝，皇帝虽不骑象出游，然而却曾经用大象在宫门外当做法定的仪仗。驯象者能够把象训练到一对对在皇宫门外站好，互相把长鼻搭起来，形成一个象鼻构成的穹窿门，让文臣武将们从这道穹窿门鱼贯而入。皇帝们手下就总是有一批人能够想出这一套花样去装点"天威"，逢迎"圣上"的。驯象在宫廷里面能够当这样的仪仗队，在马戏班能够担任相当出色的演员，在许多热带工场里，又能够十分熟练地做工，而且极少听到发生什么意外，和驯象人的感情总是非常之好。这些事迹，使我相信意大利彼萨城那个关于象的悲剧，确有其事。

然而大象尽管十分聪明，有一桩事情，却是它无法知道的。这就是它的同类，正在濒临灭绝的命运。

世界大象主要产地在非洲，亚洲象产量并不很大。由于象牙出口商人雇佣的猎象队乱枪屠杀，每年，非洲要死掉几十万头象。现在象的命运同鲸一样，生殖率比不上被大规模屠杀的速度，正在日益减少，命运相当悲惨。

大象的日益减少本来就引起了非洲许多国家的注意，所以，不少国家都设立了野生动物保护区。但是由于近几十年象牙的国际市场价格提高了十倍以上，利之所在，使许多国外或国内的象牙商人，大肆组织秘密猎象队，进入原始森林，也深入到这些野生动物保护区去，日日夜夜进行残酷的屠杀。象群被赶得精疲力竭，往往数百头顷刻间都被乱枪射死。在非洲原始森林中，夜里经常有象群绝望地嗥叫，随着"噼噼啪啪"的连发式双筒重型猎枪的响声，整群的野象就都溅血倒地了。有时它们还未气绝，象牙已被割走。好些国家，国境线上的铁丝网被卷起，森林倒伏，泥土翻起，骸骨成堆，象尸臭气冲天。据人们估计，每五百吨象牙的进出口就意味着十万只象的死亡。而现在，世界上好些国家和地区的象牙进口，都是以每年几百吨几百吨计算的。因为这样，非洲好些"象之国"，野象的数量都在迅速减少了。

大象在被捕捉以后，一般就不能繁殖了，近年来有人费了九牛二虎之力，也只能在动物园繁殖极其微量的小象。在天然动物保护区里它原可以很好地繁殖，然而象牙商人雇佣的秘密猎象队却可以藐视小国法律，偷越国境，潜入原始森林，大肆射杀野象。因此，从世界范围来说，象的数量就在日益萎缩之中了。我们这个世界，资本主义势力仍然统治着大多数地区，大概每隔若干年代，就有一批野生动物宣布绝种，从前非洲本来有一种半身有斑、半身无斑的斑马的，后来就归于灭绝了。展望大象的命运，自然也相当危殆。

对这一切，在动物中虽然具有较高智能、感情也颇纤细的大象，自然不可能知道。然而它们被驱赶得东奔西走，见到同族在猎枪下纷纷仆地时所涌起的悲哀的情绪，我们却依稀可以体会。大象的嗥叫声很特别，它低沉而又巨大，很带点悲哀的意味，看到海内外报纸的这一类消息，不知道为什么，多年以前听到过的这种大象的嗥叫声，不禁又回荡在耳边。

我写下这些，难道是在提倡什么对野生动物的人道主义么？不，对于

　　某些自然资源的保护，实际上也是有思想有觉悟的人们对于人类长远的根本利益的保护。滥杀野象，体现的是帝国主义者的骄横，对于小国主权的蹂躏，以及资本家们唯利是图，践踏一切人间合理原则的丑态。这样的事情，从又一个方面显示了资本主义势力的罪恶。

　　我把意大利彼萨动物园的大象绝食致死的故事，和横行于非洲许多国家的秘密猎象队的罪行归纳在一起谈，也还想表达这么一层意思：人类的语言本来是相当丰富的，但它有时又显得贫乏。我们形容一些人野蛮、贪婪、卑鄙、无耻的时候，常常用上"人面兽心"这样的词语。其实，这话有时未必精确。在某些场合，它实际上侮辱了兽，抬高了人。意大利动物园中的那头象，比起忘恩负义、根本不知道崇高真挚的感情为何物的某些人类，例如从背后捅原来的同志一刀的叛徒来，不是要高尚得多么？凶猛的野兽，在它磨牙吮血吃饱了的时候，就懒洋洋地打呵欠，不再去搏击小动物了（例外的如豺狼，吃饱了还一路噬杀其他动物取乐的兽类是极少极少的），然而人类中的剥削阶级就不是这样，他们能够把人血提炼成黄金，不管搞死多少人都永远没有餍足。野兽，有时也有玩弄它的猎获物的时候，但是这种玩弄，比较人类中为剥削阶级思想所支配的卑污罪恶之徒，能够发明各种中世纪式的酷刑花样，高踞一旁，莞尔而笑，嚼齿动腮，观赏取乐，这类史不绝书，于今仍然在世界上不少地方存在的事情来，野兽又显得瞠乎其后了，在这一类场合，人们引用"人面兽心"这样一句词语，有时不是未免侮辱了兽，而又抬高了人么！

　　经过几百万年的进化，猿变成了人，在这么悠长的岁月中，人的头壳里的脑髓，从斤把重发展成三斤重，人类已经自命为"万物之灵"了。然而就是这种"万物之灵"，当剥削制度、剥削阶级思想支配着他的时候，许多人却可以堕落到野兽以下的水平，实际上许多人的行为比野兽还要糟糕得多。进步的人类，革命的群众和这种罪恶势力进行斗争，铲除剥削制度，痛斥剥削阶级思想，固然是为了被剥削阶级的解放，劳动人民的翻身，而从某一方面来说，又何尝不可以说是为了人类的尊严。如果听任一切野兽水平以下的人横行无忌，那么，人的尊严在什么地方呢？大象有灭种之虞，我们可以哀歌大象，如果进步人类可以容忍这一部分野兽水平以下的人类意气骄横，长期胡搞乱来，喝血取乐下去，那我们倒是无暇去哀大象，而应该为据说已经进化了几百万年的人类写哀歌了。当然，进步人类断然不能容忍这种事态长期持续下去！

中国人的足迹 *

一

有一句俗话说："华侨足迹遍天下。"这句话一点不假。如果我们在一幅世界大地图上，对凡是有华侨的国家和地区，以至于有中国血统的外籍人的地方，都插上一个小标记，那么，在这幅大地图上，就将密密麻麻布满这种标记了。空白点将是非常非常稀少。这种情形，真可以说是世界人文地理上的奇迹。

广东有个著名的侨乡，叫做台山县。这个县旅居在外的华侨，分布在欧、美、亚、非、大洋洲等洲的五六十个国家和地区。以至于台山方言竟有"小世界语"的美称。海南岛有一个县，叫做文昌，这个县几乎每三家两户，总有一家的个别成员旅居在外。潮州有一些侨乡，居民们告诉我，他们乡里旅居在外的侨民及其繁衍的后代，总的人数几乎和本乡的人数相等……这些事例，都充分说明华侨的众多。分布着一片片侨乡的，不仅有广东，还有广西、福建、山东、湖北、浙江、黑龙江、天津等等省市。华侨究竟有多少呢？解放初期说是一千多万人，实际上是远不止这个数目的，它现在可能是几千万人，精确的统计数字也许世界上还没有人算过。

"华侨"，在外语中被翻译成"飘洋过海的中国人"，飘洋过海的中国人为甚么这样众多呢？

世界上有些恶意的家伙颠倒黑白，倒果为因，硬说是中国人向外扩张。讲这种话的人，不是愚蠢无知，就是蛮横无耻。历史事实正好相反，世界

---

* 原载《作品》1979 年第 10 期，本文选自《秦牧全集》（增订版）第 2 卷，广东教育出版社 2007 年版，第 261—276 页。

地理上出现这样一种事态，不是中国向外扩张的结果，恰恰是中国曾经受到各个帝国主义、殖民主义国家侵略，忧患交侵的结果。正像黑人大量地散布在美洲的土地上，拉丁美洲甚至出现了海地这样一个黑人国家，那并不是由于非洲黑人向外扩张的结果，而是由于在历史上，非洲受到殖民主义者的侵凌掠夺的结果一样。"华侨足迹遍天下。"恰好是世界资本主义发展史和中国近代史交织而成的一幅血泪斑斑的图画。

一提起这桩事情，我脑子里就涌现了一个个辛酸的故事，一幕幕生动的场景。在这篇小文里，我想描述几个故事和场景，寄托我对海外认识和不认识的亲人的怀念。

旧中国穷困的程度，怎么说都是骇人听闻的。现在的新中国，也还没有完全摆脱穷乏的阴影。但是当前的贫困比起历史上的贫困来，已经不可同日而语了。现在，已经不是几千万人几百万人在灾荒中含恨死去，不是无数人穷无立锥、朝不保夕的那种贫困，而只是贫困的阴影还不曾完全消逝罢了。就全国的绝大多数人来说，起码的温饱已经有了保证。但是旧时代的贫困是怎么一个模样呢？我想起灾区成群灾民辗转沟壑，许多大姑娘、小孩子被插着草标贩卖的情景；想起逃荒的衣不蔽体、鹑衣百结的人群拥挤在道路或者车站的情景。在灾荒的年头，树皮、草根、观音土、蝗虫……都成了食物。即使是在平时的年景，当年我们也到处都看到大批的人在挨饿。解放以后，在土地改革中，我知道了更多从前的这一类故事，其中有些是我们难以想象的。例如，在广东的珠江三角洲沙田区，从前，有一户人家，在饥荒的岁月里，饿得实在不行了，全家人拖着疲弱之躯，在屋后挖一个大洞，谁死了，谁就给推到里面去，他们家一个接着一个死去，最后的一个，在饿得实在不行的时候，就在最后的时刻自己爬了进去。有一户人家，丈夫死了，贫困的妻子用家里仅有的一条破毡包裹着他的遗体和草席一起埋葬，但是过了两三天，寒潮来袭，那个贫困的妻子实在熬受不了，又只好扒开坟墓把破毡再取回来。有的农妇，怀孕的时候，没有吃的，将将就就吃些番薯叶充饥延命，临盆时竟生下了一个紫黑色的畸形婴儿。还有的贫农，由于天天吃的都是番薯和粥水，根本用不着筷子，因而家里竟没有筷子……苦难深重的旧中国，这样的故事真是到处都有。成批成批饿死的人，大多拖着一个不为人所知的悲惨故事躺进了坟墓，人死了，那些悲惨的故事绝大多数也就随之沉入荒烟野蔓，湮没无闻了。

当时，铤而走险的自然大有人在。有觉悟的，走上了革命的道路；盲目行动的，变成了土匪。后一个原因，正是旧中国土匪密布的原因。那时，既有吃六十元一席的"大裙翅"的人，也有因挖地主富农人家一条番薯或者摘一个果子而被枪杀的人。除了留在土地上苦斗或者奄奄待毙的人以外，也就有大批的人把祖屋卖掉，把仅有的一头耕牛卖掉，换一张船票飘洋过海了。

你看过这样的景象吗？一条载着"新客"到大城市港口去，让人们转搭海轮出洋的乌篷船从一个小镇的码头开航了，后面，"新客"们的父母妻儿，含泪送行。有的人，还跟着乌篷船一路狂奔，甚至号啕哭泣，希望多看上亲人几眼。傍海的村庄，有时还有这样的场面，当"新客"已经出海，碰上天色突变，风浪大作的时候，就有些妇女买了元宝香烛，到海滨来点燃，跪地祷告，或者披头散发，捶胸号哭。这就是旧时代的"侨乡"中我们常常见到的景象。

呵，回顾起来，那是一阕多么悱恻沉痛的别离之歌呵！

在侨乡中，常常有一些灯塔，人们传说，是华侨的妻子，登高望远，在脚下一次又一次地垫上了石头，年长日久垒高起来，乡人就索性把它改建成塔了。还有一些酷似人像的屹立在海滨的石头，人们就把它称呼做"望夫石"，这是因为在民间传说中，总是把那些石头讲成登高遥望海外丈夫的妇女变成的。故事尽管荒诞，但是它所描述的，乡村妇女思念海外亲人的情感，却是真实不过的了。

穷困，使大批的人过洋了，成了"飘洋过海的中国人"。

但是，中国人所以足迹遍世界，原因还不仅仅是由于中国内部的原因。如果不是世界资本主义的发展，在几个世纪以来需要大批的劳动力去从事各项奴隶式的生产劳动，华侨出国的规模，还是不会大到这个程度的。一部中国近代史和整部近代世界史、帝国主义侵华史密切联结在一起，互为经纬。唯其如此，才织出这么一幅令人震惊和慨叹的华侨生活的历史长卷。

早在两三百年前，当清廷厉行海禁，把沿海居民迁入内地的时候，有一些为贫困所迫的劳动人民偷偷跑到荒凉的海滨，从事开垦和渔业。急需劳动力的殖民主义国家的海盗般的船舶，就在沿海一带掳掠中国居民，装运出口。那种情景，和欧洲殖民主义者到非洲去捕捉黑人，运到美洲辗转贩卖，情形是非常相似的。

鸦片战争之后，海禁大开。殖民主义者可以明火执仗，到中国来招收"契约华工"了，这就是闻名世界的所谓"猪仔工"。招收这些工人，一般是立了契约，盖上手指模的。六十年代初我访问古巴的时候，哈瓦那有个前辈华侨以一张祖先和西班牙人订的出洋契约相赠（后来我捐赠给历史博物馆了），上面对做工的年月，供给什么伙食，都规定得非常详细。大致上，对殖民主义者有利的条款，他们是遵守了的，对"契约华工"略示保障的条款，他们就当做一纸空文了。一千个"猪仔工"被运到外洋常常只存下三几百人。这种海船也因而有了"浮动地狱"的可怖称号。

太平天国革命失败后，清廷对于起义者的搜捕和屠杀；辛亥革命以后，北洋军阀和国民党反动派对于革命者的搜捕和屠杀，也迫使一部分起义者和无故被嫌、受到通缉的群众亡命海外，华侨的队伍就越发扩大了。

随着多年的天灾人祸，百业凋零，旧时代每年都有一批批的贫苦农民和破产手工业者飘洋过海。连安徽凤阳的玩猴人，湖北天门卖纸花的艺人，也一直从陆路流浪到国外。

第一次欧战期间，又有十几万华工到了欧洲……

四面八方，林林总总，年积月累，世代相承；再加上海外华侨娶妻生子，繁衍不息，这就使得幸而不死的历代海外中国人的队伍，变得异常庞大。昔年，他们被运到美国铺铁路，到巴西种茶，到巴拿马挖运河，到加拿大牧羊；在古巴种甘蔗，在秘鲁挖掘鸟类层，在马来亚挖锡矿，在印度尼西亚种橡胶，在印度制皮革，在澳大利亚种烟草……浮沉苦难中幸存下来的人又再从这些国家和地区辗转四方，这就使地球上的各个角落，都印上了华侨的足迹。

现代的华侨和中国血统的外国人，他们后来也许是穿着整整齐齐的西装，坐着大邮船出国的吧，他们有些人也许已经进入当地的上层社会了吧，然而追溯久远的历史，中国人的大量外流，不是也和中国的黄金、白银、古董的大量外流一样，是帝国主义的侵略和东方古老帝国逐步崩溃造成的结果吗！

二

我曾经在新加坡和马来亚半岛度过自己的童年和少年时代。现在虽然事隔多年，但是当我想起往事，许多海外生活的情景还是在我的脑子里清晰涌现：码头上成群穿短打的苦力啦，橡胶园里的中国割胶工啦，夜市里围着"榴梿"果摊、"山竹子"果摊吃热带果子的中国乡亲啦，换上当地民族服装、穿着五颜六色"纱笼"的中国妇女啦，等等。但是，我记忆最深，并且常常寻思回味的，却是这样的镜头：华侨苦力围着批馆的"写信先生"，一往情深地请他们代写家信的情景；还有，就是在海岸的铁栏杆旁，隔着海洋，在黯蓝的星空之下，凭栏向祖国的方向遥望的人们的神情。一回味这种场面，"每依北斗望京华"、"故乡水，美不美"一类的诗句和俗谚，就扑进了我的心扉……

上面这一段话，是我在一本中篇小说的后记里写下的，那本小说，描绘的是前代华侨苦工的生活。

像这一类梦萦故国的情景，我想世界上广大地区的华侨都是体验过的。他们之中，就说那些不是"卖猪仔"出洋的人们吧，离乡的时刻，也总是经过一番生活的挣扎和感情的折磨。常常有人把一包乡井土放在身边，藏在箱子里，迷信的人们还说那可以医治水土不服的疾病。在海外，我少年时代常常看到大人们在读一种"回文诗"。那叫做"手帕诗"，它被印在一块方形的手帕状的纸张上。这种诗，从外圈向内读，或者，从中心向外读，换句话说，顺读倒读，词义尽通。缠绵悱恻，十分凄伤。传说，这是乡间一个有才能的女子，怀念她海外的丈夫，经年累月，千锤百炼写出来的诗篇，寄到海外以后，就给人辗转传抄和印刷流行了。前一辈华侨常常教育他们在海外生下的儿女不要忘怀祖国，六十年代初，在哈瓦那的一个集会上，有一个样子完全是白人的英俊青年向我走来，操着相当熟练的台山方言和我攀谈，除了崭新的名词，他得借用外语外，一般的生活用语，他竟都能以台山方言来曲折自如地表达。这种奇特的状况使我非常吃惊。探询之下，才知道他的父亲是中国人，母亲是当地白种人。他从来没有到过中国，他的父亲怕他忘记了中国，从他牙牙学语的时候就教他讲台山话，并且一直用家乡方言和他交谈。因此，他也就讲得一口纯熟的台山语言了。

众多的华侨，现在世界各地，仍然使用着"清明""谷雨"那样的二十四个农历节气，讲述着"牛郎织女"、"武松打虎"、"孙悟空大闹天宫"、"三保太监下西洋"的故事，吃腐乳、咸鱼，包粽子，搓汤团，着木屐，喝"广东凉茶"……在历史传统上，有一根无形的坚强的纽带把华侨的心和祖国紧紧联系起来。这种影响还及于华侨在海外所生的儿女。世界各地尽管多有国人旅居在外的，但是一根无形的纽带把海外的侨民和祖国联系得如此之紧，华侨却应该算是其中的出类拔萃的了。好些在海外已经侨居了好几代的华侨，他们从未踏进国门的子孙，一朝回到国内来，却能够和祖国的生活习惯那么快地水乳交融，这应该说是一个重要的原因吧。我还听到过一个令人心弦为之强烈震动的故事：一个从未回国的土生华侨少女，乘船回祖国来，不幸在船上患了重病，弥留之际，要同伴们扶她走到甲板上，希望在最后的时刻，远远望一眼祖国的海岸线……

三

抗战初期，有一年我曾经在香港作过短暂的停留。

当时在九龙仓码头上（那是远洋轮船过港停泊的地方），我看到了一幕幕激动人心的，睽隔半生的远方亲人团聚的情景。

一艘飘着星条旗的大海轮停靠在码头上，大烟囱里还喷着轻烟。甲板上聚集着许多"金山阿伯"茫然地向下眺望。码头上，人山人海聚集着迎接亲人的人们。她们像游神赛会似的，举着一块块牌子，上面贴着写上亲人名字的红纸"台山李福源"、"开平陈可坚"什么的；有的还举着大幅的照片。她们不断把牌子上下移动，以引起船上人们的注意。

这是怎么一回事呢?

原来，远方的旅客"少小离家老大回"一别数十年，接船的妻儿已经辨认不了他们饱经风霜的脸孔了。因此，接船的亲人就只好举着写上名字或者贴有相片的牌子到码头来迎候。否则，彼此会晤，也"纵是相逢应不识，尘满面，鬓如霜"了。

我在码头上面鸟瞰，感慨万千。我看到多少人惶惑地在人堆中钻来钻去，多少人茫然停立，又有多少人会见了亲人，号啕大哭，老泪纵横。

那一幕幕情景，数十年来始终深镌在我的记忆之中。

少年时代飘洋过海，到暮年才和家人团聚的人们的故事，在侨乡中发生过多少万次呵！

台山有过这么一个故事：清代有一个人七十岁才重返祖国，他自己固然已成为皤然一叟，结婚时还是妙龄少女的妻子，也已经成为白发苍苍的老太婆了。幸而俩口子还健在。当老头儿返抵家门时，老太婆拿着一根竹棒在门后等待，丈夫一进门，妻子就挥棒打了他一顿，消消怨气。然后，两人又抱头痛哭起来。

在辽阔的侨乡中，也还有这样的故事：丈夫飘洋过海的时候，夫妇两人都正当青春，但是当丈夫暮年归来，两人都已垂老。那时正是盛夏，暮色苍茫，老妇在门楼乘凉，由于头发脱落，很像男子，她丈夫返抵家门的时候，竟向她打招呼道："阿哥，请问某某的家在什么地方？"当两人互相辨认清楚的时候，免不了又是一番抱头痛哭。

侨乡又有这样的故事：两夫妇隔别数十年，一朝重逢，悲喜交集，两人一起跑到照相馆摄影，店员问他们要洗印多少张，他们一开口就要了"一百"；店员惊异得瞪大了眼睛，但是他怎么了解这对老夫妇的心理呢？他们睽隔半生，晚年重逢，因而渴望把自己的心情告诉远远近近的所有亲友："乡亲们，我们团聚了哪！我们团聚了哪！让全乡的人们，都来分享我们的一份悲喜感情吧！"

自然，远适异域的人们，年年都有一批回来和亲人团聚。但是一去数十年，终于老死异域的人也许更多吧。从前，这些老华侨的妻子常常点着一柱香去跪拜那笔直高耸的桄榔树，因为这种树是不开桠杈的，它有一条笔直的树心。这些女人们向桄榔树跪着拜着，祈祷丈夫也永远"一条心"。自然，永远一条心的丈夫固然有，但是离别多年，终于在外地重娶，生了一大堆儿女的也不少。在哈瓦那的唐人街附近，我们进过一间华侨餐馆，一个衣冠楚楚的西方妇女正逗着她的黄白混血儿在楼板上玩。柜台上坐着的是她的神情忧郁的中国丈夫。我问这位中国乡亲："你乡下原本有老婆儿女么？"他木然回答道："有。"我问："现在呢？"他怆然回答道："抗战的时候，1943年大饥荒那年，都饿死了。"说着，我们都相对黯然，沉默无语了。

在古巴圣地亚哥市的郊野，我曾经去看过一片华侨墓地。在那地方，死人埋葬以后，家人每隔若干年都要缴纳一定的税款，才能够让死去的祖先和亲人有葬骨之地，否则就得把骨殖挖出来，堆放在坟地旁边的一间小房子里。我凭吊了一下墓地之后，就走到那堆放"骨箱"的地方，天哪！我目击的是多么惊心动魄的一幕情景呵！那些箱子，一个叠着一个，有的露出了头颅骨，有的露出了胸骨，古老的枯骨早已经变成褐色和咖啡色了。约略计算一下，那儿随便也有一千九百副吧！这些前代的中国人，当他们去国之际，多少人怀着金色的梦想，多少人曾和亲人作过深情的话别，在他们和家人音讯断绝的时候，真是"可怜无定河边骨，犹是春阁梦里人"。如果不是一部血迹斑斑的国际资本主义发展史和一部苦难深重的中国近代史互相交织在一起，也不会有这么多人万里去国，辗转流离，死于国外了。

四

围绕着这些事情，我又想起了另一幕情景。那是在广州的黄埔港，五六十年代，当印度、印度尼西亚统治者迫害华侨的时候，中国派出了接侨船，把一船一船的难侨运送回国。当时，我也参加了那个接侨的行列。码头上，人们敲锣打鼓，摇动着小红旗。当难侨们穿着各种各样的服装，扶妻携子，踉踉跄跄地走下舷梯的时候，他们的感情是多么的激动呵！有的人还带着他们的外国妻子，一同回来，她们也同样地受到欢迎。他们下来了！下来了！和迎接亲人的祖国的人们握手拥抱了，大家互相拍着肩膀，含泪微笑着，有的难侨又像感情溃决似地，泣不成声。但尽管如此，仍然可以看到难侨们脸上，有一种开颜一笑的感到安慰的神采。这种心理是不难索解的，华侨在旧时代被称做"海外孤儿"，现在，孤儿有了娘，"华侨有祖国"了。

自从鸦片战争以来，五大洲的华侨，有多少人翘首夜空，望着北斗星移斗转，焦虑着祖国的命运。国内每一次的革命斗争，都像磁力强大的磁石般吸引着众多的华侨回来参加战斗，当时中国人民的革命队伍里，就有来自世界各地的华侨。在辛亥革命、北伐和抗战的时候，各地都有许多华侨，毁家纾难。少年时代，我在新加坡的日子里，正值"九一八"事变发生，为了捐款支援东北的义勇军，我看到好些推着货车的小贩，把捐款支援义勇军的收据，密密麻麻贴满了售货小车，他们长年累月地沿街叫卖，除了家庭的必需用度外，就都拿来捐献了。但是那个时候的祖国，由于内外反动派的气焰高涨，一桩又一桩的事情，总是那么教华侨失望。当新中国屹立起来，真正成了广大华侨的后盾的时候，各地华侨受到鼓舞的情景，我们是很可以想象得到。在北京街头，我常见到不认识的归侨和我打招呼，我也总是报以微笑，颔首作答。因为我理解他们的心理，他们很想和祖国的人们攀谈。有一个归国华侨，特地用五星红旗缀在衣服上，一踏上深圳的土地，就脱下外衣，露出这件奇特的衣服了。他的命意，就是用这来抒发他重新踏上祖国的土地的欢愉，并藉以庆祝中国的翻身。这些年来，中国的歌舞团访问国外城市，中国的产品到了海外市场，都有许多华侨不远千里，坐飞机、搭火车，前去观赏。或者抚摸着那些印有"中国制造"标记的产品，寄慨遥深，恋恋不舍。有的中国代表团到国外华侨众多，或者中国血统的外籍人云集的城市访问时，常常有无数人围在他们的住所周围，深夜不散，要求握手一谈，有一个乒乓球代表团的团长甚至把手也握肿了，回国来瘦了好几公斤。这些事情，表面上看来奇特，但实际上入情入理，都是不难索解的。

新中国逐渐强大起来了，华侨有了娘。但这却不等于世界没有了反动派；或者，国内完全没有了对华侨存在不正确看法的人。无知的笨者，或者无耻的狂徒，世界各个角落总是或多或少存在一批的。迫害华侨的黑风，不时在世界的某些角落刮着。最近刮得特别厉害的，是被一群对中国人民忘恩负义的宵小之辈所统治着的越南。他们跳得够高了，然而他们也在全世界人民面前，用自己的双手把自己的脸画成一个狰狞的丑角了。凡是大规模迫害华侨的国家，都是风雨飘摇的国家，这样的国家里的人民，也必然是不幸的人民。因为需要用迫害华侨作为手段以卑劣地转移国内视线的统治者，都是一些颠顸凶恶的人物，在他们君临之下，华侨的苦难也就反映了他们居留国人民的苦难。这个真理，古往今来，是颠扑不破的。

五

最后我还想再描述铭刻在我心版上的另一个激动人心的场面。广大华侨之中，已经有不少人参加过这样的集会了。这就是在迎接重要节日的时候，北京经常举行的招待海外归侨、港澳同胞以及定居各国的中国血统的外籍人士的盛会。那真是多么盛大的场面呵！人民大会堂宴会厅上，花团锦簇，数以千计的灯盏构成的璀璨的图案，投下了明亮柔和的光辉，在可以容纳几千人的大厅里，坐满了海外归侨和中国血统的各国国籍人士。衣香鬓影，笑语声喧。这个场合，同时也是各国服装的展览会以及各种语言的交流会。与会的人们，自然有大量黑头发、黄皮肤，操着普通话、粤语、闽语的人们；同时，也有黄头发、白皮肤，操着外语十分流利，操华语却结结巴巴，甚至已不能以华语达意的人们。因为在座的有已经四五代侨居在外的人们，有混血儿，也有中国人的外籍配偶。因此，在我的国家领导人讲话的时候，人们所看到的预发的讲话稿，就不仅有中文的，也有英文的了。中国有这么多飘洋过海寄居他国的人，固然是一部复杂的世界近代史的产物，相当一部分原来的中国人和他们的后代成了中国血统的外籍人，更有十分复杂的政治、经济、历史、地理原因。我记得1978年迎接国际劳动节时我所参加的一次，和我同席的，就有来自美国、委内瑞拉、缅甸、印度尼西亚的华侨和中国血统的外国人。面对历史所烙下的印记，虽然使人想起很多很多的往事，但是在这个美丽大厅之中，洋溢着的仍然是欢乐融洽的气氛。对远道归来的华侨，我们固然感到十分亲切；对于中国血统的外籍人，我们也有一种接待远方亲戚般的感情。当大家站起来祝酒的时候，我感到，世界各个角落的千万中国血统的人们的心，总是和"中国的心脏"一起跳动着的。一根无形的坚强的纽带，将长远维系着中国和她的千万海外儿女们。

在迎接中华人民共和国建国三十周年庆典即将来临的时候，我把我心头的许许多多难忘印象整理起来，写成这么一篇文章，想借此说明：中国人足迹遍世界，并不是中国炮舰曾经去轰击过什么国家的港口的结果，而恰恰是中国受到世界上许多国家野蛮侵略的结果。凡是倒果为因，混淆黑白，肆意迫害华侨的国家，它本身必定处在它自己制造的灾难之中。我想告诉广大的海外亲人一声：华侨有祖国，华侨不再是"海外孤儿"了。我也想告诉国内一些对侨务政策不甚了了的人们一声，不仅要热情对待作为祖国海外儿女的华侨，而且也要以一种历史主义同时也是现实主义的眼光，来对待中国血统的外籍人。他们是我们远方的亲戚！在新中国的隆重的庆典来临的时候，我相信海外将有千万亲人擎起了酒杯，为祖国的繁荣昌盛，真诚祝愿，欢呼："干杯！"

秋林红果 *

秋天是十分可爱的。如果说春天是开花的季节，那么，秋天应该说是结果的季节了。在秋高气爽的日子里，白天经常晴空万里，入夜银河璀璨，原野上到处结满了果子。这种令人心旷神怡，理性清明的时节，着实叫人喜欢。几番秋风秋雨，一阵落叶纷飞算不了什么，田园上金色的稻浪、麦浪在翻腾，向日葵结起了一个个的大果盘，菊花到处嫣然含笑，果林里柑橘、柚子、梨子、苹果都长得黄澄澄了，枣子、柿子、山楂都变成红彤彤了，这种景象令人感到果实大批成熟，人们耕耘有了收获的喜悦。

在各种各样秋天成熟的果子中，我特别想来谈一谈山楂，在大地献出的果子中，这山楂本来是貌不惊人的。论个子，它很小；论味道，它也不是属于香甜芬芳的那一类。但是它以甜中带酸的独特风味，博得了南北各地人们的普遍喜爱。可能北方偏僻地区的人们没有吃过南方的某些果子，南方偏僻地区的人们没有吃过北方的某些果子，但是这山楂，可几乎全国各地人们都能吃到。我在北京居住的时候，虽然看到色彩纷繁的水果摊上，山楂上市的时候不多（它们总是一摆出来就被人购个精光了），但是山楂的各种制品，在其他的商店里却是非常丰富的。山楂饼、山楂罐头、蜜饯山楂、山楂糕、山楂露，花样多得很。有一次临近春节的时候，在北京一个年宵食品市场上，我看到一大群人十分热烈地围着争购一种食物，我感到纳罕，心想："什么食物这样吸引人呢？"就挤上前去，看个究竟。原来，争购的食物竟是新鲜的山楂糕（北京也叫做丹皮）。这山楂制品吸引人的力量也可见其大了。还有远近驰名的北京的"冰糖葫芦"，入冬时节，当它上

---

*　最早选入秦牧《秋林红果》（人民文学出版社 1983 年版），本文选自《秦牧全集》（增订版）第 3 卷，广东教育出版社 2007 年版，第 180—184 页。

市的时候，我每每见到无分男女老幼，大家都喜欢买一串以至几串，一路走一路吃，衣服穿得十分整齐的人物也没有例外。仿佛边走边吃别的东西，是不大雅观的，而吃这冰糖葫芦，则是天公地道，大大方方的事。它已成为有数的，被社会习惯许可人们一路走一路吃的东西之一。而这冰糖葫芦，虽然也有用海棠、李子之类的小果做成的，但一般总是山楂居多。糖浆像一层透明的红色玻璃一样，把一串山楂罩住，红艳艳非常好看。北京一般是一角钱一串，真可以说是价廉物美，色、香、味俱臻上乘的大众食品了。

鲁迅在"拟古的新打油诗"《我的失恋》中，提到这大名鼎鼎的"冰糖葫芦"。

"……

爱人赠我双燕图，

回她什么：冰糖葫芦。

从此翻脸不理我，

不如何故兮使我糊涂。"

这篇打油诗中提到的"爱人赠我百蝶巾，回她什么：猫头鹰。""爱人赠我金表索，回她什么：发汗药。""爱人赠我玫瑰花，回她什么：赤练蛇。"以及这句"爱人赠我双燕图，回她什么：冰糖葫芦。"都含有打破传统习惯，勇于自行其是的意味，但碰到的结果，却都是"爱人""从此翻脸不理我"，而最后诗的结语则是："不知何故兮，由她去罢！"虽说是打油诗，实际上是含有冲决网罗，我行我素，不计成败利钝的意味的。为什么各有一定用途的猫头鹰、发汗药、冰糖葫芦、赤练蛇，就必定不可作为馈赠的礼品呢？在这一系列比较特殊的东西之中，鲁迅特别提到了冰糖葫芦，可见他对北京这种大众食品是颇感兴趣的。

有一年秋天，我随一群朋友乘汽车经过河北的好几个县，去游览清廷帝后们葬身之地的东陵。一路上看到很多市集，都在摆卖枣子和山楂。同行的人争买山楂的很多。而从农家住宅的庭园中，不但可以见到枣子树，有时也可以觅到山楂树，那时节，都正结着红艳艳的果子，枣子是宝石红色，山楂是暗红色，但都十分好看。这类果子都很小，但是它们和人类生活关系的重大和密切，可真正是不可以貌相的。

山楂树野生的很多，我听一些常年生活在荒野老林的勘探队员说，野生的山楂结果很密，勘探队员有时也靠它充饥。好些果子，野生的常常十分酸涩，但野山楂的风味可仍然是酸甜适度的。

世间硕大的果子很多，像波萝蜜，一个可以有几十斤。像柚子、椰子、蜜瓜、菠萝，个头也都不小。世间甜美芬芳的果子也很多，苹果、梨子、柑橘、荔枝、桃子、李子、芒果等等都是。而以那么小的个子，长相平常，初尝起来味道也谈不上甜美的山楂，却能够在水果王国中雄踞一席，博得那么多人的赞美，这是很不寻常的。它和葡萄、樱桃、枣子、橄榄等寥寥可数的几种具体而微的果实，使我想起了人类中短小精悍而潜力巨大的人物。

山楂在北方有一个非常美妙的别名，叫做"红果"。据我所知，被加上"红果"这个漂亮绰号的果子一共只有三种，这就是木瓜、杨桃和山楂。奇怪的是枣子和红柿反而没有这样的绰号。红果，这名字就像红宝石、红玛瑙似的，像一顶彩色冠冕般给戴到山楂这种小果子头上去了。

山楂，这么个子细小貌不惊人的果子，滋味初品尝起来似乎也很平常，但它的酸甜适度，却大堪令人寻味，它终于博得广大群众的喜爱和赞赏了。如果说，从鲜花，从树木，往往使我们联想到各种人物的话，那么从果子，有时又何尝不令我们触发这种联想呢！上面我说它像短小精悍然而潜力巨大的人物；从另一个角度，我还要说它又像外表平凡，实际却很卓越的人物。这样的人物往往不声不响，藏身在群众之中。他们既没带漂亮的头衔，也不炫耀什么平生事迹，平素，他们几乎是默默无闻的。但是他们的行为，你把它归纳起来，细细一想，却又不能不令人击节赞赏和十分倾倒了。

有些人，二十年如一日，天天奉公上班，从不告假。有些人，在十年八年的工作中，兢兢业业，从来没有出过一桩差错。

有些人在地里挖到了大量金银，大公无私地都把它献给国家。有些人，平时省吃俭用，临终时把一辈子的储蓄银献赠给社会的福利事业。

有些人，志愿和因革命事业受伤致残，甚至眼睛也已瞎了的人结婚，恩恩爱爱过一辈子。有些人，见到邻居有伶仃无告的不幸老人，挺身而出，自愿为他们效劳，下了一个决心之后，往往一干就是十年八年。

有些人，做了一辈子眼科大夫，临终时还立节遗嘱，死后要把眼珠捐献给眼科医院，让罹上严重眼患的人重睹光明。有些老人，临终时立下遗嘱，要把遗体捐献给医院，以发展医学科学。

……

在报纸上，在我们周围，我们是常常可以听到这一类事情的。如果这些人是社会上十分煊赫、久已为人注目的人物，那也罢了。不，他们往往是默默无闻，平素几乎不为人知的。你这样一推敲，就越发觉得这类人物的崇高伟大。他们比某一部分开口革命、闭口人民，欺世盗名、实际上只是孜孜为己，灵魂猥琐的人物（无论如何崇高的革命队伍中都难免混杂着这样的人）要伟大多少万倍。

一粒小小的山楂，比好些大而无当，虚有其表，淡而无味，甚至烂了心的大型果子，实际上要美好得多。

普普通通的山楂，博得了"红果"的美号，这真是意味深长的事。

这些小小的果子，随处生长，仿佛平平常常，然而却以它的实际价值，使人们交口赞誉。真美啊！红宝石，红玛瑙似的小红果！

故里的红头船[*]

一个人，有时认识一桩事情，需要十分悠长的时间。

半个世纪以前，当我还是一个少年的时候，随父母侨居于新加坡。那时，每隔若干年，我们就要搬家一次。有一次搬家，新居恰好面对新加坡河。

新加坡河，那时密密麻麻靠满了驳船。轮船到达海面，驳船就把货物转载到新加坡河，由苦力把大米、咸杂、瓷器、土产之类的东西搁在肩膀上，搬运上岸，放进岸畔星罗棋布的货栈之中。

我常常坐在骑楼，观赏新加坡河的一幅幅生动图景。中国苦力（那时新加坡还未独立，仍是英国殖民地，没有所谓新加坡籍华人）的劳动本领是非常惊人的。他们大抵裸露着上体，在肩上披一块搭布，手里持着一把短柄铁钩，用这来钩取货物，搁到肩上，一百公斤一包的暹罗（泰国）大米，用竹筒笼罩着的中国咸菜瓮、冬菜瓮、盐水荔枝之类，他们都能够把它搁在肩上，在一条狭窄的跳板上疾走，上岸的时候，还能够腾出一只手来，接过工头发给他们的竹签（这是在搬运完毕的时候，赖以结算工资的筹码）。他们一列列走在摇晃的跳板上的时候，构成了一幅异常生动的中国劳动者海外谋生、勤奋辛劳的图景。

熙熙攘攘的新加坡河上，除了这些热闹的劳动场面以外，还有一个奇特的景观，吸引了我这个异邦少年的注意。那就是有一种船，船头漆成红色，并且画上两颗圆圆的大眼睛。木船本来就有点像浮出水面的鱼，画上这么一对眼睛，鱼的形象，就更加突出了。听长辈们说，这叫做"红头船"。当昔年海上没有轮船或者轮船还是很少的时候，粤东的居民，就是乘坐这

---

[*]　原载《散文》1986 年第 8 期，本文选自《秦牧全集》（增订版）第 4 卷，广东教育出版社 2007 年版，第 29—34 页。

种红头船出洋，来到新加坡和东南亚各国的。三十年代的红头船，倒不一定仍然经常来往于祖国和新加坡之间，那大抵是当地居民"仿古法制"，藉以纪念先人，也用来驳运东西的一种产物。

"九一八"事变之后不久，父亲破产了，我们一群兄弟姐妹随他回国。澄海的樟林镇，就是我们的故乡。初抵国门，觉得什么事都新鲜，都想接触，不久，我就把"红头船"的事情置之脑后了。

故乡有许多特别的事物，吸引了我。首先，是当时已经显得有点破败的一个内地小镇，为什么竟有那么多夸耀门第家声的人家呢？这些第宅，各各在大门上挂着"大夫第"、"陇西世家"、"种玉世家"、"颍川世家"之类的牌匾。河边有一座"天后宫"，香火鼎盛。照一般状况，凡是船民、渔民众多的地方，才有许多人到天后宫去问旅程吉凶，祷求风调雨顺；为什么这儿也有一座天后宫呢？故乡并没有多少船民和渔民呀！还有，这个小镇里，市街上竟有不少可口的食品在出售，什么肉粽、饼食之类，其制作精美的程度，并不逊于后来我在国内好些大城市里所见到的。小贩多极了，各种小食竞奇斗巧的程度，也是我在许多内陆小镇里很少见到的。当时我只认为大概是由于这里华侨众多的缘故，并没有想到，它是蕴藏着更加深远的根源的。

我们家附近有一条小河，河面并不很宽。我们常在河中游泳和捕鱼。小河里面，不但可以捕到鳗鲡、甲鱼、鲫鱼、泥虾，有时还可以捕到一种扁蟹，它的甲壳里蟹黄极多，腌制起来，风味极美。这种小蟹，各地都很少见到。据渔民们说：它只出产在咸水淡水交界的区域，我们有时喝到的河水也有咸味，这就可见，我们家乡离海很近，有时海水涨潮，是会倒灌进来的。

我们有时会见到一些老头子，站在河岸上，慨叹道："这条河现在比以前窄多了。你们年轻人不知道，从前，听老辈人说，这河是可以停靠很大很大的船舶的，从这里直达'外洋州府'呢！"

少年时期对这样的言语，听过也就算了，并没有怎么引起注意，更谈不上寻根究底了！我从青年时代起就离开家乡，高飞远走，此后数十年间，再也没有在家乡长住过，阔别之后，偶尔回去，也是行色匆匆，从没久留，对于家乡的印象，终于像久历沧桑的照片一样，斑驳迷离了。

解放后，不断听到一些消息，现在潮汕一带，不断发掘出一些古代航海的遗物，有一次还发掘出一条大体完整的几百年前的红头船的遗骸，不禁为之神往。想起几百年前，人们带着一点寒伧的行李，乘着简陋的红头船，以咸鱼、虾酱、酸菜、腌萝卜送饭，在风浪中飘泊，分别到达当时的安南、暹罗、东印度群岛、新加坡、马来西亚的情景，是需要多么大的勇气和毅力啊！这些人，也就是东南亚各国土生华人的祖先了。马六甲那儿的古老的华人坟墓，石碑上的纪年，不但有清初的，也还有明代的呢！

年前，读了一些史料，又有了新的收获，知道我的家乡梅林，原来在汕头未开埠以前，已经是一个著名的港口了。清初，由于海外贸易的需要，它渐渐崛起，那时它河道宽阔，离海又近，在康熙、雍正、乾隆、嘉庆之世，变成了一个热闹的城镇，粤东以至福建许多地方，人们都到这儿集中乘红头船出洋。以后，汕头开埠了，它才逐渐没落。这些史料使我豁然开朗。那儿为什么有香火鼎盛的天后宫呢！为什么集中了那么多的大户人家呢？这正是历史的流风余韵啊！我们少年时代为什么能够在河里捉到咸水、淡水交界处才有的小蟹？老年人为什么在河滨伫立时发出那样的感慨？这一来，各种零碎的事象都可以贯串起来了。

1985年我访问新加坡的时候，看到了童年时代熟悉的新加坡河，河面上已经连一条木船的影子也没有了！因为海上轮船直接卸货，已经无需经过驳船。这种景象，也使我想起了故乡的沧桑，世间的事物是多么变动不定啊！

澄海，我们那个县准备在樟林建设一座碑亭，竖立一块碑记，让人们知道这个小镇在华侨史上航运史上的地位，也让远方的游子回来时凭吊先人的足印。他们约我给写了。碑记是这样的：

樟林古港碑记

这里矗立着一座古色古香的碑亭，记录着人间的风云和历史的沧桑。

樟林现在是一个内陆乡镇，然而在历史上，它曾经是粤东第一大港。早在汕头开埠之前，清代康熙年间，由于对外贸易的发展和群众海外移民的需要，澄海的这一滨海村寨，渐渐发展为一个海运港口。那时它帆樯云集，货栈成行。红头船，即一种船头漆成硃红色，单桅或双桅，木材结构的大型帆船，从这里装载旅客和货物，乘风破浪，扬帆远征，北上直达上海、天津、青岛等地，南下出航暹罗、交趾、新加坡诸邦。樟林作为一个繁盛的港口，历时长达一个世纪以上，那时，它曾被喻为"海洋总汇之地""河海交会之圩"。水手和旅人，本着他们的宗教观念，向之祈福禳祸的风伯庙、天后宫等庙宇，就是那个时期在这里陆续建成的。红头船的古老遗骸和沉重铁链，解放后曾经被陆续发现，也是这段历史的一个佐记。

岁月递嬗，时移势易，直到十九世纪六十年代，汕头开埠，蒸汽轮船来往频繁之后，樟林古港才结束了它作为海运枢纽的地位。潮汕地区最早出现的华侨之乡，就在这片土地之上。

建立这座碑亭，可以让人们重温自己的乡史；让南洋各国的华裔旅客，凭吊遗迹，缅念自己当年飘洋过海、艰苦奋斗的先人。

世事尽管沧桑多变，但是因果关系历历可辨。建立这座碑亭，也让人们有所领会，进而虚心尊重客观法则，勇于面对现实，开拓未来。

| 第二编 |

文艺散论

鲜花百态和艺术风格 *

鲜花的多种多样的姿态、纷繁的颜色，除了让我们赏心悦目外，我想还可以对我们的艺术思想有所启发：第一，世间有各种各样的花，才谈得上尽态极妍，谈得上热闹。第二，美是可以有许多表现形式的，牡丹有牡丹的美，菊花有菊花的美；大丽花美得典雅华丽，茉莉花美得小巧玲珑，玫瑰美得妖冶，百合美得端庄……但是应该说，它们着实各有风度。第三，和化学的原理很相似，一些基本的东西配合分量上的差异，可以引起千千万万的变化。就拿鲜花来说吧，它们各有花冠上微小的纤毛，各有花青素，由于一些基本色素的复杂配合，加上折光作用，花的颜色就变化无穷了。

"百花齐放"一语，使人想起了鲜花的百态，想起了艺术的各种各样的风格。"百花齐放"的意义，我想不仅是指提倡各种艺术，同时，也指丰富多彩的内容和同一种艺术形式中千变万化的表现方法。

试想一想吧，同一类菊花，有匙瓣的，有管瓣的，有针瓣的；神态更是变化万千。人们已经培育出数以千计的菊花品种了，但是还不餍足，正在继续培育新的。同样的，牡丹已经有许多种颜色了，但是人们还在致力培育绿牡丹、黑牡丹；杜鹃已经有红、白、紫等颜色了，但是人们又羡慕着云南的黄杜鹃……这是人的永不满足吗？可以这样说，但也许更好的说法是这表现了人们巨大的艺术趣味。如果人是太容易满足的话，花卉就没有这么多品种了；鸽子、金鱼就没有这么多仪态了；戏剧里就没有这么多行当了；文学艺术宝库也没有这么丰富了。

---

* 原载《上海文学》1961年第6期，本文选自《秦牧全集》(增订版)第9卷，广东教育出版社2007年版，第59—61页。

人们永难满足的要求，使得艺术领域永远存在着竞赛（当然千姿百态的生活本身又为这种竞赛提供了根本的条件），这种竞赛越激烈越好。在这里面，思想性最强、最健康饱满、最新鲜活泼、"顶儿尖儿"的东西，也就最能够满足大家的要求。

同样一种生气勃勃的先进的思想，甚至同样一种题材，通过各个作者的笔尖，尽可以写成多种艺术风格的作品。马克思说过一句这样的话："每一滴露水在太阳的照耀下都闪耀着无穷无尽的色彩。"政治方向一致性与艺术风格的多样化的统一，和这句话道理也有相通之处。

要艺术家的风格能够充分表现，只有在热烈的竞赛下才有可能。如果大家都慢吞吞地走路，你看起来各个人的步伐都差不多；只有当大家飞跑的时候，才容易看出各个人的姿态和速度究竟是怎样的。

"风格"这个词儿，看起来很抽象，所以抽象，是因为它概括了大量事物的缘故。一个作家的生活道路、思想、感情、个性、选择的题材、运用文学语言的习惯和特色、生活知识积累的广度和深度……这一切总汇起来构成他的风格。艺术家把他的思想、感情、气质、素养都溶进作品里了。因此，越成熟的艺术家越是应该有自己的风格。中国文学史上的那些词语——"韩潮苏海"、"诗仙、诗鬼"、"郊寒岛瘦"、"清新庾开府，俊逸鲍参军"等等，这里面的什么潮啦，海啦，仙啦，鬼啦，寒啦，瘦啦，清新啦，俊逸啦，就是对于艺术风格的总评。从历史上的这些例子，可见某个人的写作特点发扬到了一定的高度，就必然形成风格。

一大群小学生开始学作文的时候是无所谓风格的。写作者达到比较成熟的境界，自己的特点充分流露，风格就产生了。文学史上流传着许多轶话，例如说某某人的诗句，杂在其他人的诗句中，怎样给人一眼就看出来啦；某某人伪造古人的作品，怎样苦心经营多年，却给明眼人一下子就识穿啦……这些事情，我想完全是有根据的。

一些基本的东西，互相配合，衍变成为多种多样的东西。这种状况，我们可以从化学现象中看到；可以从万紫千红、尽态极妍的鲜花中看到；也可以从各种风格的艺术品中看到。

艺术品不同于一般的自然物的，最重要的是它的思想性。这是一个最重要的"根"，但是其他的因素，错综复杂地配合，因而衍变无穷的情形，和鲜花具有百态的原理却是很相似的。

鲜花好像正在嫣然含笑地告诉我们：必须在发扬基本要素并让它们互相配合的情形下，风格才能诞生和成长。

幻想的彩翼 *

在戏曲艺术片《还魂记》放映的时候，我听到座后一对男女观众议论的声音：

"真是莫名其妙！两个不相识的男女在梦里会碰在一起互相恋爱，女的死了，埋在地下好久掘出来还会复活，这样的情节怎能教人相信和感动呢！"

《牡丹亭》（《还魂记》）里面，柳梦梅和杜丽娘的恋爱故事的确是奇特的。就是小孩子也知道这样的情节完全出于幻想和虚构。它不能使现代一般的人们感动是自然不过的事。但是，如果以为在它刚刚问世的明代，也没有人被感动过，那就大错特错了。汤显祖这部传奇，当年开始上演的时候，不知道使多少痴男怨女都为它伤心下泪。尤其是闺阁妇女，看了这出戏，更加如醉如痴，有些妇女还因此疯狂般追求起汤显祖来。当时好些妇女认为这是第一部好戏剧，理由是在世俗生活中难以办到的事，在这出戏剧中都办到了。天各一方可以在梦中幽会，死后埋掉又能复活还魂。唯其如此，她们认为这戏写尽了男女间的"至性至情"，为之倾倒不已。清代焦循的《剧说》一书，就写下了当时这出戏剧使人激动、悲伤的许多故事。《牡丹亭》在数百年间魅力一直不衰，至今葬在杭州西湖畔的旧时代的苦难妇女冯小青，生前还留下了这么一首悱恻动人的小诗："夜雨敲窗不忍听，挑灯闲读牡丹亭，世间也有痴如我，岂独伤心是小青。"从这首小诗，也可以想见：《牡丹亭》在数百年间，感动过多少受到封建礼教禁锢的人们。

---

* 原载《上海文学》1961 年第 8 期，本文选自《秦牧全集》（增订版）第 9 卷，广东教育出版社 2007 年版，第 158—161 页。

因此，可以说，以生活真实为基础，加以提炼升华起来的幻想，有时即使情节离奇，却同样可以具有巨大的感人力量。这些"幻想"的东西，也不仅仅是嬉笑怒骂而已，作者写它们的时候，是常常付出了极其真挚的情感的。汤显祖在写作《牡丹亭》的时候，据说写到伤心处，就曾经伏案痛哭。

幻想，这真像是闪光的彩翼，作家插上了这对翅膀，就可以上天入地，探奥搜奇，和草木交往，与鸟兽倾谈，拜会古人，访寻来者……而抒发最严肃的感情，有时最适宜的竟是幻想。《离骚》就是一例。屈原在他的长诗中展开了一个美丽神秘、碧海蓝天的境界；神灵鬼魅，到处充斥。但是我们却不感到那些神仙有什么威严，倒是屈原骑龙使鸟，上天入地，呼叱着一切月神、日神、云神、风神，咒骂天地的不仁，怀疑古老的传说，却使我们充分感到人力的神奇和诗人追求精神的强烈。幻想，可以说是作者生活、思想、感情的一种升华。

满足读者的好奇心，作者需要幻想；把事物集中概括起来，作者需要幻想；使"神龙见首不见尾"的事物纤毫毕现，作者需要幻想；表达自己强烈的愿望和想象，作者尤其需要幻想。

幻想——这对彩翼，我们经常有需要它的时候！

幻想，这是一种重要的文学才能！

幻想，只要它是从现实生根的，它又可以是一种十分切合实际的斗争手段。

想一想西欧的少年儿童，在数百年间，是怎样地着迷于《列那狐的故事》《鲁滨逊漂流记》《格列佛游记》吧！想一想东欧的少年儿童，是怎样地热爱他们的《白熊奶奶》《蟒魔王》《宝石花》之类的童话，我国的少年儿童，是怎样地热爱《西游记》《哪吒闹海》《老虎外婆》之类的故事吧！幻想，是儿童文学园地中一位受人欢迎的美丽的仙女。

如果以为这些事情谈得远了，我们也可以来谈些近的。鲁迅的散文诗集《野草》，其中有好几篇的情节就完全是根据幻想虚构而成的（虽然那是植根于现实生活的幻想）。例如《复仇》《狗的驳诘》《墓碣文》《死后》等篇就是。这些文章的情节，有的是一男一女，裸身各握利刃立于旷野之上；有的是狗居然向叱骂它的人作了人言，雄辩滔滔；有的是墓里的死尸忽然能够坐起；有的是作者描述自己死后遇见的一切，包括蚂蚁在颜面上爬行和苍蝇舐食身体时自己的感觉等等。如果用世俗的眼光看来，这些内容几乎都是荒诞不经的。然而鲁迅正是通过这种独特的艺术构思和奇异的幻想，使他企图表达的那个严肃的思想达到了异常深刻的境界。

以为幻想到超越常理的事物没有感动人的力量，是不符合于历史的实际的。《牡丹亭》的故事曾经那么风靡一时，赚了不少人的热泪，就是一个例证。

某些人所以会贬低幻想在文学创作中的意义，只是因为他们不理解幻想和真实之间的血缘关系罢了。

列宁在《党的组织和党的出版物》那篇论文中，一方面断言文学要成为党的总的事业的组成部分，同时也强调地指出了党在自己的文艺政策方面应当考虑到文艺创作的一切特殊性和一切复杂性。他指出："无可争论，在这个事业中，绝对必须保证有个人创造性和个人爱好的广阔天地，有思想和幻想、形式和内容的广阔天地。"在这里，"幻想"这个词儿，是和"思想"并列着，铿铿锵锵地给提出来了。

在提高思想、深入生活、加强艺术素养的前提下，我们必须培养和发展幻想的才能。必须能够根据丰富的生活的材料，活龙活现、栩栩如生地虚构事物，必须能够上天入地、纵横驰骋地进行形象思维，构思一些如巴尔扎克所形容的"庄严的谎话"。

如果不是知识丰富、感情热烈、经常吸收丰富的文学营养、热爱思索的人，是不可能发展"幻想"的才能的。如果对别人的幻想之作毫无欣赏的兴趣，自己又怎能插上一对幻想的彩翼呢！

　　但是整部文学史都告诉我们，我们十分需要这样一对美丽的、想象的、轻快翱翔的金色翅膀。

变 形*

潮州的木雕是很著名的。常常在一幅雕屏上，出现了众多的人物、水族、花果、禽鸟、亭台、楼阁。旧时代，有些巧匠往往以数年之力才为豪门贵族刻成一个神龛。它们的精巧处令人惊叹。因此，潮州木雕，和浙江的黄杨木雕、福建的竹雕漆雕，北京、广州的牙雕等同样成为我国民间雕刻艺术中的精品。

把那些古老的精美的潮州木雕拿来鉴赏一下，我们会发现一件有趣的事。那些身高不够一寸的戏曲人物个个灵活异常，看来真是玲珑剔透，但是，凑近一看，他们却个个都是高削鼻子，在这一点上，竟有点像欧洲人。但这并不碍事，保持一定距离来看，这样的鼻子却使人物脸孔格外显得生动了，因此，仍然是十足的民族风味。相反，有一些把人物的鼻子都自然主义地表现出来的木雕，人物脸孔给人的玲珑清晰之感倒反而削弱了。古代木雕巧匠在长期的艺术实践中掌握了变形的规律（这些以戏曲人物为内容的雕屏不少都有一两百年的历史），把人物鼻子雕得较高削一些，就更能够传神，相反的，人物脸孔上如果都长着扁平的鼻子，艺术效果反而没有那么好了。

敦煌的古代雕塑壁画，也不乏这种变形的例子。那里面，讲经的佛常常被表现得很肥硕，而旁侍的沙弥却很矮小："布施人"的形象很高大，女侍的形象却很纤弱。它们简直完全不合于实际人体的比例，但是它们的确把主要想表达的事物烘托出来了。自然这是贯串了那个时代统治者们的阶级观点的。但是，作为艺术手法而论，它们的创作者也掌握了变形的规律。

---

* 原载《上海文学》1962年第2期，本文选自《秦牧全集》（增订版）第9卷，广东教育出版社2007年版，第191—194页。

这种规律既可以为这一阶级的艺术家所运用，也可以为另一阶级的艺术家所运用。

在我们习见的艺术品中，体现这种变形的道理，最突出者无过于石膏人像。在石膏雕塑中，一般人物的眼睛都是雕陷下去的，唯其这样，保持一定距离看起来，那些眼睛却反而显得灵活。相反的，如果如实地把眼睛雕成圆球体，在欣赏者看来，那个石膏人物却仿佛是瞎掉眼睛了。

变形，是艺术创造的手段之一。所以需要这样，不仅是为了突出某一事物，不仅是因为艺术的真实并不完全等同于自然状态的真实；而且也由于：艺术要求浓缩集中，既然浓缩集中了，就自然在某些方面产生一些变形。这也就是画家们所说的"树无一寸直"的道理。

这种变形的道理，我们在自然现象中，在社会现象中，也常常可以体察到。

例如：随着温度的不同，水，以至于其他的各种物质，可以表现为固体、液体、气体三态。一杯干净的水是透明的，但是水积得很深的海洋，却表现出蓝色以至黑色。一块冰是透明的，但是冰层积得很厚的冰川，却可以随着日光照射强度和角度的不同，表现出各种各样的颜色。

在生活中我们也常常可以见到这一类事情：有些人在非常愤怒的情形下，反而狂笑；有些人在高度欢乐的境况中，反而泣下。在语言中也有这种例子，当要表现"极端"、"顶点"的时候，语言就出现奇迹了，"甜得要死"、"好得要命"这些语言，正是在这些情形下产生的。在某种场合，"不合逻辑"的语言有时还比合于逻辑的语言更有力量。例如："衰佬""死鬼"这些词儿，本来是骂人的，但是在某一类男女打情骂俏的时候，它们也尽可以成为热烈的爱称。在高尔基的《回忆托尔斯泰》一书中，高尔基对那位老文豪的聪明睿智十分倾倒，以至于一下子把他形容为"上帝"，一下子又把他形容为"魔鬼"。这都是语言在描述极致的事物时出现的变化。

为了要表现"极致"的事物，变形这一种艺术手段经常用得上。戏曲艺术家们最明白这个道理了，因此，甩水发、跌坐、卧地翻滚、变脸这一类的表演，我们经常可以从各地的戏曲舞台上见到。在红地毯上，豪管哀弦之中，要演出的是许多热耳酸心、悲欢离合的故事，他们要再现许许多多"极致"的事物，在传统上不能不创造许多独特的演出程式。如果有人根据现实生活中的普通事象提出这样的责难："人们在生活中难道是这样的吗？"只能够算是一句令人哑然失笑的蠢话。

在文学作品中，这样的例子也多极了。许多人都以月缺花飞来陪衬悲伤的心境，但是也有人独特地以团圞的明月来反映这种心境。古代诗人的"故国山河碎，今宵月忍圆"，就是一个例子。鲁迅的《秋夜》一文，有这样的句子："在我的后园，可以看见墙外有两株树，一株是枣树，还有一株也是枣树。"这种反常的笔法，竟奇特地把人带进一个萧疏落寞的秋夜境界中去了。文笔尚且可以如此地一反常规，更不待说在人物、情节诸方面，必要的时候应该容许变形了。

从现实中来，手脚却不为自然主义的绳索所束缚，敢于采取艺术的各种独特的手法去反映生活，才能够概括、集中地表现生活。重要的是要获得创作的那个思想效果和艺术效果。和这个效果互相统一的一切手段，任何时候总是值得重视的。

放纵与控制*

"过犹不及"这句话说得很好，在一切领域的事象中，我们都可以找到无数"过"与"不及"产生恶果的事例。好像植物的生长需要一定的湿度和温度，没有这种条件，它不会生长。然而超过了一定限度的湿度和温度，又可以使植物烂根或者枯死。

动物的内分泌和机体的发育有很大的关系，分泌过多或过少都会出乱子。例如人体中脑下垂体分泌不足，人就会患上"侏儒症"，身躯矮小；如果分泌过多，又会发生肢端肥大症。甲状腺分泌不足的人，皮肤苍白粗糙，精神迟滞；但是如果分泌太多，又会产生"突眼"症和"大脖子"病。

声音的产生是由于物体震动引起了空气的波动。物体震动的"频率"过低，我们不能听到声音；"频率"过高，我们也无法听到。我们耳朵所能听到的，只是频率在十六至二万赫兹这一范围的声音罢了。

我们知道，铁里面，含碳量最多的是生铁，减去含碳量，到了一定程度时它就变成钢，开始出现了生铁所不具备的特性。但是含碳量比钢更低的熟铁，却又丧失掉钢的好些特性了。

化学也同样存在这种道理，两种元素化合而成的一种东西，仅仅是由于某一种元素的含量少一些或者多一些，结果化合物的性质就会悬殊。例如二氧化碳是无害的，一氧化碳却是剧毒的东西了。

像这一类事情，可以说是多极了。

在工作方法和艺术创作方法上，是不是也存在着同样的道理呢？

我想，同样存在。

---

* 最早选入秦牧《艺海拾贝》（上海文艺出版社 1962 年版），本文选自《秦牧全集》（增订版）第 9 卷，广东教育出版社 2007 年版，第 238—241 页。

在艺术创作上，不论是为了选择题材，显示事物特征，还是表达作者对描绘对象独特的思想感情，艺术夸张都有它的必要。艺术夸张常常能够把平凡的事物变成不平凡，使它光华璨目。而且事物既然经过概括集中了，就一定有它的强烈性，以艺术夸张来体现这种强烈性，也是自然不过的事。

但是，这里面的确存在一个掌握分寸的问题，夸张，也是有它的严肃性的。

有些戏剧界的人物在赞美周信芳的舞台表演艺术时，说是具有"高度的激情，高度的放纵，高度的控制"，这几句话我以为说得很精妙。艺术就是需要各种各样"高度"的东西，而这些东西，又是互相配合的。以放纵和控制来说，没有前者，就不可避免地要产生呆板凝滞，然而单有前者而没有后者，也一定要大出毛病。试想，一个演员在表演悲哀时如果真的泣不成声，昏倒在地；在表演欢乐时如果真的嘻嘻哈哈，像小孩给人搔着胳肢窝一样笑不可仰，戏剧还能够继续演下去吗？戏剧效果还能够不被破坏吗？

在工艺美术品中，我看到好些大头瓷娃娃，十分逗人喜爱。我们知道，小孩的头部和躯体的比例，比较起成人来是要大得多的。掌握了这一点，那些"大头瓷娃娃"的塑造者又适当地加以艺术夸张，这就使我们看到"稚态可掬"的幼童形象。但也有一些，把那个头夸大得太过分了，这时候我们获得的印象就不是有趣，而是畸形了。同样的道理，一个瓷塑寿星公的脑袋，又亮又凸，适当的夸张使人感到饶有风趣，过度的夸张，那种风味却突告消失，使人徒然获得一种怪诞之感罢了。

古代许多伟大的诗人，都是深懂"此中三昧"的。他们经常运用艺术夸张，但却很注意掌握度数。他们形容楼台巍峨，经常用"百尺"而不用"千尺"（如"玉楼高百尺"）；形容瀑布壮观，只说几千尺，决不说几万尺（如"飞流直下三千尺"）；形容一个热闹城市的繁华街道，一般只说十里，决不说百里（如"春风十里扬州路"）；只有在形容到高山、大河的时候，才用上比较大的数字，但是也和事物实际保持着一定的关联。唯其如此，那些艺术夸张的句子才唤起了人们的联想与真实感。我们现在形容甘蔗、花生生得粗壮，如果用上"甘蔗长到顶破天"、"花生荚子做睡船"之类的句子，我想那并没有什么艺术魅力可言（如果作为夸口比赛或者作为谐谑儿歌来处理，自然又当别论），假使能够贴切一点进行譬喻，像说甘蔗像壮汉的手臂一样粗，花生荚子大得像成人拇指，那么，所能够引起的人们的联想与实感，就和"顶破天"、"做睡船"之类完全不可同日而语了。

也许有人会问："白发三千丈"那类的艺术夸张诗句又作何解释呢？我想，那只是偶然一用的漫画式的笔法罢了。正像某些场所也可以摆个"哈哈镜"，但哈哈镜毕竟不是有广泛用途的镜子。

可见，艺术夸张也是以科学的认识为基础的。越能够掌握本质，认识得越精确，思想越对头，夸张起来也就越能够掌握分寸和越有艺术力量。

不仅仅在艺术夸张这一方面，在文学创作的文采、朴素、穿插警语成语等各方面的问题上，"控制"的道理我想也随处用得上。有放纵而没有控制，就一定会接受绝对主义，这一套到头来只会损害艺术效果。

我们通常所说的"进一步认识"，不外是在掌握事物一般性的基础上进而掌握它的复杂性罢了。

我们通常所说的"熟练"，那意思，不外是说做事情能够恰到好处，拿得起，放得下，能纵能收，进退有度，能够严守基本原则，又能够灵活变化罢了。这里面，往往都含有"善于控制"的意味在内。

粗犷与细腻 *

偶然翻阅齐白石的画册，从里面一些粗犷的意笔和精细的工笔相结合的画幅中，得到很大的启示。

这类作品白石老人画了很不少。它们大抵是某种植物和一两只草虫结合在一起。植物用意笔，草虫用工笔。那些莲叶啦，树丛啦，大抵是像泼墨似的，粗犷豪放，好像是用大毛笔蘸饱了墨汁随便挥洒而成；而那些蝉啦，蚱蜢啦，螳螂啦，则画得精细极了，那真是刻意求工描绘出来的。纤细的触须，翅膀上的脉纹，虫脚上的"钩齿"，都历历可辨。这些粗犷和细腻的笔墨结合在一起，使得它们彼此衬托，相得益彰。植物更显得欣欣向荣了，草虫更显得神态栩栩了。

在齐白石画册中还有一个值得注意的现象：有一些这类的画，只画好了一半。这一半并不是像某些人所想象的，是那"容易画"的泼墨意笔，恰恰相反，却是那工笔的草虫。意笔的植物，却还无踪无影呢。显然，在画家的心目中，寥寥几笔的泼墨，有时要比工笔画还难得多；他要留待精神特别好的时候才下笔，不幸有一些还没画成，画师就弃世了。

粗犷和细腻、意笔和工笔、概括和精巧、辽阔的背景和清晰的事物相结合，是艺术上一项重要的表现方法。以这些画为例，由于有泼墨意笔挥洒而成的植物存在，就使人觉得那翅脉毕现的草虫不是活动在空虚的一张白纸上，而是藏身在茂密深邃的草莽和树丛间。而这一切，又使草虫显得更加玲珑小巧了。

像这一类的表现方法，常常是被许多深知此中奥妙的人物贯串到艺术

---

* 最早选入秦牧《艺海拾贝》（上海文艺出版社 1962 年版），本文选自《秦牧全集》（增订版）第 9 卷，广东教育出版社 2007 年版，第 242—244 页。

各部门中去。在表现层峦叠嶂、境界深远的画幅中，我们有时会看到一个须眉可辨的老人立在近处；在音乐中，有"四弦一声如裂帛"的音节，也有"大珠小珠落玉盘"的旋律；在戏剧中，有匆匆忙忙打斗几下就过场的戏，也有精雕细琢，一生一旦唱它半天的精工片断……那道理，原是相通的。

在文学中，这种例子多到不胜枚举，这里只举杜甫的一首小诗为例：

两个黄鹂鸣翠柳，一行白鹭上青天。

窗含西岭千秋雪，门泊东吴万里船。

瞧，前两句多么细致！后两句又是多么雄浑！把这首小诗和白石老人的草虫画放在一起，你不禁惊异地发觉：他们生活的时间虽然相距千年以上，所致力的艺术工作也各有不同，但他们在掌握艺术法则的某些神髓上却是完全一致的。

有人把这道理归纳为什么"粗犷的美"、"柔细的美"之类。我以为这样的说法并不妥当。不能离开思想和素材来谈美。既概括而又细腻，这是一种艺术表现方法，至于它所达到的效果如何，就要看它所服从的主题思想和素材如何来决定了。

从这么一种重要的表现手法，我想到：

艺术要求强烈，因此概括则要求粗放，刻划则要求细腻。唯有如此，才能够干净利落而又形象饱满。事物是辩证的，因此，用来反映事物的艺术方法也应该是辩证的。

简要概括和精雕细琢都要求我们不惜功夫，有时在简要概括上所用的劲也许比精雕细琢还大些。

技巧问题归根到底离不开思想、水平和生活积累，因为这些东西不足，还谈什么"由博返约"的概括凝练和神态栩栩的细腻加工呢！

辩证规律在艺术创造上的运用 *

辩证规律贯穿于万事万物之间，这是我们所熟知的。那么，反映生活的艺术作品，要达到成熟的境界，要"臻于上乘"，作者不仅应该具备一切必需条件，以辩证唯物主义的观点来体验、观察、研究、分析事物，还应该自觉地在艺术创造上掌握运用辩证规律，这是自然不过的道理。清澈的池塘怎能不反映着太阳的影子呢？生机蓬勃的种子怎能不受到土壤里一切刺激生命成长的因素的影响呢？

列宁说过："在任何一个命题中，好像在一个'单位'（'细胞'）中一样，都可以（而且应当）发现辩证法一切要素的萌芽，这就表明辩证法是人类的全部认识所固有的。"在艺术创造这么一个命题里，自然可以而且应该揭露出辩证法的一切要素。

辩证唯物主义指出事物是联系的、发展的，而发展是从量变到质变，发展就是对立的斗争。这些，是普遍存在的辩证的规律。

从事物存在普遍联系这一辩证观点来掌握艺术创造的法则，我们可以清楚地看到：思想、生活知识、艺术技巧这些方面，它们虽然各有相对的独立性，但是又是互相紧密联系着的。思想是统帅，是灵魂。缺乏一条思想的线，生活知识的珠子就没法串得起来。而完全离开思想的艺术技巧，是并不存在的。不仅选材布局的技巧，受一定思想水平的支配，而且即使是在语言艺术上，也是受一定的思想认识的影响的。人只有在认识透彻的时候，才能够说出清晰的、有力的语言；只有在感情激越的时候，才能够说出新鲜、感人的语言。有一些平时并不很会说话的人，在他受到巨大震

---

* 最早选入秦牧《艺海拾贝》（上海文艺出版社1962年版），本文选自《秦牧全集》（增订版）第9卷，广东教育出版社2007年版，第290—305页。

撼，异常欢乐或者极度愤怒的时候，却往往能够说出十分警辟的言语。这种情形，就很好地印证了刚才提到的道理。

在具备先进的思想的前提下，依靠饱满的生活积累，又能够把这种思想更好地表达出来。这正像一些擅于运用譬喻的人，能够把一般道理说得十分动听一样。而卓越的艺术技巧，又可以反过来赋予思想和素材以一个完美表达的形式，加深它的感染的力量。

这些方面，彼此正是这样紧密联系着的。

因此，有一些人，虽然思想深刻，是思想家，但却不是艺术家。

有一些人，生活阅历很丰富，讲述起往事来还吸引人。但是由于他们并没有用艺术手段表达那一切，他们是"阅历丰富的人"，而不是艺术家。

有一些人，文法知识很丰富，懂得怎样准确和合于逻辑地表达意思，或者也写过有关这类道理的一些书。但是他们并没有写下什么文学著作，他们是文法家，并不是文艺家。

只有当思想、生活知识、艺术技巧这几方面都达到相当水平，并且水乳交融地互相结合的时候，才能够产生真正的艺术。这情形很有点像化合物。几种元素构成了一种化合物，有些元素需要多些，有些元素在比例上可以少些；然而它们各各是必需的元素，少了一种，就不能出现某一种化合物。

就是在生活知识这么一个问题上，直接知识和间接知识之间，也存在这种互相影响的辩证关系。谁都知道：自己亲身体验的生活，记忆是最深刻的，形象是最鲜明的。一个直接知识贫乏的人，即使读了很多的书，也可能只是一个书呆子。瞎子摸象，终究弄不清大象的具体形貌。只有具备一定的直接知识的基础，才能够充分吸收间接知识，并且把它们变成有血有肉的智慧。就正像一个消化能力旺盛的胃袋，才能够消化比较坚韧的纤维一样。但是，在具备了相当的直接知识的基础上，间接知识又可以加深直接知识，使原来对事物的印象更加清晰、完整和系统化起来。艺术创造离不开在深厚的生活知识的基础上进行想象、虚构、概括和加工；必须把直接知识放在头等重要的位置上是一回事，但是对间接知识却不能因此就等闲视之。它们实际上是不断地互相影响的。

所有这一切"联系"的道理，都说明进行艺术创造所根据的一切必需条件；尽管我们在掌握它们时有主从先后之分，然而在终极意义上，它们却是一个完整的整体。这些道理告诉我们，顾此失彼是不行的。应该知道什么是主要的关键，什么又是比较次要的。但仅仅这样还不够，还必须明确地弄清：主要并不是"唯一"，次要并不是"无足轻重"。既要注意不断提高思想水平和丰富生活知识，又要注意不断提高艺术技巧。而且，即使是在某一方面的事物中，也存在着许多复杂的联系，上面提到的直接知识和间接知识的互相影响之类就是例子。

思索着这么一些道理，我深深地感到：艺术工作者多么需要勤奋！我们应该掌握多方面的手段，而不可满足于"单一手段"；学习的范围应该宽广，而不宜流于狭窄。我们一方面应该唾弃技巧主义，而另一方面，又万不可以轻视技巧。

再说，如果我们从运动和发展是一切事物的普遍规律这一个观点来探索艺术创造上的问题，就会深切地感到：不批判地继承传统必定是不行的。无源之水，无根之木，终究难以长远存在。"五四"以来，某一部分和中国历代的诗、词、民歌的优秀传统不发生任何联系的白话诗，和某一部分欧化的小说所以不受群众欢迎，那道理，不是也很可以从中索解么？另一方面，墨守成规，不敢勇于创造也决然是和客观事物的发展规律不能相容的。不断发展的生活就要求不断发展的艺术形式来体现它。

事物不断运动发展的道理也反证了在艺术创造中，灌输理想精神的重要。譬如射鸟，要射中飞动的鸟，箭在发射的时候应该朝向当时疾飞着的鹄的之前，才能够恰到好处。不能够高瞻远瞩，展望未来，壮大新生事物的声势，灌输理想精神的艺术作品，就免不了陷于平凡以至庸俗。

从量变到质变是事物发展的普遍规律。从这么一个辩证观点来考察艺术创造上的问题，我们会更深地感到：重视积累，重视酝酿，讲究分寸，"量体裁衣"这一类事情很必要。各种文学体裁都各有它的长处，也可能存在"尺有所短，寸有所长"的状况。面对各种性质和内容的素材，分别以适当的形式来表现它，是最好不过的。丰富多彩的生活，要求我们掌握多种多样的艺术形式，以便"兵来将挡，水来土掩"。那种把各个文学体裁分列高下的观念不用说是十分错误的。有人说我们应该向玉工学习，他们把一块璞玉拿到手里，端详它们的大小形状和颜色纹理，然后因材雕琢，制成各种各样灵巧的形象。我们也应该因各种各样素材的不同而擅于运用多种的艺术形式。即使在一种艺术形式之中，由于题材的不同，在表现上也应该勇于创造，不拘一格。量变到了一定程度产生了质变。水的液态、固态、气态就是很好的一个例子。在表现事物上，我们也应该这样地"师法自然"。各地戏曲中有无数这样的例子。本来，戏曲表演是很讲究文雅的。一般状态的悲伤、恐惧、喜悦、愤怒，用一般的表情、手势和言语就足以表达了；但是当这种情绪达到沸点的时候，普通的表演程式就无能为力，这时候，变脸、甩水发、跌坐，以至于卧地打滚之类的表演都出现了。在语言中，也有很多这样的例子，"甜得要死"、"好得要命"这一类看似不合逻辑的语言，在某种场合，它们竟比一般合于逻辑的语言，在表情达意上更富有生命力。

所有这些，都说明"量体裁衣"、"不落窠臼"的重要。非常之事，必须有非常之笔。描述各种各样不同的事物，应该有各种各样不同的笔墨。

而尤其重要的，是掌握艺术表现方法上矛盾统一的规律，以避免简单化和绝对化。

列宁说过："就本来的意义说，辩证法就是研究对象的本质自身中的矛盾。"各种存在内部矛盾的事物，矛盾互相作用着，才会产生一切的变化发展。客观事物既然存在内部矛盾，表现它们的艺术方法就不能够简单化和绝对化。

艺术表现手段上矛盾统一、相反相成的道理，古代的艺术家也在若干程度上接触到了。辩证唯物主义思想体系被完整地建立起来，虽然不过是一百多年的事情，但是因为辩证规律原就客观地存在于万事万物之间，古代一些辛勤学习的人们在某种程度上领略到某一方面事物的辩证的道理，却是情理中的事。这正和古代的人们虽然不懂得药物的全部科学原理，却不妨碍他们充分掌握某些药物的特性并用于治疗的理由一样。

下面是随手拈来的几个例子：

抑之欲其奥，扬之欲其明，疏之欲其通，廉之欲其节，激而发之欲其清，固而存之欲其重。——柳宗元

诗须要有为而作，用事当以故为新，以俗为雅；好奇务新，乃诗之病。——苏　轼

或问文章有体乎？曰：无。又问无体乎？曰：有。然则果如何？曰：定体则无，大体须有。——王若虚

不以平废奇，不以奇废平，莫奇于平，莫平于奇。——方以智

故枚曾谓变尧舜者汤武也；然学尧舜者莫善于汤武。……变唐诗者宋元也；然学唐诗者，莫善于宋元。——袁　枚

山水笔要巧拙互用。巧则灵变，拙则浑古。

作画妙在似与不似之间，大似为媚俗，不似为欺世。——齐白石

历代这些散文家、诗人、批评家、画师发表的这一类言论，都在若干

程度上接触到艺术创造上的辩证的道理。抑扬之间，雅俗之间，平与奇，巧与拙，似与不似，有体与无体，师承与变革……这些看似两极的事物，实际上却相反相成、矛盾统一。它们时常是相得益彰并且互相转化的。就是群众里面的厨师，也说过和艺术家们异曲同工的格言，这就是俗谚里面的"若要甜，下点盐"。甜肴里面，常常要下点盐，相反的，咸肴里面，又时常需要撒点糖，这样做出来的菜才格外出色。

这里想尝试举几个例子来说明艺术表现方法上矛盾统一的道理。

第一，譬如说艺术的真实和生活的真实之间的关系吧，就的确存在着"妙在似与不似之间"的状况。毛泽东同志的《在延安文艺座谈会上的讲话》里，指出："人民生活中本来存在着文学艺术原料的矿藏，这是自然形态的东西，是粗糙的东西，但也是最生动、最丰富、最基本的东西；在这点上说，它们使一切文学艺术相形见绌，它们是一切文学艺术的取之不尽、用之不竭的唯一的源泉。这是唯一的源泉，因为只能有这样的源泉，此外不能有第二个源泉。"同时又指出："人类的社会生活虽是文学艺术的唯一源泉，虽是较之后者有不可比拟的生动丰富的内容，但是人民还是不满足于前者而要求后者。这是为什么呢？因为虽然两者都是美，但是文艺作品中反映出来的生活却可以而且应该比普通的实际生活更高，更强烈，更有集中性，更典型，更理想，因此就更带普遍性。"因为有前一方面的道理，艺术的真实和生活的真实有"似"的一面，艺术的真实是以生活的真实为唯一源泉的。但因为存在后一方面的道理，艺术的真实和生活的真实也有它的"不似"之处，这种"不似"好比在反映同一事物时油画和摄影的不似，蜜糖和花中甜液的不似。更高、更强烈、更集中，也可以说是一种"不似"。自然，这种"不似"，是和"似"辩证地统一着的。因此，"妙在似与不似之间"那句话，是完全说得通的。

如果把某一方面的道理片面地绝对化起来，而完全不谈另一方面的道理，那就不利于真正有生命力的艺术的创造。如果把艺术的真实和生活的真实等同了，就会排斥在丰厚的生活知识基础上进行的概括、集中、虚构、想象，理想精神的灌输，若干事物的扩大与缩小，结果，必然是只能对个别现象作记录式的描写，创造不出正确的完整的图卷，抑低了文艺的认识的作用。但是另一方面，如果把后一方面的道理绝对化起来，完全不谈前一方面的道理，在艺术创造上就会走到另一个错误的极端，这就会把艺术创造变成主观主义的、自以为是的、完全荒诞和变形无度的东西。自然主义的艺术是以片面地强调生活真实为"理论基础"的，未来派、印象派的作品则是以片面强调主观任意创造就是"艺术的真实"为"理论基础"的，它们都和辩证观点绝缘。

巴尔扎克曾经把文学作品称做"庄严的谎话"；别林斯基曾经讲过："现实之于艺术和文学，就像土壤之于它所培养的植物一样。"这些话，都在相当程度上接触到这种辩证的道理。

艺术的真实较之生活的真实，是概括了，集中了，唯其这样，郭老把它形容为蜜和花的关系。按照这个道理，我们也可以把它譬喻为焦点之于光束、果汁之于果子。因为艺术的真实较之生活的真实是浓缩了，集中了，它自然要出现许许多多的特性。

一滴水是透明的，然而深厚的海洋，却变成蓝色了。一颗麦子是不可能怎样发热的，然而仓库里的麦堆，热度却可以升得很高。概括和集中了的事物，总是要产生一些特点的。

首先是我们从艺术真实中经常感受到的那种强烈性。一朵花的香度总是有限的，然而一滴香精的味道可就异常强烈了。艺术要求强烈。它比一般的清幽更清幽，它比一般的热闹更热闹。诗意还往往从强烈中产生。中国古诗中的许多名句，例如"千里莺啼绿映红，水村山郭酒旗风。""风急天高猿啸哀，渚清沙白鸟飞回。""歌管楼台声细细，秋千院落夜沉沉。""枯藤老树昏鸦，小桥流水人家……"这一类句子，不是由于概括了某一方面的生活事象，强烈和集中了，因而涌现了诗意吗？

事物浓缩和集中了，不仅给人以强烈感，还给人以紧凑感。在文学作品中，事件的发生，总是比较紧凑的，巧合的事情，在某一程度上往往较诸现实生活增加了。"无巧不成书"这句话，就在某种程度上反映了这种情形。自然，漫无边际的偶合，是令人觉得不真实的。但是在文学中较之在现实中，事件比较紧凑和巧合，却是自然不过的事。这正像某种液体浓缩了，溶解于那种液体中的物质，分子与分子接近和碰击的机会增加了的道理一样。

由于生活素材概括了、集中了，艺术作品中出现某种夸张和变形，也是合理的甚至是需要的。在实际生活中我们也经常遇到这一类情形，例如一个人喜极反而哭泣，怒极反而狂笑之类就是。

自然，这种集中和浓缩，并不是"按比例"的；为了服务于主题，它必须突出某一方面，使某一方面格外细腻、格外饱满，并使其他的素材完成烘托的作用。即使是镜子的反映，摄影机的照相，由于高低角度的不同，光线照射部位的差异，反映出来的事物也有某方面格外放大和明亮的情形，更何况是通过人的思想创造出来的艺术品呢？敦煌壁画中，画讲经的佛像十分高大，而旁侍的沙弥身材却很小；画施主的形象十分高大，画仆役随从身材却很小。这正是渲染某方面以服务于主题的道理。古代的艺术家懂得突出某一方面的事物以加强他们阶级思想感染作用的艺术手法，我们更应该掌握这种艺术手法来加强我们的政治思想的影响，使无产阶级艺术作品具有更好的激动人心，潜移默化的功能。

总之，在生活真实与艺术真实的关系这个问题上，探索下去，它里面不正存在着相反相成的一系列辩证道理么？

其次，我想来谈一谈新鲜的口语和书面语关系的问题，它们之间也存在着矛盾的统一。

谁都知道，口语是最活泼、最形象和最有生命力的。作品中能够多用口语，就会显得格外奕奕有神。历代以来，开一代诗风的杰作，起前代之衰的妙文，都在某一程度上一反陈陈相因沿用书面语的习惯，勇于运用口语。古代的说书人，讲到故事人物心头不安时不说"心头不安"，更不说"忐忑"，而说"心里十五个吊桶七上八落"；讲到羞耻时不说"羞耻"，却说"恨不得有个地洞可以钻下去"；讲到赶快逃跑时不说"赶快逃跑"，而说"只恨爹娘少生了两条腿"；讲到着急时不说"着急"，却说"急得像只热锅上的蚂蚁"，所有这些，都博得听书人的欣赏、喝彩。评话说部中也把它们大量地保存下来了。就是到了今天，我们读到这些充满民间色彩的词句的时候，也还感到比讲"心头不安"、"羞耻"……有更强烈的形象性和新鲜感。口语，真像新鲜的血液似的，有了它，文章也显得格外有了神采。

因此，口语的头等重要的意义，是不待多说的。

但是，认识它的头等重要是一回事，不应该把对文章口语化的要求绝对化起来又是一回事。

由于文学语言要求生动、活泼、简洁、新鲜，它和口语不可能也不需要绝对一致。毛泽东同志在谈到下苦功学习语言这个问题的时候，除提到要向人民群众学习之外，还说要向外国语言中吸取我们所需要的成分，要学习古人语言中有生命的东西。如果一般口语就已经很够了，毛泽东同志还何必提到后两者呢？而后两者需要的存在，就说明文章的口语化并不是绝对的，而只是相对的。

极其精确地描述事物和表情达意决不是简单的事情。即使是在日常生活中，我们也听过"哎，这事情太复杂，我说不上来了"一类的讲话。因此，在运用语言中，掌握多方面的手段，使描述达到十分精确、生动、活泼的地步，就大有必要。高尔基发表过许多论述文学语言的文章，他反复阐明了这点道理："文艺作品的目的是富于表情地、充分地和明确地描写事实后面所蕴藏的社会生活的意义。文艺作品必须运用明确的语言和精选的字眼。'古典作家们'正是用这样的语言来写作的，他们在数百年来逐渐的把这种精确的语言创造出来。这是真正的文学语言，这种语言是从劳动大众的口语中汲取来的，但与它的本来面目已完全不同，因为用它来叙述和描写的时候，已抛弃了口语中偶然的、临时的、不巩固的、含糊的、发音不正的，由于种种原因与基本精神——即与全民族语言结构——不相符合的部分。""我的根本企图是：为着把握语言的一切力量，唤起对制造书本的材料的爱和慎重的态度，而对刚开始写作的作家们助以一臂之力，一切材料——特别是语言——都要求缜密地选择其中所含的好的部分——明了、正确、有色彩、有音响的部分，而且也要求这好的部分在将来的更好的发展。"高尔基的这些说话，已经把一般文章用语以至于文学语言之所以不能绝对等同于口语的道理，发挥得淋漓尽致了。

因此，既要十分重视口语，又不可把文学语言和口语绝对等同起来。这正是矛盾统一的辩证规律在掌握文学语言这一课题中应有的运用。

第三，想来谈一谈细腻与粗犷的关系。

文学要求细腻，但也要求粗犷。这两者应该辩证地统一起来。

在文学故事中，有好些是讲作家们怎样把一大堆材料缩成一两句的。欧阳修写《醉翁亭记》，起初写了几十句，都不满意，后来用了一句"环滁皆山也"，就把那开头的一段都概括了。类似这样的例子很不少。但是在另一方面，又颇有另外一些掌故，讲一个作家由于某一件事情的触发，把十分简短的故事写成一部小说或者一出长剧的。唐人的许多短小的传奇，到了元、明时候却被写成了丰富多彩的多折的杂剧。宋、元简单的说书人的话本，到了明代有好些都被发展成为长篇小说。最近江苏有一位说书艺人把有关武松的七万多字的故事发展成百余万言的说书，并且整理出版了。这可以说都是明显的例子。文学，既要求粗犷，又要求细腻，从这两方面的例子中可以获得充分的说明。

没有形象就没有文学艺术，形象是艺术的主要特征之一。无论如何动人的文学作品，如果抽去了具体生动的细节，只存下一个故事的空架子，就决没有任何艺术魅力可言。另一方面，如果在应该简略的地方不加简略，力量平均使用，繁冗拖沓，那样，感人的力量也一定会大打折扣。因此，粗犷和细腻，意笔和工笔，拙和巧，简和详，需要辩证地统一起来，运用这种手法表现的事物，往往能够比实际生活中的事物还要"百尺竿头，更进一步"。

许多艺术家都充分地掌握了这个道理。白石老人画植物和草虫，那些莲叶啦，树丛啦，大抵泼墨似的，粗犷豪放；而那些蝉啦，蚱蜢啦，螳螂啦，却画得精细极了，触须、翅脉，甚至虫脚上的"钩齿"，都历历可辨。这就使得它们彼此衬托，相得益彰，植物更显得生机蓬勃了，草虫更显得栩栩如生了。

当人类第一次从望远镜和显微镜中看东西的时候，都高兴得大叫起来。文学表现事物，如果光用平光镜就太单调了，还应该用望远镜和显微镜，有时还得用爱克斯光镜，使人通过这些镜片，看到平时所未能看到的景物。

如果一部电影，出现的景物，都是清一色远镜头或者清一色中镜头、近镜头，那该使人多么困倦和厌烦！在艺术表现手法上，意笔和工笔应该交错使用，粗犷和细腻可以矛盾统一，理由也正在这里。

第四，想来谈谈一般和特殊的关系。艺术表现的事物，应该具有某一程度的代表性，这样，才有普遍意义。但是，在另一方面，又应该具有它的独特性，这样，才能"平不废奇"，给予人以新鲜感。因此，要求掌握一般和特殊的辩证的统一。

如果艺术表现的事物没有若干程度的普遍性、代表性，搜集那样的事物来描写，只是舍本逐末罢了。举例来说，人，一般两手共有十个指头，但也个别有十二个指头的；一般人的耳朵是不会动的，但极个别的人动耳肌特别发达，耳朵是会动的；妇女，一般是不长胡子的，但个别的妇女因内分泌失调，是长有稀疏的胡子的。如果有人描写人物的时候，专门找这些长胡子的妇女、十二个指头的人、耳朵会动的人集中来描写，尽管他大呼"这是事实"，也仍然会给人以突兀混乱、狂人院似的感觉。没有一定普遍意义、社会意义的事物，在艺术上并无多少表现的价值。

但是，另一方面，好的艺术总是给人以强烈的新鲜感。独创清新，是优秀的艺术的特色。这种新鲜感的产生，关键完全是在于把一般性和特殊性完整地掌握起来。"没有两只相同的苍蝇，没有两粒相同的沙子。"这类文学描写上的格言，说明共性是通过个性而存在的。能够具体地掌握事物在一般性基础上的特殊性，不论描写的对象是多么平常的事物，高明的艺术家也可以使它充满生命，活灵活现，并给予人以强烈的新鲜感。

类似这样的事情，是可以举出很多很多的。这里只举出几个方面以概括其余。此外，像大家所熟知的革命现实主义与革命浪漫主义的结合，以至于平凡与奇警，洒脱自然与细致加工……一类命题，它们都应该是辩证统一的。

人对于事物认识的错误，除了受阶级立场影响的那种错误是根本性的错误，这里暂且不去说它外，人民内部的人，在好些场合，错误的认识，常常是出于对事物的辩证规律掌握不足，受形而上学的支配，简单化和绝对化地去看待事物所致。为了更好地反映现实和宣传共产主义思想，艺术家不仅应该本着无产阶级的世界观，以辩证唯物主义的观点去体验、观察、研究、分析一切事物，而且应该把辩证规律自觉地运用到艺术创造上来。不是个别地运用，而是系统地运用；不是经验主义地运用，而是提升到理论认识的高度上来运用。掌握必然就有自由。这样将可以解决艺术创造上的一系列问题，不断提高我们的艺术表现能力。客观事物既然是辩证的，就要运用辩证的艺术手段才能够相应地反映它。这个问题是相当复杂和广泛的，有待我们不断探讨。这里谈的，只是不揣冒昧，以简陋的一瓢舀沧海之一滴罢了。

读长篇历史小说《李自成》[*]

姚雪垠同志以六十八岁高龄，致力写三百万字的历史长篇小说《李自成》，单是这种意志和毅力，就很令人敬佩。听中国青年出版社的编辑同志说，作者每天凌晨三时起身写作，一直写到八九时，其他时间，也多用来学习、思索和准备材料，天天如是，坚持不懈。这种精神，着实了不起！我总觉得社会主义国家的作家，应该比资本主义国家的作家勤奋些才对，作家应该比一般仅仅按时上下班的人勤奋些才对。可惜，在我们的文艺界中，如果不是就若干人而是就一般风气而论，艰苦奋斗的精神看来还是和时代不很相称。《李自成》作者的这种工作精神，希望能和他的小说一样，为更多的人所知道，从而也起一种擂鼓助阵的作用。

读《李自成》，像是享受一顿精神上的盛宴，有一种艺术欣赏上巨大的快感。它真是波澜壮阔，气象万千，鞭辟入里，荡气回肠。我们这个古国，封建制度的历史曾是那样悠长；在两千多年的封建社会中，农民起义此伏彼起，绵亘不绝。明朝从永乐到崇祯，具有相当规模的农民起义更是浪花奔逐，十分频繁。明代的农民起义是历史长河上无数次农民起义的继续，而明末以李自成为主要代表的几乎遍及全国数大流域的农民大起义，又是明代无数次起义的继续，这样，官军刽子手和农民起义军方面，都是各各积累了丰富的阶级斗争经验的。义军方面，吸收了明代以前和明代的唐赛儿、邓茂七、黄萧养、齐彦名、刘六、刘七等义军的斗争经验；朝廷方面，也积累了历代屠杀农民起义军的经验，以及前代的刽子手董兴、项忠、王守仁等人残忍杀戮、聚兵围困、收买分化、派遣奸细一类的经验。这种斗

＊ 原载《上海文艺》1978 年第 2 期，本文选自《秦牧全集》（增订版）第 2 卷，广东教育出版社 2007 年版，第 222—231 页。

争，各各受到先世的影响。我们只要看看正德年间，农民义军领袖，有号称"顺天王"、"扫地王"的，到了崇祯年间，和李自成、张献忠并起，杂在那些"飞山虎"、"混天猴"、"射塌天"、"破甲锥"、"改世王"、"掌世王"等大小起义首领之中的，又有了以"顺天王"、"扫地王"名号涌现的人物，情形也就可见一斑了。明末的阶级大搏斗，既然正反两方面都积累了丰富的斗争经验，又到了朝廷内里蛀空、边患频仍、大崩溃的前夕，作为义军杰出代表的李自成义军和朝廷双方的搏斗，更具有各自使出浑身解数，拼个你死我活的严峻性质。描绘这一场农民大起义的历史场面，并以此为经，写出明代末叶，从朝廷、通都大邑到荒村僻野的人物百态，这么一部鸿篇巨制，它所具有的代表性是十分突出的。实际上它既是一部写明末农民起义的小说，也可以说是一部概括地写封建社会农民群众和封建皇朝斗争历史的代表作，我们从中很可以窥见两千多年封建社会农民阶级和地主阶级矛盾斗争的一般风貌。在一个封建制历时两千余年，世界上人口最多的国家中，作者准备以文学史上前所未有的三百万字的篇幅，来写一部关于历史上有代表性的农民大起义的长篇小说，而且就已经出版的部分看来，写得这样笔力万钧，气魄雄伟，这样有血有肉，活龙活现，是很可钦佩和庆贺的。我个人的看法，它不仅为当代读者所热烈欢迎，并且必将成为世代流传之作。在若干年代之后，它也将和一些古典名著并列，长远传播。我以为这是实事求是的推断，而不是溢美之词。在一个古国获得了解放，走上了社会主义道路，马列主义、毛泽东思想大普及的今天，我们必然有一批优秀文学著作，其中也包括若干优秀历史小说要涌现；而若干当代杰作，会成为将来的"古典名著"，自也毫无疑义。如果说前人所达到的文学水平是今人所不可逾越和企及的，不反而是无稽之谈吗！这部长篇小说的价值，不仅在于为历史上伟大的农民英雄树立丰碑，而且也在于揭示了封建社会的面貌，提供了历史上阶级斗争的经验。我觉得：广大读者，特别是青年读者很需要阅读它，这不仅是文学欣赏的需要，同时也是政治学习和历史学习的需要。中国曾经在封建制下经历过茫茫长夜，在我们走上社会主义道路，建设社会主义的今天，旧的因袭的重担还常常压在人们肩上，较系统地了解什么是封建社会，封建制的剥削是怎么回事，什么是封建主义的流毒，对于我们今天和资本主义势力斗争，清除旧社会遗留下来的小山似的垃圾，巩固无产阶级专政，具有重大的意义。这部小说，在这方面也大可发挥它的积极作用。

　　由于历代剥削阶级的作祟，历史上许多人民英雄鼻子上常给或多或少地抹上了白粉。对于李自成这样一位伟大的农民英雄，反动阶级的毁谤当然更加疯狂了。我小时候，看过一种绣像明史演义，上面的李自成就给画成一个矮胖子，胡须髭鬐，袒开衣襟，胸腹上尽是黑毛，手持鬼头大刀，杀气腾腾，在形象上被丑化得不成样子。历代史书上的谤词就更骇人听闻了，什么李自成吃福王常洵的肉啦，什么起义军用人尸挖空肚子做装饲料的马槽，战马就食成了习惯，一上战场儿见到官军就奔腾猛扑啦，等等。直到解放之前，旧的《辞源》、《辞海》一类辞书，仍把这位伟大的农民英雄称做"流贼"，流毒之深也可想而知了。实际上，李自成以一个雇农、驿卒，在地方贫瘠，灾难频繁，人民负担沉重、阉党剥削最残酷的陕北崛起草莽，迅速成了起义军的卓越骁将，在高迎祥战死后被推举继任闯王。数年之间，虽然备受打击，艰难竭蹶，潼关南原一役，甚至曾经全军覆灭；以后在商洛山中，在郧阳山中，屡次受到严重围困，甚至还有部下企图叛卖，张献忠阴谋吞并等凶险遭遇，然而他领导义军，坚持斗争，看准时机，疾趋河南，终于迅速使一支人数稀少的疲敝哀兵发展成为百万雄师，下洛阳，杀福王，纵横河南，平定陕甘。同时起义，揭竿称王的各路义军领袖纷纷自动归附，义旗所指，终于麾师直下京畿，迫使崇祯自缢。如果李自成没有异常过人之处，十分卓越的政治军事才能，颇为严格的军纪，相当周密的规章制度，以及拥有一大批优秀的谋士战将，深得群众拥护，是断然不可能达到这一成就的。长篇小说《李自成》的杰出之处，在于从相当大的程度上还历史以本来面目，通过李自成驰骋疆场，平定哗变，关心民瘼，激励士气，待人接物，罗致贤豪，追忆往事，论述形势，以至于起居饮食，读书练武等许多细节，把这个英雄人物写得光彩照人而又翔实可信。同时，围绕着激烈的阶级斗争，描绘了一系列正面和反面人物生动的形象，剖析了这期间的许多错综复杂的关系，展开了巨幅的充满了工笔刻画的细部的历史长卷，使读者既开拓了对近古生活的视野，又从中体会到事物发展的规律。

这部历史小说所以获得很大的成功，是由于不少方面的因素。我所体会到的：第一，是作者努力以马克思主义的观点来分析处理浩如烟海的历史资料，从中整理出重要线索，以简驭繁，条理清晰，在革命现实主义和革命浪漫主义相结合创作方法的运用上做得相当好。作者在《人民文学》发表的《谈〈李自成〉的创作》一文，就严肃申明了这种科学的实事求是的态度。他坚持了唯物史观，一方面，大力塑造农民革命英雄人物，加以讴歌赞美；另一方面，也不讳言李自成具有皇权思想、天命观和受到孔孟思想的若干侵蚀。（这一点也不奇怪，十八世纪世界最伟大的一些自然科学家尚且都有天命观，何况十七世纪东方封建古国一个农民起义领袖呢！）若干属于艺术虚构性质的情节，也充分注意到在历史上发生的可能性和细节描写的真实性。由于本着这种实事求是的科学态度，才使得小说给人以强烈的真实感，使人读了有恍似躬历其境，亲闻人物謦欬的感受。正是首先有革命现实主义，才能够做到和革命浪漫主义相结合。没有革命现实主义作基础，革命浪漫主义也就无所寄托，只能够是海市蜃楼罢了。由于生动真实，使得小说中不仅李自成、牛金星、宋献策、李岩等人许多纵论天下大势的言谈引人入胜，就是一些恰如其分地出自各种身份人物之口的粗言俚语，也产生了艺术魅力。我想，如果把那些搬爹骂娘的粗言俚语统统去掉，对张献忠、刘宗敏等人的塑造也就大为逊色了。因为那都是使人产生实感的细节描写所不可缺少的组成部分。

使作品获得颇大成功的第二个因素，是作者具有异常丰富的史料知识，并且又有相当深厚的现实的感性知识作为融会贯通这些史料的基础。他已经做到得心应手、运用自如的程度。这一定是下了惊人的博览群籍，遍访遗迹的艰苦功夫才跨进这个境界的。这个准备阶段的辛勤经历大概仅仅是稍逊于写作阶段的吧。小说展开了明代社会生活的长卷，首都、城市、农村、山川、战阵、营寨、驿道、寺庙……以及宫廷、朝仪、官制、农事、百工、风俗、喜庆、医药、卖解、狩猎等许多场面，各种各样正面反面的人物活动其间。仿佛把读者导进了一个古代封建社会的博览馆。这部长篇，具有批判地反映封建社会的百科全书雏形的性质。人们即使仅仅想了解封建社会的横断面、纵剖面是怎样一个概貌，也是很应该读一读它的。

第三，《李自成》除了描述起义农民群众和明朝官军搏斗，以鞭挞剥削阶级，讴歌起义英雄，表现历史规律作为总的主题外，还随着各种人物的登场和大小故事的开展，随时体现了许多副主题。众多的副主题更加丰富和深化了总主题。正如一株参天大树，不仅有主干，也有枝丫一样。写周后生日，宫女刺血写经以及和尚被迫自焚，既暴露了皇后太监长老们的残忍卑鄙，也揭开了作为精神鸦片的宗教黑幕。写李信妻子汤夫人在丈夫决定投奔李闯王的时候，深思熟虑之后，怎样饶有深意地赠剑红娘子，又怎样留下了缠绵悱恻的绝命诗，一系列自尽前后的经过，既写出她作为"卫道者"的一面，也写出她作为礼教牺牲品的一面，揭示矛盾，很有深度，有力地批判了封建礼教。正是许许多多的副主题，宛似枝杈围护主干，众星拱卫北辰，加强了这部小说的思想力量。

第四，小说中可以称为典型的人物，不是寥寥几个，而是群像罗列，互相辉映。随着情节的开展，书中不但塑造了李自成、张献忠、刘宗敏、袁宗第、老神仙、牛金星、宋献策、高夫人、郝摇旗、李过、双喜、李岩、红娘子等人物，就是一个义军老兵王长顺，也都写得绘声绘色，活龙活现。而对垒的人物方面，崇祯和他的后妃，卢象升、孙传庭、熊文灿、洪承畴、杨嗣昌、黄道周、福王、左良玉等，也都写得栩栩传神。书中用了大量笔墨刻画崇祯，描述他各方面的生活，临朝、议事、驰马、问卜、下棋、"省愆"等许多细节，这个以"朕非亡国之君"自矜的人物，实际上仅仅是有别于隋炀帝、陈后主的另一类型的亡国之君（何况一个皇朝的崩溃有它的深远的根源，并不完全系乎皇帝一人）。对这个地主阶级总代表人物进行充分的透视，也有助于暴露整个封建制度的腐朽性。崇祯此人，残忍忌刻而又故示宽仁大度，刚愎自用而又装作博采臣议；实际上颟顸无能、贪婪成性却又标榜励精图治、勤政爱民。作者以相当酣畅淋漓的笔墨刻画崇祯以及他属下的一系列反面人物，很有需要，它使读者加深对剥削阶级人物的认识和对明廷崩溃之势已成格局的了解；而且，也更加烘托出义军英雄们品格的光辉。

第五，在艺术表现手法上，能够时而粗犷，时而细腻，时而意笔，时而工笔；有时远望全景，有时显示细部，是一个出色的成就。正如茅盾同志所称许的："时而金戈铁马，雷震霆击，时而风管鲲弦，光风霁月。"这种"疏密相间，错落有致"的艺术手法，使得细部和全景彼此衬托，交相辉映。书中既写"城头战鼓声犹震，匣里金刀血未干"，"千里无鸡鸣，铠甲生虮虱"的景象，也以讽刺之笔写辇毂繁华，朱门歌舞。一下子是鼓角雷动，气吞河岳；一下子是箫笛轻吹，柔情如水。使人获得一种既惊心动魄，又能低回吟味的感受。这种手法贯串全书，大大地增强了艺术魅力。

第六，是作者在许多节骨眼上，都倾注了强烈的感情，高夫人探视慧梅箭伤，李信征途闻耗，红娘子结亲，刘宗敏审问吕维祺，闯王审问福王等章节，都可以看出作者流露的深厚感情，这自然增加了小说的动人力量。

……

这里我只是举出荦荦数端，借以概括其余，正是这许许多多优点，使得《李自成》这部长篇，在人物塑造、生活色彩、思想深度、艺术魅力等方面，都达到了上乘的境界。

自然，大树有枯枝，茂盛的叶子中若干杂有叶斑，是难免的。这里也尝试谈一谈我所见到的缺陷。

一部头绪纷繁、经纬万端的长篇历史小说，使得作者在写它的时候，忙碌得像个电话总机的话务员似的，偶尔顾此失彼，也是可以理解的。例如341页，郝摇旗贻误戎机之后，明明写李自成"吩咐张鼐派人将郝摇旗送往老营看管"。359页却又写李自成对郝摇旗说："我叫你暂时住在麻涧，听候处分，不要来老营见我……"这就前后矛盾了。刘宗敏救村女跃马渡江，写得有声有色，渡江之后，这个少女却全无下文。又如二十三章，在时间上，一下子说当年是闰正月，一下子又说是闰二月，也有差错。像这一类地方，以后再版时还得"亡羊补牢"才好。

小说中的故事，雷声和雨点，大体应该相称。《李自成》的情节呼应，一般是很好的。像平坐山虎，杀福王等章节，前头用了浓笔醮墨，后来诛除他们的场面，笔墨也有一定分量，就使人觉得首尾呼应，感到满足。但是个别地方却不是这样，例如关于擒拿审问土豪宋文富兄弟的情节，前头笔墨浓重，写到杀他们的时候，却寥寥数语就轻轻带过，这就使人有头重脚轻之感了。

再如，小说中叙述一事之后，戛然中止，转述他事，造成读者的悬念，这个方法原有它的好处；但是如果悬念很大，隔断太久，却也使人感到断层过多，头绪纷纭，印象不够完整。在这些地方，隔断的时候，交代得更妥善些，似有必要。

小说中提到一些地名，如商州，以及开封的某些街名时，常常在内文立刻加以解释，如说后来清代的地理学者如何评论那里的山川形势，如说它就是当前的某某街等。我以为这没有必要。这些说明，如另排小字，作为注释，置于页末，岂不更好，因为小说写的是明末的事，读者阅读之际，已完全沉浸在明代的生活气氛之中。内文穿插这些注释，反而削弱了真实感，也令人感到突兀。

小说中长篇议论颇多，这是有其必要的。那些论述山川形势、探索战略战术、追溯历史旧事、分析敌方心理的言谈，为小说情节展开所依据，而且也加强了小说的气魄。但是，也有若干段落有时显得稍为沉闷，我以为，将来写到这类地方时，可以在语言艺术，描述议论者音容笑貌，以及周围情景，四座反应诸方面，增加它的艺术力量，减少缺乏理论兴趣的读者沉闷之感。

一株大树若干叶子有些叶斑，若干丫杈有些枯枝，虽然也是缺陷，但并无损于亭亭如盖的参天大树的雄姿。在试谈若干微小缺陷的时候，特别应该补上这么几句。

总之，我很高兴同时代有人写了这么出色的历史小说，衷心地喜爱和赞美这部长篇！

最后，录下我读《李自成》二卷后有感而写的一首律诗，作为结语，并向作者——这位文艺领域的长跑健将喝彩：

怒马哀兵闯字旗，
弯弓奋剑下京畿。
沧桑几度斩皇历，
穷僻千秋说义师！
欣际锤镰开广阔，
笑驱雾障辨迷离，
膏腴大地生花笔，
三百万言写史诗！

浓缩的蜜糖和凝练的艺术[*]

漫读中外古今一些优秀的文艺作品，我常常有这么一个感觉：它们在内容情节上总有一定的奇警之处。或者说，一如古代中国文艺批评家所说的"不以平废奇，不以奇废平"吧？这种"平中之奇"和"奇中之平"是许许多多优秀之作所共有的。前者，是说它们表现了生活，而又有一定的奇警性；后者，是说那种奇警，仍然植根于生活之间。经过选择、集中、提炼、概括，"奇"就涌现了。

优秀文艺作品的奇警性，在很古老的时代，人们就清晰地感受到了。中国文学史上，各个时代，曾分别把小说、诸宫调（一种曲）、戏剧，都称做"传奇"。这就说明，人们从这些文艺作品中，都感到了它们有"奇警"的地方。明代的时候，小说本来已经不叫做"传奇"了。但那时的小说集，有的书名仍然直截了当叫做《今古奇观》《拍案惊奇》……"奇"字，在书名中熠熠放光。

探索一下优秀文艺作品奇警之处是怎样产生的，我想有它的一定的意义。人们不喜欢陈陈相因，"似曾相识"，千部一腔，千人一面或者温吞水似的，泥河流似的，那种平凡琐碎的东西，而喜欢有独特奇警之处的作品。自然，庸俗无聊的某些神仙、侠义、侦探、色情小说之类，是坏作品。尽管有独特奇异之处的不一定是好作品，但是，优秀作品，却必然有独特奇异之处。

艺术的真实和生活的真实的关系，有人比喻为蜜糖和花的甜液之间的关系。蜜蜂从一百万朵花上采集了原料，酿造成一公斤的蜜糖。蜜蜂经过

---

* 最早选入秦牧《花蜜与蜂刺》（人民文学出版社 1980 年版），本文选自《秦牧全集》（增订版）第 2 卷，广东教育出版社 2007 年版，第 489—498 页。

了自己的纳进和吐出，又用翅膀辛勤的扇动，蒸发了蜜糖的水分，进行了这种酿造。艺术家提炼生活素材，和蜜蜂的这种创造是多么的相像呵！花的甜液经过蜜蜂浓缩了，就成为蜜糖，蜜糖可要比花的甜液强烈得多啦。艺术的真实较之于生活的真实，也是这样。艺术作品反映出来的生活"比普通的实际生活更高，更强烈，更有集中性，更典型，更理想，因此，就更带普遍性"。十九世纪拉丁美洲的革命诗人何塞·马蒂也说过："写作的艺术，不就是凝炼的艺术吗？"这话是意味深长的。

我觉得，掌握这个道理，不仅是加深对于艺术特征了解的问题，而且，也有利于自觉掌握艺术表现手段。因为许许多多艺术表现手段，都和这一点有密切的关联。

一朵花，香味是平常的，但是许多朵花提炼成的香精，香味就强烈了。

一朵花的甜液，甜味是平常的，但是许多朵花的甜液提炼成的蜜糖，甜味就强烈了。

一枚果子的果汁，或许味道也很甘美吧，但是许多枚果子的果汁浓缩成的果子露，它的味道就比自然的果汁更强烈了。

一勺海水，它本来是很有咸味的，但是许多勺海水浓缩提炼出来的盐，它的强烈程度就不是海水可以比拟的了。

我们从这许许多多事情中都可以体会到艺术的道理和手段。

事物浓缩、凝炼、概括、集中之后，它产生了什么变化呢？

第一，它强烈了。香精比花香强烈，蜜糖比花心甜液强烈。艺术作品比一般（这里说的是"一般"）生活事象强烈。这种强烈不拘一格，它也许是人物更英勇，也许是事件更沉痛，也许是情节更好笑，也许是景物更秀丽。总之它比日常的一般事象强烈了，而这种强烈又是植根于生活的基础之上的。

第二，它比较精粹了。因为"浓缩"是向着一定的方向进行的，它需要排除杂质。正像浓缩的果汁无须把果核和果皮也放进去一样。可有可无的情节可以省略，因此它显得精粹了。一部小说，一出戏剧，尽管人物众多，事件纷繁，它所表现的情节所占的时间也许很长，但是其中人物进出厕所，洗头洗脚，打瞌睡，搔痒……以至其他许许多多叮叮当当的事情，如非为故事情节发展所必需、为人物形象塑造所必要，往往可以彻底省略。读者、观众对于这种省略，也决不会有任何责难，追问它为何不符合于生活的真实。总之，生活素材浓缩之后，显得精粹了。

第三，它更加强了独特性。任何事物都在一般性的基础上存在着独特性，共性通过特性来体现。即使是两种相似的事物，深入探索下去，它们也各有其特殊性。正像花汁浓缩成蜜糖之后，它的颜色、味道的特点显著起来一样，素材经过提炼以后，它的独特性也更显著了。

第四，它给人以紧凑感。生活中的真实的故事，虽然也有紧凑的，但是事件发展的过程，稀稀拉拉，松松垮垮，一个故事一拖了很长时间才完成的，也所在多有。而艺术作品中的情节，可不是这样了。往往一个波澜紧接着一个波澜，连续展开。这是自然不过的。既然"缩龙成寸"，"龙"的各部分就自然更接近了。艺术作品的这种"紧凑感"，使我们能够看到我们平时凭肉眼从生活真实中不易概括看到的景物，就正像是从飞机中看到地面的鸟瞰图，从沙盘里看到概括集中表现出来的地形图一样。即使那个地面地形，平常是我们所熟习的，此刻荟萃大千景象于一瞥之中，也令人有景观奇绝的感受。著名古画中的《长江万里图》《清明上河图》，现代著名刺绣壁毡中的《万里长城》《成昆铁路图》，都使我们面对着它，获得这样的艺术快感。像表现成昆铁路艰巨工程的壁毡，把各个险段集中体现于一图之中，这是在地面上用望远镜，或者从飞机上鸟瞰地面也看不到的，但是从艺术品中我们却可以看到了。它们也都是一种艺术的"浓缩"，不完全按自然比例的"浓缩"，较之完全按自然比例的"浓缩"，又跨进了一个新的境域。

第五，随着"紧凑"，自然而然地使艺术故事中，产生了较多的巧合。有一句成语说："无巧不成书"。小说、戏剧、绘画所表现的题材，往往有许多的巧，两个人十年、二十年不见，一旦在一个戏剧性的场合，萍水相逢，故事依然是波澜壮阔地展开，巧！一个人在生死之际，突然斜刺里杀出一彪人马，把他救了，也巧！巧合的事情，组成了古今中外许许多多的故事情节。自然，专靠这种噱头来构成情节，而没有什么生活色彩的东西，不会引起人们的真实感。但是，完全植根于生活的艺术作品，仍不免于要借助于一些"巧"的情节。这样的巧，却是合情合理的。因为生活中原就有不少巧合的事，反映生活的艺术作品，怎能够把这方面的事情排斥不顾呢！而且，"浓缩"和"巧合"，其间原就存在着密切的内在联系。试想，一个池塘，水蒸发了，减少了，其中鱼的数量不变，鱼与鱼相碰触的机会，不就增加了吗！一锅稠粥，较之一锅稀粥，饭粒之间碰触的机会，不是也要增多了吗！从这一点来了解"巧"，很可以领会它的道理，这是素材浓缩之后必然产生的结果。领会这一点，也就敢于在水到渠成、顺理成章的状况下，大胆地写"巧合"的情节，因为，它是符合文艺科学的逻辑的。

第六，随着浓缩手段的运用，事物也就产生了一定程度的"变形"。鲜花的一滴甜液，可能只有一点很淡的颜色，但是浓缩成为蜜糖之后，它的黄褐色、琥珀色的色调就强化起来了。一碗海水，看来仿佛透明，然而在大海中，随着海水厚度的增加，几十米、几百米以至几千米，它可以变成碧色、蓝色以至黑色。灰蒙蒙的蔗汁，随着浓缩度的增加，逐渐改变着它的颜色，以至于从浅咖啡色变成深咖啡色，而更进一步浓缩，出现了"糖"之后，又可以随着各种各样的加工提炼手段的不同，出现了红糖、黄糖、白糖和冰糖。冰糖甚至已经成为结晶体，和原来的蔗汁相差异常之远了。然而实际上它仍然来自蔗汁，把它溶到水里，仍然让人在若干程度上领略到蔗汁的风味。各种各样的艺术品，随着加工程度的不同，也可以产生各种程度的变形。因此，齐白石说："写画我懒求形似，不怕声名到老低。""写画妙在似与不似之间。"变形无度，就产生了什么印象派、象征派那类的东西。然而如果变形有度，恰到好处，却可以大大增加艺术效果。不管是北京工艺美术中制作料兽的工人，还是惠山捏泥人的师傅，都是很懂得这个道理的。如果我们用真实动物的形体比例去对照北京玻璃料兽的尺寸比例，硬要说象的鼻子长了一点，兔的尾巴短了一些，那就只是贻笑大方而已。我想：理解"浓缩"是艺术的重要手段，而浓缩可以产生一定程度的变形，对于我们克服自然主义，敢于独创一格，不落俗套，可能是有一定帮助的。某些料兽工人甚至于敢把兔子的两只耳朵捏在一起，不必分开，我想，在某种场合，这也是容许和需要的吧！那种手法，真可以叫做"有胆有识"。

我们用花的甜液和蜜糖作为譬喻，谈论"浓缩"的道理，其实也只是一个譬喻罢了。任何譬喻都有它的蹩脚的地方。它并不能够概括一切方面。如果我们用来浓缩的不是花汁果汁，而是有液体也有固体的东西，那么，浓缩的结果，水分减少了，但固体的东西，缩小的比例却不同于液体。这样，浓缩之后就更加突出了固体的物质。我想，如果我们作这样的了解，那么，适当地突出主要方面的事物，适当地减少次要方面的事物，完全省略了无关宏旨的事物，这样的手段也是容许的。我们批判"四人帮"那套"三突出"的文艺谬论，原因是那套货色完全引导人离开生活的实际，是捏造生活的货色。但是，却不要把作为艺术手段的"突出"，也统统给搞臭了。有歪曲生活的"突出"，也有使人更好地认识生活本质的"突出"，两者决不能混为一谈。舞台上，有时把灯光照射在主要舞蹈演员身上，是需要的；摄影上，有时采用仰拍、俯拍的镜头，是需要的；银幕上，某些人物眼、手的特写镜头，有时也是需要的。为了更生动地、本质地表现生活，在各个艺术领域，适当地突出重点，又何曾不需要呢！归根到底，问题毕竟在于：究竟是表现了生活的本质没有，艺术效果究竟服从于什么政治要求罢了。

艺术是要反映生活的真实的，但是艺术的真实，毕竟又不是自然主义地等同于生活的真实。经过作者对生活素材的提炼和剪裁，艺术的真实就比生活的真实，更高，更强烈，更有集中性了。"平中之奇"，不就是从这里涌现的吗？"奇中之平"，在奇中又让人们看出生活的来龙去脉，不就因为出色的艺术毕竟又是植根于生活之中吗？奇警从何而来？从凝炼而来。即使把一个生活平平无奇的人的一生概括起来，集中地加以表现，指出时代在这个人身上的投影，我们仍然可以在这个人的平凡之中看出令人深思的独特的地方。如果这个人有若干可敬可爱的行动，那么经过凝炼、集中之后的情节，就更有奇警之处了。

要和划一、平庸、单调、陈陈相因的那种"艺术"进行斗争，把脚从平庸的泥淖里拔出来，不但得提高思想、深入生活，还一定得重视艺术的概括、集中、凝炼、典型化的功夫。人们尽可以把各种各样的艺术譬喻为炮弹、匕首、蜜糖、黄连、辣椒、盐，但它只要是能吸引人阅读的，决不应该被喻为平淡无味的白开水。如果是平淡的白开水，那么任何一个人打开任何一个临街的窗户都可以看到"真实的生活"的鳞爪，又何必去读什么作品，欣赏什么艺术呢！

戏剧、小说、叙事诗、画卷，其中的动人故事，靠的是用概括、集中、凝炼、典型化的手段提炼了生活的大量素材，从而出现具有一定奇警性的情节。而一般写真人真事的优秀散文、特写、小诗、小画之类，又是靠什么使作品产生奇警动人的力量呢？

它靠的同样是艺术的凝炼的手段。不同于前者的，是前者概括了大量的素材，加以提炼。一如鲁迅说的："所写的事迹，大抵有一点见过或听到过的缘由，但决不全用这事实，只是采取一端，加以改造，或生发开去，到足以几乎完全发表我的意思为止。人物的模特儿也一样，没有专用过一个人，往往嘴在浙江，脸在北京，衣服在山西，是一个拼凑起来的角色。"（引文见《南腔北调集·我怎么做起小说来》）而完全真实描绘某些人物和事件的散文和特写呢，它也一样讲究凝炼。所不同的，它不是对人抓事件东去采一点，西去采一点，而是在大量真人真事中，选择那最有代表性，最强烈动人的事情来下笔。某些人有这么一个错误观念，以为生活里头的事情并没有小说、戏剧里面所表现的那么尖锐强烈。自然，艺术的概括集中的手段使人物和情节强化起来了，但是如果不是就整个结构、全部故事来说，而是以一个片段和一个片段来比较，文学艺术所表现的，其实仍未必有真实生活中所出现的那么尖锐强烈。生活里头，有平常的生活，也有沸腾状态的生活。有一般的事物，也有尖端状态的事物。习惯于平常和一般事物的人，以为生活是平静无奇的，这真是对于生活的莫大误解。只有深入到生活实际的人，才能够接触到沸腾状态和尖端状态的事物。实际上它的令人震动的程度，常常在一般艺术作品之上。

例如：在如实描写战争场景的特写报告中，我们看到有的写到战士骑马追上敌人的坦克，跳上坦克揭开铁盖，用手榴弹威胁敌人，喝令敌人把坦克开到我军阵地投降的情节；也看到有的战士把迎面飞来嗤嗤作响的手榴弹接住，把它抛回到敌人阵地去的情节。这类真实的情节，就不是一般地描写战争的小说所可望其项背了。

有人以为在戏剧小说中才会多出现巧合，真实生活中是没有这么多凑巧的事的。其实不然。真实生活中的凑巧，其令人几乎难以置信的程度，往往超过了戏剧和小说。例如，一九七六年比利时全国出生和死亡的数字，完全相同。那一年年终统计，比利时全国没有增加一个人，也没有减少一个人。奥林匹克运动会上，有一个两次得到马拉松赛跑冠军的运动员，两次跑完全程的时间，时数、分数、秒数都是一样的。这样的事情，如果写在文艺作品里面，人们能够轻易置信吗？

像这一类事情，在真实生活中是大量存在的。例如：阅历过台风、龙卷风滋味的人，他们如果照实描写那种场面，将是多么使人震动呵！最厉害的台风，不但能够拔树倒屋，还能够使甲楼晒台上的桌椅飞到对街乙楼的晒台，而又使乙楼的家俱飞到甲楼。一场猛烈的足球比赛，可以使球员减重三公斤。这些事情，局外人是很难知道的。

严寒的地方，人们用冰砖来挡风，"冰"竟变成可以御寒的东西了。极端炎热的地方，人们不是半裸着身子，而是披上长长的衣服来避开太阳猛烈的照射，"衣服"，竟又一变而成为减热的东西了。大力气的人，一扁担可以挑四五百斤的东西；食量奇巨的人，像摔跤手和某些渔民，一次可以吃四五斤的鱼或肉，这也是一般人意料所不及的。

总之，尖端状态、沸腾状态的人物和事件，那种强烈的程度，常常可以使人震惊。如果说植根于生活的虚构的小说和戏剧，靠的是概括集中的艺术手段来使人物和情节强化，那么，完全撷取生活真实材料写成的散文特写，则在于从大量事象中，选择最强烈最动人的材料，着力加以描绘和发挥，使它产生凝炼的艺术的功能。

在语言的运用上，也是需要十分讲究凝炼的。古代许多"一字师"的故事，一字改动就使对方折服。我们如果探索一下，那种改动，它的神髓，无非就是使文章或者诗句所要表达的意境，更加强烈起来罢了。"鸟宿池边树，僧推月下门"，"推"字改定为"敲"字是这样（它使清幽的境界强化了）。咏梅诗中的"昨夜数枝开"改成"昨夜一枝开"，也是这样（它使寒梅初绽的气氛强化了）。

选择动人的人物和事件，用动人的笔墨来表现，使它强烈，使它撼人，这是艺术。艺术是切忌白开水和温吞水状态的。

　　浓缩的蜜糖和凝炼的艺术，它们形成的道理，有相通的地方。

　　我们应该要求奇警，拒绝平庸。读中外古今优秀之作，我就常常有这点感受。

文学是语言的艺术 *

人类，除了极少数的哑巴，人人都会说话。每个人自小都从父母亲和亲人那儿，学到了自己所属民族的语言——也就是所谓"父母语"。学会了讲话之后，人和人之间，互相交流思想感情，多么方便啊！列宁说："语言是人类最重要的交际工具。"斯大林说："语言是手段、工具，人们利用它来彼此交际，交流思想，达到互相了解。"这些话说得真对！

一般动物有语言吗？如果是最简单的"传达信息"，动物自然也会的。动物学家研究出黑猩猩在见到食物，面临危险、发情、饥饿、愤怒、悲伤的时候，都各各会发出互不相同的音节来。猎兽、捕鸟的人，仿效某些鸟兽的叫声，能把它们引到眼前，加以捕捉。可见不少动物，是有它们"传达信息"的本能的。但是各种动物发出的声音都很简单，而且大抵是单音节，无非是作为觅食、引类、寻偶、警戒的信号而已。像人类这样能够表达复杂意思（试想人们得拥有多么丰富的词汇才能够完成这样的表达）的语言，动物是不可能有的。鹦鹉能够仿效人类讲话，但是它们不过是机械地模仿，那些话语所包含的意思，鹦鹉原本是莫名其妙，不知所云的。

如果没有这些共通的语言，人和人之间相处该是多么困难呀！北京曾经发生过这么一件事情：一个外国人想坐汽车去烧鸭店吃烤鸭，那时刚好没有翻译在场，他自己找到了司机。但是那个外国人不懂中国话，这个司机又不懂外国话，他们彼此谈了半天，都弄不清对方的意思。外国人着急了，就平伸两手，作鸭子走路的姿势给司机看，比画了好一阵子，司机点头表示明白了。但是，汽车一开竟把外国人送到郊外的飞机场！原来司机

---

* 原载《作品》1982 年第 2 期，本文选自《秦牧全集》（增订版）第 9 卷，广东教育出版社 2007 年版，第 313—317 页。

把外国人仿效鸭子走路的动作误当作是学飞机在跑道上滑行了！从这么一个小故事，我们也可以想见：要是人们没有共通的语言，没有这种彼此都能了解的"最重要的交际工具"，生活在一起该多么困难！

幸好，我们各个民族的祖先在百数十万年的进化和劳动过程中，逐步创造了相当完善的语言。这是着实值得我们感谢的。但我们不是感谢某一个人，而是感谢我们民族的无数代的祖先。我们可以想象：在几十万年以前，人类的祖先也是只能咿咿唔唔地讲着单音节的言语的，情形大概也和黑猩猩差不多。但是，由于劳动需要协同行动，交流经验，语言就逐渐发展起来。正像劳动创造了人一样，劳动也使人类发展了语言。有了比较丰富、严密的语言，人类在和自然斗争和交流经验当中就有了更大的便利。高尔基认为："劳动、火和语言是帮助人类创造文化——第二自然的力量。"这是很有道理的。

有了比较丰富的语言，即使在还没有文字的时候，各个部族已经开始出现了原始的农学家、畜牧家、历史家和文学家。自然，这些人都不认得字，因为那时根本没有文字。那些能够把积累起来的耕种经验、畜牧经验告诉旁人的就是原始的农学家、畜牧家了；那些能够把祖先的事迹，或者叙述几个简单的故事告诉人们的，就是原始的历史家和文学家了。不识字的人也能成为这种种专家么？能够的。现在世界上还有一些没有文字的民族，他们也各各拥有这些专家。不然，他们的生产经验就没法一代代传播下来了；丰收之际，月光之下，他们载歌载舞以后，就没有人给他们追溯民族起源和讲述有趣故事了。

文字的逐步创造和发展，使人类的文化活动跨进了一大步。文字也是经历过悠长年代，由许许多多的人，集体创造出来的。这个道理，我们只要从两千多年来，各个朝代，字典性质的书籍所搜罗的字数，分明是逐渐增加的这一点，就可以充分体会了。但是古代许多人不了解这个道理，以为文字是太古时代一个人独力创造出来的，汉族的先人曾经把它归功于一个叫做仓颉的人，并且由于对文字记载事物、传播思想卓越功能的倾倒，还穿凿附会地捏造起这样的神话来：仓颉是有四只眼睛的人物，并且造字的时候，吓得群鬼夜哭，老天也降下粟粒来。这自然是无稽之谈。但是，从这样的神话传说的产生，倒也错综曲折地显示了文字的出现对于人类进步关系的重大，在先民们看来，这真是惊天动地的事情了。

事实上文字是由许多的人，经历过好些年代，才逐渐创造出较为完备的一批的。鲁迅说得好："但在社会里，仓颉也不止一个，有的在刀柄上刻一点图，有的在门户上画一些画，心心相印，口口相传，文字就多起来，史官一采集，便可以敷衍记事了。中国文字的由来，恐怕也逃不出例子的。"

语言和文字不断在变化、发展着，到了后来，人们可以用文字表达极其错综复杂的意思了，学术巨著也有了，文学名作也有了。书籍出版之多简直成了书海，但是在林林总总、种类纷繁的书籍中，我们却可以大体把它们分成哲学、自然科学、社会科学、文学艺术等几大门类。所有的书籍，都是通过文字把语言记录下来的。但是我们如果细加分析，就可以发现，在这里面，最需要讲究语言功夫，使描绘的事物惟妙惟肖，活龙活现，形象生动，栩栩传神，不但启发人们的思想，并且激动读者感情的，就是文学。这只要看外国有人统计的结果就可以明白了：文学名著中使用的不同单词，比哲学、社会科学、自然科学著作中使用的，要丰富得多（拼音文字的单词常常有好几十万）。研究各个领域事物规律性的著作，它们可能在局部的地方，也作形象的描绘，但是就其根本性质来说，特点在于作理论的分析，并不像文学那样，要运用语言塑造艺术的形象，因此，也就不像文学那样，格外讲究语言的功夫。

有人把修辞的手法，归纳为两大类。这就是"消极修辞"和"积极修辞"。

"消极修辞"，只要把话说得明确、通顺、平匀、稳密就行了；"积极修辞"除了也要求具备这些条件以外，还要求积极地随情应景，运用各种表现手法，极尽语言文字的一切可能性，使所说所写的事物呈现出具体形象，产生新鲜活泼的动人力量。文学不像科学、法令、布告那样，运用"消极修辞"的手法就可以达到目的，它得运用"积极修辞"的手法。因此，当然得格外讲究语言的功夫。

不仅文学，艺术许多部门都讲究形象，使人产生可触可摸的立体印象，并从而接受蕴藏于其中的思想感情的影响。绘画、雕塑、音乐、舞蹈、文学、戏剧、电影都讲究形象。不过，绘画、雕塑，是用色彩、线条构成艺术形象，音乐、舞蹈是用音响、节奏或人体动作构成艺术形象，文学是用语言塑造艺术形象，戏剧、电影则是用造型、表演、语言等等手段综合起来塑造艺术形象。因此，艺术虽然都讲究形象，但是各个部门使用的手段是各不相同或者不尽相同的。

这样看来，讲究怎样运用语言来描绘事物，不用说是文学的重大课题。高尔基说："文学创作的技巧，首先在于研究语言，因为语言是一切著作，特别是文学作品的基本材料。"这话是说得很到家的。

每一种学问，不深入研究下去则已，一深入研究下去，可以说都是博大深邃的。一只动物是这样，一片金属是这样，一粒原子也是这样。文学表现本领，语言艺术运用的问题，不待说，同样是非常博大深邃的学问。在这本小书里，我尝试根据自己的学习心得和点滴经验，从语言宫殿的大门旁边，探首望一望它广阔宏伟的景象。

谈简洁[*]

"繁冗啰唆"的对立面，是"明快简洁"。

不论中外古今，卓越的作家，在锤炼语言，力求文字明快简洁这一点上，不约而同，都是费尽了气力的。

唐代的杜牧，写了一篇《阿房宫赋》，这赋的主体是描绘阿房宫的宏伟、华丽，以批判秦始皇的穷奢极侈，要后代的人们引为鉴戒的。它开头自然得谈一谈秦灭六国，统一"四海"的事，然后才进入文章的主体。杜牧这篇赋开头竟然只用了十二个字：

"六王毕，四海一；蜀山兀，阿房出。"（蜀山兀，意思是说蜀中的山林树木都被砍光了）

这着实简洁非常。它虽然只有十二个字，但是，千余载而下，我们推想杜牧写它的时候，必定不是信手拈来，而是花了一番气力，再三斟酌才写成的。

宋代的欧阳修，在安徽滁州当太守的时候，写过一篇著名的《醉翁亭记》，开头的一句就很有气势，那就是："环滁皆山也。"接着下去，是"其西南诸峰，林壑尤美……"。原来他初写的时候，开头一段本是"滁州四面皆山也，东有乌龙山，西有大丰山，南有花山，北有白米山，其西南诸峰，林壑尤美……"，后来他把文章念给当地的老百姓听，有一个老大爷，听后提了意见，说文章开头写了那么多山的名字，听起来有点啰唆，"西南诸峰"没有写那么多山的名字，不是也很好吗？欧阳修听后，觉得这位老人的意见大有道理，就把前面几句，统统删掉，提炼成一句："环滁皆山也。"

＊　原载《作品》1982 年第 7 期，本文选自《秦牧全集》（增订版）第 9 卷，广东教育出版社 2007 年版，第 384—389 页。

这样，显然简洁多了。

欧阳修有一次和两个青年在一起谈论修辞的问题，刚好外面有一匹飞奔的马，把一条躺在路边的黄狗踏死了，他们都目睹了这番景象。欧阳修问他们道："如果要把刚才我们都看到的情景写下来，该怎样才能写得简洁一些呢？"

一个青年说：用二十个字就可以把这番景象描述下来。接着就念道："劣马正飞奔，黄犬卧通途。马从犬身践，犬死在通衢。"

欧阳修听后说："字太多了，而且有重复，二十个字中，就有两个'马'字，三个'犬'字，通衢，通途，也重复了。"

另一个青年经过思索，用笔写下了两句话，共十一个字："有犬卧通衢，逸马踏而过之。"这两句话虽说比上一个青年讲的要简洁得多，但是显然仍有缺点，而且也没有把犬被马踩死的事实写了出来。欧阳修细看了一遍，就提笔在前后圈掉几个字，只存下"逸马"两个字，然后加上四个字，成了这么一句话："逸马毙犬于道。"

两个青年一看，都很佩服，连声称赞。

文章要写得简洁，首先，得要求思想明确，这样，话才不会讲得拖泥带水。其次，写后要多加删改。对于繁冗的地方，不但要舍得删去多余的字和句，有时，甚至要舍得删去整段整段的东西。鲁迅就告诉过人们，文章写好之后，要多看几遍，把多余的字、句统统删去。

各国的优秀作家，为了使自己的文字简洁，常常下了异常惊人的功夫。他们在初稿时写出来的一大叠稿纸，到定稿誊写的时候，往往只剩下寥寥几页。在文学史上最著名的例子是列夫·托尔斯泰。他写一部小说的某些章节，往往有多种稿本，例如《战争与和平》的个别章节，有七种不同的稿本；《安娜·卡列尼娜》的个别章节，有十二种稿本；《复活》的开头部分，有二十种稿本。有时一大捆手稿，整理出来拿去付印的只是几页罢了。

高尔基继承了这种严肃的写作传统，修改作品也是十分认真的。他曾经提出过这么一句有趣的口号："为清除不妥当的字句而斗争！"

为了把作品写得尽可能简洁，美国的一位文风简练的小说家海明威，还有一个站着写作的习惯。他说过他所以采取站立的姿势来执笔，原因是，这样可以把话说得明快一些，不至于讲些不着边际的啰唆语言。

中国古代有些小品文写得非常简洁优美，像韩愈、柳宗元、刘禹锡、苏轼等人的小品文，短小的有的只有五六百字甚至一二百字，然而文情并茂，千百年来人们一直传诵不衰。鲁迅的短篇小说《伤逝》，只有约莫三千字。他的许多短文，也常常只用几百字就把道理讲得十分透彻，不但文笔锋利，而且词采灿然。我国现代的散文名篇中，像朱自清的《荷塘月色》，茅盾的《白杨礼赞》，都不过一千字稍多一些罢了。

出色的短篇小说，常常可以作为我们学习简洁扼要地描写事物的典范。像契诃夫，他有些小说甚至只有一两千字，例如《小公务员之死》，还不够一千六百字，《变色龙》只有两千字多一些；莫泊桑、欧·亨利笔下，也不乏三四千字就写得相当精彩的短篇。

我们很可以从精彩的诗歌、散文、散文诗、号召性歌谣、座右铭、墓志铭一类的东西中，学习简洁表现事物的手法。诗歌在文学中是语言艺术要求最高最严的一种体裁。有些诗歌，常常以很小的篇幅表现了相当深广的内容。作者往往连一个多余的字也排斥得干干净净，像中国古典诗词中的那些名句："风急天高猿啸哀，渚清沙白鸟飞回。""鸡声茅店月，人迹板桥霜""枯藤老树昏鸦，小桥流水人家，古道西风瘦马，夕阳西下，断肠人在天涯。"作家们以寥寥的笔墨就描绘出一幅幅自然和生活的图景，而且很有深度和广度，这是颇不简单的。在诗歌的宝藏中，这种可供我们学习的手法非常之多。

历代起义农民所揭橥的口号，一般总是简洁明快非常，不待说，这些号召性的言语，必须一针见血，容不得啰唆和繁冗，才能够使不识字的农民也深切了解，群起响应。像明代起义农民的口号："迎闯王，不纳粮。"太平天国整饬军纪所用的口号："杀一人如杀我父，淫一人如淫我母。""左脚入民居者斩左脚，右脚入民居者斩右脚。"清代南方一些起义农民标明政治宗旨的号召性歌谣："上等之人欠我钱，中等之人得安眠，下等之人跟我走，好过租牛耕瘦田。"欧洲中世纪农民起义时喊出的口号："当亚当耕田，夏娃织布的时候，谁是贵族？"就都是这样。

座右铭、墓志铭之类，自然也都简洁非常，容不得半点啰唆。

小说《钢铁是怎样炼成的》一书，主人公保尔所讲的一段座右铭就十分精炼：生命属于人们只有一次，人的一生应当这样度过：当他回首往事时，他不致因虚度年华而悔恨，也不因碌碌无为而羞耻。这样，在临死的时候就能够说："我已把自己的整个生命和全部精力都献给了世界上最壮丽的事业——为全人类的解放而斗争。"

近代电学研究先驱，又是革命民主主义者的富兰克林，他的墓碑上铭刻着这样的话："从苍天处取得闪电，从暴君处取得民权。"

苏联著名科学家齐奥尔科夫斯基，生前曾为火箭技术和星际航行奠定了理论基础，为人类开拓了通往星际空间的道路。他死后，人们在其墓碑上镌刻了他的这一段名言："地球是人类的摇篮。但人们不能永远生活在摇篮里，他们不断地争取着生存世界和空间，起初小心翼翼地穿出大气层，然后就是征服整个太阳系。"

英国浪漫主义小说家史蒂文生，生性乐观好奇，喜欢过冒险生活，常常浪迹海外，十九世纪末年，死于太平洋的一个岛上。他的墓碑上刻的是他自己生前写的一首挽歌：

在这广漠的星空下，

掘一个坟做我的归宿。

我活得愉快，死得欢乐，

留下几句话，算是我的遗嘱。

请你们代我把这首诗刻上：

他躺在这儿，称心如愿；

山林里的猎人回了家，

海洋中的水手上了岸。

这个墓志铭写得简洁、优美，饱含哲理，而且还充分运用了个性语言。

用很少的字眼能够表达出丰富的内容和深刻的思想吗？能够！上面举的可以说就是一些明证。

简洁，这是我们必须掌握的一项文字表现本领。得用较少的字表现较多的意思，而不是用大量的字才讲出十分微小的一点东西。啰唆，总是惹人生厌的。

对自己所要描绘的事物有明确的了解，写作的时候，紧紧抓住中心，不要枝蔓横生，不要"乱跑野马"，不把和主体无关的事情乱扯进去；运用具有概括力的文字写出了事物的"主干"和必不可少的"枝叶"，写后，一看再看，把多余的段、句、字统统删去。这样，就必定可以写出简洁的作品。

感情的火花和语言的喷泉 *

我们和各式各样的人物谈话，常常可以碰到一种引起我们深思的现象：一个原本口才并不很好的人，在他非常快乐、兴奋的时候，或者在他非常悲哀、怨恨的时候，常常可以口若悬河地讲出一大串流畅的语言，而且异常精彩。和这种情形恰好相反，有些原本口才颇好的人，当他们冷淡地叙述他们漠不关心的事情的时候，却显得语言呆板单调，令人感到味如嚼蜡了。

这种情形使我想到：感情处在沸腾状态的人，仿佛他们的心灵的闸门吊起来了，语言的浪花奔涌而出，飞溅起灿烂的水珠。或者，感情的压力使语言的泉水喷发起来了，冒起了高高的水柱……

影片《刘三姐》中有一首歌道："山顶有花山脚香，桥底有水桥面凉。心中有了不平事，山歌如火出胸膛。"这首歌儿是很有点哲理的。"心中有了不平事"，就会"山歌如火出胸膛"。其实不止是"不平事"，只要是令人感情沸腾，引起各种各样喜怒哀乐的事，都可以使当事人的语言，像火山一样，喷出了炽热的熔岩，像喷泉一样，升起了美丽的水柱。

所以，大欢乐，大悲哀，大愤怒往往使一个人写出了好诗。"愤怒出诗人"，这话着实很有道理。

一个口才、笔墨本来并不好的人，在感情激越的时候，尚且能够说出精彩的语言；那么一个口才、笔墨有相当底子的人，处于感情如沸状态的时候，自然更能够说出精彩的话了。所以，决心为崇高信仰献身的人，站在断头台旁边的人，亲人不幸死亡的人，处在热恋中的人，被生离死别之

---

* 原载《作品》1982 年第 10 期，本文选自《秦牧全集》（增订版）第 9 卷，广东教育出版社 2007 年版，第 420—425 页。

情所折腾的人，为革命事业的胜利欢欣鼓舞的人，往往能够说出平时说不出的精辟言语，写出平时写不出的精彩诗文。

陈毅同志的《梅岭三章》十分脍炙人口，这三首诗在他的全部诗作中也特别显得出类拔萃。一九三六年冬，陈老总在梅山被围，他因伤病伏于丛莽中，前后二十余日，已经准备随时牺牲了。这三首诗原本是他在生死关头吟成的绝命诗：

> 断头今日意如何？
> 创业艰难百战多。
> 此去泉台招旧部，
> 旌旗十万斩阎罗。

> 南国烽烟正十年，
> 此头须向国门悬。
> 后死诸君多努力，
> 捷报飞来当纸钱。

> 投身革命即为家，
> 血雨腥风应有涯。
> 取义成仁今日事，
> 人间遍种自由花。

看，多么沉痛豪壮，多么激情洋溢！不是身临其境，感情如沸的人，是很难写得出这样的诗来的。

一九七六年清明节前后，广大革命群众在天安门广场张贴诗篇悼念周恩来同志，既回击了卑劣的"四人帮"对这位无产阶级伟大革命家的污蔑，又表达了自己的真诚悼念。那许多诗篇，尽管大抵出自普通群众手笔，但是它的精炼动人处完全可以和历史上著名诗人的杰作媲美。为什么？就因为它是感情的火花的迸射，是语言的泉水的喷泉。请看其中的一首：

大鹏暝慧目，悲歌恸九重。五洲峰峦暗，八亿泪眼红。丹心酬马列，功过任说评。灰撒江河里，碑树人心中。

——《碑树人心中》

这不是可以和历史上一切伤逝悼亡、追怀先烈的名篇并驾齐驱吗！

这种情形，在中外的作品中我们是时常可以见到的。为菲律宾的民族解放事业奋斗终生，有"菲律宾国父"之称的诗人黎萨尔，在他就义前夕写的绝命诗是这样的：

方见天际破晓，
我即与世长辞。
朦胧夜色已尽，
光明白日将至。
若是天色暗淡，
有我鲜血在此，
任凭祖国需要，
倾注又何足惜！
洒落一片殷红，
初升曙光染赤。

"若是天色暗淡，有我鲜血在此。""任凭祖国需要，倾注又何足惜！"这样电闪雷鸣般的语言，只有血性男儿在慷慨献身的关头才说得出。我们在读中国的《革命烈士诗钞》的时候，也有类似的感受。

上面举作例子的是几首诗。其实这种情形不限于诗歌，也不限于文学。你听过不识字的老妇倾诉她们肺腑时所用的语言吗？在她们心花怒放或者愁苦哀伤达到极致的时候，她们往往能够说出非常精彩动人的话。我有时甚至有这样的感觉：那样动人的语言，某些比较平庸的作家就很难想得到和写得出。因为："为情而造文"和"为文而造情"，原有极大的不同。

优秀的作家，一般总是非常真挚热情的人，我们读他们的作品，往往像是接触到他们专注的目光和感受到他们跳动的脉搏。我们常常读到一些记载，描述这些作家在写作时为作品中的人物、情节，如醉如痴或者痛哭悲伤的情景。尽管某些情节和人物是虚构的，但是它们植根于真实之中，作家在写作它们的时候，又着实设身处地，具有真情实感，感人的力量也就从中产生了。中国现代一些优秀的作家，从鲁迅到巴金，就是这种非常真挚的人。他们的作品是"为情而造文"的，因此，也就感情激越，直叩读者心扉了。

据说，法国的巴尔扎克写《高老头》时，稿纸上常常有泪水的湿痕，写到高老头死了的时候，他甚至痛苦到滑倒在地。福楼拜写《包法利夫人》，写到书中主角死亡时，悲哀得坐在地上痛哭。这样真挚热情的作家，自然是可以写出精警的语言和优秀的作品来的。

反之，我们也接触到一些作品，它们即使在写到人物情节高潮的时候，也没有什么精彩动人的语言。作为读者，我们总感觉那个作家是没有真挚性格和强烈感情的，因此在"节骨眼"的地方，他们也写不出几句奇峰突出、震撼人心的言语，他们像是比较平庸的跳高选手，当横竿向上挪动，放到比较高的高度，他们想跳跃而过的时候，就总要碰跌横竿了。换句话说，这样的作家总是不能引导我们走进作品中的情节境界，和作品中的人物同其喜怒哀乐，更无法激起我们感情的巨澜。可见，文学语言的运用不完全是一个技术上的问题。它和作者是怎样一个人，格调如何，关系很大。究竟他是热烈真挚的呢，还是冷淡虚假的呢？这总是要在作品里流露出来，瞒不过明眼的读者的。

"龙生龙，凤生凤，老鼠的儿子打窟窿。"这类俗话谐谑有趣。如果我们不拘泥于从字面去理解，而是掌握它的精神的话，那么，也可以说，在某一程度上，它们也说出了语言运用上的一点道理。

中国气派与民族风格 *

各国人民学习其他国家的语文，自然有学习得相当纯熟，掌握了"个中三昧"的。但是，学得不三不四，"不咸不淡"，外国人只能讲"英国式中文""日本式中文"……中国人只能讲"中国式英文""中国式俄文、日文"的，自然也不少。这样，就常常闹出许多笑话。

听说有一个外国留华学生，学习中文的时候，知道种在田里的一种粮食，名称叫做"水稻"；水稻的籽粒，去了壳，名称叫做"米"；用米煮成的东西，名称叫做"饭"。有一次他到饭堂购买饭菜的时候，把"饭"字给忘掉了，只好着急地说："我要买一碗烧熟的米。"饭堂的人自然也领会他要买的是什么，但在听到这种"外国式中文"的时候，仍然禁不住哈哈大笑。

"一碗烧熟的米"。那意思，我们尽管也可以明了，但那决不是中国味道的中文。

从前，西方有些外国人学习中文，是从文言文开始的（他们大抵通过掌握这个手段来学习中国的古籍），他们学习古代汉语，却没有学习现代汉语。因此，讲起话来，尽是文绉绉的，例如：

"子不远千里，来自华夏乎？鄙人得晤足下，深以为幸也。"

试想，一个外国人，穿着西服，用不很准确的腔调讲着古色古香，"直追汉唐"的文言，那情景，该使人感到多么奇特好笑；然而这儿讲的并非笑话，而是事实，解放初期我国有人访问北欧，就碰到过这类人物和场面。

我们在电影和戏剧里，常常看到和听到日本人讲中国话的情景，例如"奖金，皇军是大大的有呀！"等等，也令人有类似的感觉。尽管它的意思

* 原载《作品》1982年第11期，本文选自《秦牧全集》（增订版）第9卷，广东教育出版社2007年版，第441—446页。

我们也明白，但是，一听就知道那是外国式的汉语。那种语言，并不具备我们国家和民族的风格。

一个国家的子民，学讲外国话，学得不好，这并没有什么可奇怪的。值得我们警惕的，倒是我们中国人自己写的中文，也有缺乏民族风格和现代气息的。例如，香港就曾经相当流行过这一类文白混淆半通不通的中文：

"如要停车，乃可在此。"（公共汽车唤停站上写的话）

"如有违反，罚款不超过一百大元。"（它的意思是："如有违反，将处以一百元以下的罚款"）

事实上，不止香港一地，"五四"以后，在新文学作品里，半文半白的语言，洋里洋气的语言，也是有那么一小批的。这类作品，都缺乏现代中国人讲话的气息。我们只要翻翻二十年代、三十年代的某些新文学作品，就可以很清楚地看到这种迹象。这种状况的存在，有它深刻的历史、社会根源。那时，离五四新文学运动还不很久，某些写惯文言文的人，写起白话文来有点像缠脚缠得很久的妇女，刚刚解下缠脚布时候走路的样子，歪歪扭扭，文章里面总是混杂着大量的文言腔。何况，还有一些人，写白话文并不是心甘情愿，勉强跟着写几笔，心里面仍然以掉掉书包，写些"之乎者也"的东西为荣。还有一些留学生，受外国文学、外国文法的影响，对于写些别别扭扭的外国味道的中文，丝毫不以为意，甚至还有点顾盼自豪呢。更有一些在外国住得很久的人，中文的程度远不及外文，他们索性用外文写作，写成后再请人翻译成中文发表。就因为有这种种原因存在，半文半白的白话文，洋里洋气的白话文，曾经在我们的出版物中占据了不小的一席位置。三十年代上海出现过一场关于大众语问题的辩论，可以说就体现了进步的文化工作者和各种各样保守、反动人物的斗争，特别是在语文问题上和在对待群众的观点上的斗争。

现在已经是八十年代了，谈论语文上的中国气派和民族风格的问题，有没有必要呢？我认为仍然是有必要的。现在，我们的文学作品里，那种洋里洋气的文字，文言、白话缠夹不清的文字，比较起二十年代、三十年代的作品来，不用说，是少得多了；但还有"流风余韵"没有呢？我觉得，还是有的。一篇文章里面，夹杂了许多毫无必要的"之乎者也"，夹杂了大量古奥的成语，文言气息相当浓厚的东西，我们仍然不时可以看到。洋里洋气，外国风格，外国气派的"中文"，我们仍不时可以读到；不过，在程度上，没有从前那么严重罢了。

我们要赞美那些洋溢着民族风格的作品，当代一些优秀的散文家和诗人，他们在这一点上，一般都做得很成功。作品要具有群众喜闻乐见的民族风格，先得在文字结构上具有民族风格。用词造句，如果不能做到这一步，作品即使描绘的是中国风物，民族风格也难免会受到一些损害的吧！

民族风格强烈的文字，如果它的内容和意义都很好的话，我们读的时候就很舒服，这儿尝试譬喻一下吧，有点像一条鱼游在明净新鲜的清水里，游得多么舒畅，多么快活！反之，就好像一条鱼游在氧气不足、混浊肮脏的水流里一般，游得好不辛苦，好不难堪了。

好的例子，我们可以举出很多很多，例如老舍的文字，就让人充分感受到中国气派和民族风格。试看《养花》中：

不过，尽管花草自己会奋斗，我若置之不理，任其自生自灭，它们多数还是会死了的。我得天天照管它们，像好朋友似的关切它们。一来二去，我摸着一些门道：有的喜阴，就别放在太阳地里，有的喜干，就别多浇水。这是个乐趣，摸住门道，花草养活了，而且三年五载老活着、开花，多么有意思呀！不是乱吹，这就是知识呀！多得些知识，一定不是坏事。

　　这些句子多么自然！在平白如话中又可以看出它们是经过提炼的，而这种提炼又是不露痕迹的，我们读起来就有舒畅自然的感受了。

　　至于某些人另外一种味道的句子，像"这个问题，你可以指望我在一定程度上给予关心和在我能力许可的范围内加以支持"，尽管外表上也是中文，但是，我们读起来，却有上面提到的后一种感受，即辛苦和难堪了。

　　要使文笔具有中国气派和民族风格，具有当代中国人讲话的味道，一定得根据中国的行文习惯，也就是中国的文法来写作，并以大量新鲜活泼、生动自然的口语作为文章的语言基础。

　　还有一点，我以为也是值得我们注意的，这就是淳朴自然，恰如其分地穿插运用成语、谚语，它同样可以增添文笔的民族风味。大概每一个民族的语言文字，都各各存在自己民族所特有的一批成语和谚语。历史越是悠长的民族，这样的词语也就越多。在中国，这类常用的成语和谚语的数量，恐怕是以千来计算的吧。这些词语，是从我们几千年的历史、典籍、轶谈、趣闻中升华、结晶而成的。它们有的明白如话，有的典雅好像文言，但是实际上已经成为具有一定文化教养的群众的口语，活在无数人的口头上了。如果把这些成语、谚语和群众语言对立起来，那是不对的。

　　西方人讲话的时候，常常穿插一些从希腊、罗马的神话故事中引来的词语，这和我们运用某些成语、谚语，情形很是相似。中国人说："她漂亮得像西施、王嫱。"西方人说："她漂亮得像海伦。"中国人说："这次他败走乌江了（或者'败走麦城'）。"西方人说："这是他的滑铁卢（以拿破仑在滑铁卢大败为喻）。"这样的语言结构，在道理上是一样的，不过有民族方式的不同罢了。

　　人们广泛应用的成语，有些，它的来源十分古老，甚至和一段复杂的历史故事，或者一部人们并不普遍熟知的古籍有关。但是即使并不知道这一切的人，也常常能够很准确地运用它，实际上它已成为现代中国人口语的一部分了（完全没有文化素养的人，才是例外）。

例如"完璧归赵""退避三舍""一鼓作气""问鼎中原"这些成语，各各和春秋战国的一段历史故事有关。"破釜沉舟""约法三章"这些成语，各各和楚汉相争时期的历史故事有关。"三顾茅庐""鞠躬尽瘁"这些成语，和三国时期的历史故事有关。至于"朝三暮四""大而无当""守株待兔""刻舟求剑"等平白如话的成语，它们分别出于《庄子》《韩非子》《吕氏春秋》等古籍中，但是，人们却毋需熟悉这一切历史掌故和研习这一切古籍，一一详究出处，同样也能够掌握它，运用它。它们实际上已经成为当代人们口语的一部分了。语言，也是人们在历史发展过程中，逐渐发展起来的。

如果一个中国人描述某人苦心等待着一个极难出现的机会，不敢写上"守株待兔"这样的成语，却硬要写成："他正在苦心等待着一个机会，这种机会一般是很难出现的，大概只有万分之一或者十万分之一的可能罢了。"或者，写成这个样子："他像外国人所形容的，坐在苹果树下，等待苹果跌落到自己口中，还在那儿喃喃祷告：'苹果呀，跌下来的时候，果柄可得朝上！'"请问，这样的文笔还有多少民族风格！

因此，我认为：敢于贴切生动地穿插运用本民族的成语、谚语、习惯短语、格言，同样是使文笔具有民族风格的一个因素。马马虎虎，掉以轻心，是不行的。

优　美[*]

文学作品的文字，除了要求清晰流畅等等之外，还要求优美。文字如果不能给人以美感，作品的艺术感染力就会大大降低。

其实，不仅写文章，就是说话，也常常有这样的要求。

广东的香蕉，在它熟透而又保持鲜度的时候，澄黄色的蕉皮上就会有一星星的深褐色斑点均匀地分布着，这期间的香蕉滋味最甜美。人们称呼它，经常用上一个专门的名词：在广东，它被称为"梅花点香蕉"；在上海，它被称为"芝麻点香蕉"。梅花点，芝麻点，这些形容词都很优美，它使人想起梅花的美、芝麻的香。这么好的香蕉，如果被不懂生活情趣的人，粗野地喊做"麻子香蕉"或者"苍蝇屎点香蕉"的话，那就大煞风景了。但是，不，人们不会这样。人们总是懂得使用优美的语言来称呼美好的事物的。

如果我们稍为留心一下，就到处都可以听到见到这样的事例。

例如：北方有一种非常鲜美的小型蘑菇，被人称为"珍珠蘑菇"；南方有一种十分艳丽的小型玫瑰，被人称为"钻石玫瑰"。"珍珠蘑菇"，"钻石玫瑰"，这些名字多美！你一听到它们的芳名，就准会知道它们是一种很珍贵的东西了，如果简简单单地称做"小蘑菇""小玫瑰"，就决没有这样的魅力。

这样的例子是很多的，名花嘉树的别号也常常是十分优美的。例如柠檬桉被人称为"林中仙子"，开花的肉质植物被人称为"沙漠美人"，水仙被喻为"凌波仙子"，黄色白色的桂花分别被叫做"金桂"、"银桂"，兔仔花被叫做"仙客来"等等。

自然，有些东西也同时存在着"雅号"和"丑号"，但是如果那东西本

---

[*]　原载《语文月刊（广州）》1982年第2期，本文选自《秦牧全集》（增订版）第9卷，广东教育出版社2007版，第454—459页。

身并不恶劣的话，"丑号"往往不会形诸文字。例如广东有一种果子，是从美洲传播来的，叫做番石榴，它有一个粗俗的别号叫做"鸡屎果"，这个别号就没有怎样被广泛叫开。正好相反，由于最好的番石榴有一层非常美丽的红晕，"胭脂红番石榴"的名字却总是被人常常提起。又如老年人由于血液流通不好，脸上常常出现很多黑斑，这种黑斑，有一个粗俗的名字叫做"棺材钉"，但也有一个雅号叫做"寿斑"。前一个粗俗的名字在作品里是常常被抵制了的，后一个则经常被人提起，因此也就更为人们所熟知。

在古典诗词里面，我们常常可以读到许多绮丽的字眼，它往往使读者增加了美感。例如绣户、珠帘、画栋、金樽、画角、雕鞍等等，难道这些诗词所歌咏的都是豪贵人家的事情，凡是酒樽，都是金的；凡是栋梁，都有彩绘；凡是吹的号角，都必定画上画儿；凡是马鞍，都雕镂得很精美吗？不见得。自然这类诗词有一些是谈的朱门大户的事情，但有的只是讲的普通人家的事，这样写，目的不过在于能够增加人们的美感罢了。这正和画面上表现的风景，常常比真实的风景更美丽一些，在道理上有其一脉相通之处。艺术美是可以高于自然美的。有一些很平常的事情，用优美的文字表述出来，常常可以增加它的艺术魅力，例如：

> 故人西辞黄鹤楼，
> 烟花三月下扬州。
> 孤帆远影碧空尽，
> 惟见长江天际流。
>
> ——李　白

这首诗的内容，实际不过是说：在这三月时节，老朋友要到扬州去了。我舍不得你啊，站在岸边一直望着你的帆船远去，远处的长江仿佛在天边一样。但是这样平凡的意思被作了艺术处理，写得情景交融，就给人以美的感受了。

又如：

> 绿蚁新醅酒，
> 红泥小火炉。
> 晚来天欲雪，
> 能饮一杯无？
>
> ——白居易

这首诗的内容，实际上不过是说：天色阴阴沉沉的快要下雪了，你能够到我这儿来，让我们热一壶新酒一起喝几杯吗？由于它把那些新酒和小火炉都描绘得那么美，情趣盎然，读了，也就同样获得美的感受了。

可见，文字的优美，是文学给人以美感的一个因素。

这并不是说，文字必须装腔作势，极尽雕琢之能事。文字要求优美，但是这种优美是以平易流畅为基础，从潇洒自然中显示出来的。装腔作势，过事雕琢，那种文风只能令人生厌。

这也不是说，写作可以离开现实主义的道路，用一大堆华丽的词藻去堆砌虚假的事物。只有在具有真实感的基础上，事物的美感才能为人们所接受。

中外古今人们论述文学，提出的各种要求，可以概括为真、善、美的统一这样一句话。真，表示它是合于生活的实际的；善，表示它是阐发崇高的思想和宣扬宝贵的伦理的；美，表示它是通过艺术手段让人读后获得美感的。这最后一项，在文学上也就含有文字优美的因素在内。有人也许会这样问：写崇高的人物，颂光辉的事迹，美化他们是好的，但是难道对于丑恶的人物，卑劣的事迹，写的时候也得美化他们么？这样问，是把问题引到岔道上去了。文学不但写光明面，有时也要写阴暗面，要面对脓血，鞭挞丑类，唯有这样，才能够赞扬正面人物，伸张正气，宣传严肃的主题，达到"善"的要求。我们说文字必须优美，丝毫没有包含把丑恶的事物写成美好的意思在内。而是说，在描绘那些事物的时候，尽管是鞭挞性的，文字的优美仍然必须注意。这样做，更可以达到揭露和鞭挞的效果。鲁迅描绘那些复古派人物，以为"国粹"就什么都好，形容他们对脓疮自以为"红肿之处，艳如桃花；溃烂之时，美如奶酪"。这几句话能够给人以较强的感染力，和它写得优美很有关系，在这种场合，文字的优美增强了战斗的力量。

形象的描绘，美妙的譬喻，和谐的节奏，铿锵的声词，以及简洁、清新、凝炼、活泼等等因素，都是可以增强文字给人的优美之感的。

从设计一个意境中，使文字写得优美起来，可以举童话作家安徒生的作品为例。安徒生在《拇指姑娘》这篇童话里，写一个拇指大小的小姑娘在困境中被一只燕子搭救了，燕子驮着她飞过了许多地方。安徒生这样写道：

> 最后他们来到了温暖的国度。那里的太阳比在我们这里照得光耀多了，天空看起来也是加倍地高。田沟里，篱笆上，都生满了最美丽的绿色和蓝色的葡萄。树林里到处挂着柠檬和橙子。空气里飘着桃金娘和麝香草的香气；路上，许多非常可爱的小孩子在跑来跑去，跟一些颜色鲜艳的大蝴蝶一块儿嬉戏。可是燕子越飞越远，而风景也越来越美丽。在一个碧蓝色的湖边，有一丛最可爱的绿树，树丛里有一幢白得放亮的、大理石砌成的、古代的宫殿。葡萄藤围着许多高大的圆柱丛生着。在这些圆柱的顶上有许多燕子窠。其中有一个窠就是现在带着拇指姑娘飞行的这只燕子的住所。

瞧，这一段文字，写得多么优美。但是，如果有人认为，只有童话意境，才能够写成这样，那我是不以为然的。选择精彩的事物，进行细致生动的描绘，同样可以产生文笔优美的效果。例如国外杂志上有一篇叫做《大自然的海洋花园》的文章，它描绘的是红海的风景。其中有一段是描写海底的景观的。

　　一对耀目的柠檬黄蝴蝶鱼，在七彩缤纷的珊湖礁罅隙之间穿来插去。一条身上有甘蔗条纹的蓑鲉搧动它那毒刺般的脊和鳍，像一只充满煞气的潜水孔雀。一群圆鳗从砂坑里舒展出来，随着海流摆动。翡翠绿的海绵、粉红的海葵触须、一缕缕的毛头星触手——这所有的形状、色彩，可算得上是全世界最引人入胜的水底生物实验室，交织成一幅闪闪发亮的锦毯。

瞧，这不也像童话境界一样的迷人，给人以强烈的优美之感吗？

可见，善于掌握描写对象，作生动细致的描绘，就可以给人以美感。就是不写奇特的事物而写平凡的事物，由于充分运用文学的语言技巧，注意文字的形象性和生动性，注意它的节奏和音调，这样的文字也仍然能够给人以美感。这时，语言技巧的运用，并不是为了美化对象，而是发挥文笔的艺术魅力，更加淋漓尽致地表现事物，以达到作者思想上企图达到的效果。

独特的性格语言 *

"忽一人大呼'火起'，夫起大呼，妇亦起大呼。两儿齐哭。俄而百千人大呼，百千儿哭，百千犬吠。中间力拉崩倒之声，火爆声，呼呼风声，百千齐作；又夹百千求救声，曳屋许许声，抢夺声，泼水声……"这是清代人林嗣环所写的《口技》一文中精彩的片段。从这短短几行字中，传神地表现了当时口技艺人的精湛本领。

如果说出色的口技艺人用一张嘴就能表现出各种各样的复杂声音，那么，我们也可以说，优秀的作家，应该能够用一杆笔就写出纷纭错综的事象，表现出各种各样人物的性格。

文学，在对作者的许多要求中，有一项，就是要求能够写出独特的性格语言。

这里所说的"独特语言"，可以说包含两个方面：一是作者本人在直抒胸臆、叙事状物时的独特语言，也就是具有作者个人风格的语言；二是写各种人物言谈的时候，写谁像谁，能够表现出他们众多的个性特征。

这两方面的性格语言都是不容易写好的。如果严格来说，写各种人物的个性语言，比写自己的个性语言，尤其要困难。因为表现自己性格的语言，只要情真意切，出于肺腑，而且文笔有一定水平，就可以写得出来；但是要写四面八方人物的个性语言，却必须"世事洞明"，理解各式各样的人物，熟知"个中三昧"才行。各种人物，由于思想、气质、教养、爱好和生活道路的不同，形成了各种各样的个性。阶级立场相同和近似的人，自然共性多些，但是差异仍然是非常之多的。即使是同一个家庭出身的人，

---

* 最早收入秦牧《语林采英》（上海文艺出版社 1983 年版），本文选自《秦牧全集》（增订版）第 9 卷，广东教育出版社 2007 年版，第 460—464 页。

也有各种各样的个性。我们观看话剧的时候，有时可以碰到这样的场面：如果古人讲了一句今人才会讲的话，或者今人讲了一句不是他那种身份教养的人所能讲的言语的时候，往往会惹来哄堂大笑。这时，并不是戏剧情节本身有什么好笑，而是剧中人物脱离了他的个性，完全由剧作者安排他像机器人似地讲话了。观众的笑声，实际上也就是对作者的一种批评。

优秀的作家，特别是小说家和戏剧家，总是能够生动地写出各种具有个性的人物语言的。高尔基曾经称赞过巴尔扎克，说读他的作品，只读各种人物的对话，就可以想见各种各样人物的风貌和举止。

我国的著名古典小说，像《红楼梦》《水浒》等，写人物对话，真是有声有色，活灵活现。它们各各写了那么多人物，贵族小姐，老爷太太，丫环使妈，草莽英雄，尽管每一方面，都人物纷繁，但是各有各的性格。《红楼梦》写贾母的贴身侍婢鸳鸯，平时好像很温顺，实际上却具有烈火一样的性格。当好色的贾赦看中了她，要迫她做妾，四面八方，包括她自己的家里人也来施加压力的时候，鸳鸯斥责她嫂子道："怪道成日家羡慕人家的丫头做了小老婆，一家子都仗着他横行霸道的，一家子都成了小老婆了！看的眼热了，也把我送在火坑里去。我若得脸呢，你们外头横行霸道，自己封就了自己是舅爷；我要不得脸，败了时，你们把忘八脖子一缩，生死由我去！"又对诱迫她的人这样斩钉截铁宣告道："别说大老爷要我做小老婆，就是太太这会子死了，他三媒六证的娶我去做大老婆，我也不能去。"这些话就都是有棱有角，显示了一个烈性女子的性格，充分地抒发了她的愤慨沉痛之情的。

《水浒》中，写武松临离开阳谷县，和兄嫂告别，因为他知道潘金莲是喜欢和人勾搭的，就用隐语"篱牢犬不入"劝告她自重。他的话激起了泼辣刁蛮，极无教养的潘金莲大发雷霆。书中写她当时骂武松的话是这样的："你这个腌臢混沌！有甚么言语在外人处，说来欺负老娘！我是一个不戴头巾男子汉，叮叮响的婆娘！拳头上立得人，胳膊上走得马，人面上行得人，不是那等搠不出的鳖老婆。自从嫁了武大，真个蝼蚁也不敢入屋里来，有甚么篱笆不牢，犬儿钻得入来？你胡言乱语，一句句都要下落！丢下砖头瓦儿，一个个要着地！"短短一段话，就酣畅淋漓地表现了潘金莲的刁蛮性格了。

能够写出一两个人物的个性语言，还不算了不起的本领。有些出色的作家，写人物的群像，个个都活灵活现，一批批的，都使人有近在眼前，如闻謦欬之感。像鲁迅、茅盾、巴金、老舍、姚雪垠等作家，就可以说是达到这样的境界。

作者使用本身的个性语言，虽然难度稍逊于前者，但也十分重要。能够使用具有自己独特风格的语言写作，是一个作家臻于成熟的标志之一。有一些聪明而又细心的读者，对这类作家的作品，往往可以不看作者名字，光读作品，也能猜中出自何人手笔。

作家使用具有自己独特风格的文学语言来写作，也有两种状况。一是他在叙述事件、描绘人物的时候，自己隐藏在幕后，读者只是在字里行间感到这个"说书人"的存在，并领会他的爱憎褒贬之意；但是在另外一种场合，当作者直接抒写感情，发挥议论的时候，这个"说书人"就跳到前台来了。这时，读者仿佛感到作者就站在他们面前，听到他的声音，直接地领略到他的性情和风貌。一般来说，在小说、戏剧中，作者"跳到前台"来的时候，是比较少的（有时自然也有，例如当作者直接发挥议论，叙述感想，或者像古典小说中，作者突然"有诗为证"，以诗歌感怀某事的时候），但是在散文、诗歌一类的作品中，作者却往往是一直站在前台，痛快淋漓地发挥了他的个性的。

敢于运用自己的独特语言，率真地在作品中表现个性的作者，会使读者感到他就和大家处在一块儿，倾诉肺腑，娓娓谈心一样，特别有一种亲切感受和动人力量。因为作品中除了"共性"之外，"个性"充分地被发挥了。有特点的事物总是能够给人以格外深刻的感受。优秀的作家都充分认识到这一点。所以在他们的作品中，总是能够痛快淋漓地运用生动语言来表现独特性格。

"……我从别国里窃得火来，本意却在煮自己的肉的。""损着别人的牙眼，却反对报复，主张宽容的人，万勿和他接近。"这种风格的语言，完全是"鲁迅式"的。

"我那一颗爱祖国、爱人民的心还是像年轻时候那样地强烈，今天仍然是如此。""即使我前面的日子已经很有限、很有限了，我还是在想：'怎样变得善良些，纯洁些，对别人有用些。'"这种风格的语言，完全是"巴金式"的。

读这些语言，我们会觉得，它们从作者们的内心深处喷涌而出，就正像炽热的岩浆，从火山中喷发出来一样。

肺腑之言，至诚的声音，出自崇高胸怀的，总是分外感人。文学语言问题，探索下去，往往牵连到作者的学识、素养、阅历和品格。深入地探索一个问题，而要不接触其他问题的事情，几乎是没有的。文学语言问题也是一样。

探索和发展散文艺术 *

我国的文学创作事业，当前是相当繁荣的。散文，作为"文学树"上的一个桠杈，也是枝繁叶茂，呈现一派欣欣向荣的趋势。

从散文繁荣的一方面来看，报纸、刊物上，除了其他体裁的文学作品外，报告、特写、杂文、随笔、札记、游记等等，可以从广义上归入散文范围的作品，是被大量刊载着的。国内还有若干份专登散文、小品的杂志。各家出版社年年都出版了一批批散文集子，每一年度过后，总有该年度的全国性散文选集问世。每一个历史阶段还有这一历史阶段的散文选集被编纂出来。例如新中国成立三十周年，就有三大卷的《散文特写选》出版。

但是，我们也必须在繁荣中看到不足。从这方面，我们可以见到：报刊上登的散文，异常精彩、引人入胜的，毕竟还不是很多；大量报纸、刊物的编辑部，还常常为了没有足够的优质散文可发而操心。另一方面，散文集子，现在一般的印行数虽然超过了戏剧、评论和诗歌集子，但是比起小说来还是瞠乎其后。再说，现在各地举行的文学评奖活动，也往往漏掉了散文。从这方面看，我们对散文艺术，还得进一步重视才好，还得进一步探索和发展才好。

报纸、刊物，需要登载大量短小精悍的文章。这些文章，大抵都是散文。一篇稿子登在发行数十万份以至数百万份的报刊上，读者数量之巨是不言而喻的。它常常比一本普通的文学书籍的读者数量要大得多。面对着这种状况，我们怎能不进一步重视散文创作呢！

散文被人称为"文学的轻骑兵"。它篇幅短小，形式活泼，写作方便，

---

* 原载《花溪》1984 年第 1 期，本文选自《秦牧全集》（增订版）第 3 卷，广东教育出版社 2007 年版，第 748—755 页。

内容可以极其丰富多样。宇宙之大，苍蝇之微，人间万象，大千世界，它都可以无所不包。唯其因为篇幅短小，它很能够迅速反映现实。从事写作的人大抵都有这么一种经验，我们碰到一个有价值的材料，迅速写出来，它立刻就成为现实中的一个作品。如果是迟迟没有动笔，酝酿再酝酿，考虑再考虑的话，结果虽然也有可能写成较为成熟、精粹的作品，但更有可能从此"胎死腹中"。为了迅速、广泛地反映我们社会各方面的生活面貌，提倡和发展散文创作，对繁荣文学事业的意义，也是用不着多说的。

写好散文，是写好其他许多体裁的文学作品的基础。不可能设想，一个写散文写得很糟糕的作者，能够把小说、诗歌写好。因此，初学写作首先从学习写好散文入手，我以为是一件值得赞许的事。如果文字基本功没有练好的话，就去写什么诗歌和长篇小说，我以为结果总是不大美妙的。这儿说写好散文是写好其它体裁文学作品的基础，丝毫没有降低散文地位的意味。任何一种体裁的文学作品，要写得精彩都是不容易的。把文学体裁分列高低，认为甲体裁比乙体裁伟大、高级的观念，是幼稚可笑的。事实上，我从前也曾经说过：由于各种各样的历史、社会原因，诗歌、散文、小说、戏剧各种文学形式，在某一历史时期都曾经一度高踞过"王座"。在中国，当小说、戏剧未曾抬头以前，诗歌、散文，都曾经分别是文学的"正宗"。事实上，各种文学体裁都各有它们的长处，互相配合发展，才可以真正促进文学事业的全面繁荣。厚此薄彼，重彼轻此的态度，对文学事业的全面繁荣是不利的。

中国是个散文传统异常深厚的国家，先秦时代，散文家往往同时也就是历史家、政论家，在许多什么什么"子"什么什么"集"中，就包含着古代的散文。到了后来，纯文学性的散文家才逐渐涌现，但是他们仍然常常兼为政论家和诗人。中国的古典散文，它的特色是短小精悍，生动活泼，内容丰富，形式优美，节奏和谐，寓意深远，以十分短小的篇幅而能够有如比丰富的内涵，这是很不简单的。试举几个例子：庄周的《庖丁解牛》，不足五百字。诸葛亮的《前出师表》，不足八百字。陶潜的《桃花源记》，不过四百字。刘禹锡的《陋室铭》，不足一百字。杜牧的《阿房宫赋》，不足七百字。苏轼的《前赤壁赋》，不足一千字。刘基的《卖柑者言》，不足五百字。龚自珍的《病梅馆记》，不足八百字。这里举的可以说都是许多人都读过的"千古名篇"，几百字的文章就世代为人们所传诵。可见："文不在长，精练则名"。历史上有人写了百几十万字的东西而后人茫然不知，但是也有些人，留下一首精彩的小诗，一篇精辟的散文，就长期为人们所熟悉。此中道理，很值得一切从事写作的人深思。

五四新文学运动以后，散文的发展，获得了可喜的成绩。由于鲁迅的巍然崛起，更使散文的创作，大放光彩。六十多年来，优秀散文的积累，是相当深厚的。这反映在各个历史阶段的散文选集中，它为我们提供了十分丰富的精神营养。

我们当前的散文创作，不仅继承了古典的、现代的散文创作的优秀传统，也还受到西方的 essay（随笔）的影响。外国的出色的散文作家，像欧文、吉辛、屠格涅夫、高尔基、泰戈尔等这方面的作品，也给了我们相当的影响。虽然对于外国散文的介绍，比较起小说来，显得要薄弱一些。今后，我们是仍得向这方面继续摄取一些养料的。学习的方法是"中外古今法"，是"拿来主义"，多借鉴，多吸收，总是能够丰富自己的经验的。

散文，一般写的是真人真事，它并不像小说那样，靠奇特的情节和典型化的人物来吸引人；又不像诗歌那样，靠高度的节奏声韵之美和强烈的诗的意境来感染人。好的散文，所以也能够具有艺术魅力，就靠它所选择来叙述的是精彩的材料，而又写得简练、深刻、优美、生动的缘故。作为文学作品的散文，文学的特征是丝毫不能削弱的。除了一定的思想性外，这些特征，就是必须有形象性，必须倾注作者的感情，讲究语言的精练、优美等等。如果这些要素被削弱了，散文创作的水平就难免降低。有一些不够好的散文，除了思想性不足外（思想性，不一定指的政治性，也还包括深刻地揭发事物的本质和复杂联系），往往就在于：这些文学要素在若干程度上被忽视了。

我因为出版过好几本散文集子，常有些读者向我探询创作散文的方法。我的经验，说起来是很简单的（虽然做起来，不见得很容易）。我每碰到一个有意义的题材，就把它记在心头，反复思考。如果这个材料很丰富，我就想：这样的事情在它同类的事情中是不是比较突出的？如果把它写出来，能不能够精彩动人？我能够把它发挥到什么程度？如果我掂量这一切，觉得写出来比较平凡的话，我就把它放弃了。如果我觉得写出来有把握达到一般水平以上（自己给自己打分，就算它七十五分吧），我才写它。如果一个材料来到心头，自己觉得还比较单薄，那就不忙于写，而是继续观察，继续思考，或者找到有关这件事情的书籍来读，增加知识积累。到了一旦"豁然开朗"，也就是"心有灵犀一点通"的时候，这才动笔。在写的时候，设置一些比较精彩的段落，穿插若干比较精警的语言，都是很必需的。

我要说，原来的知识积累，固然是重要的；而多阅读，多接触群众，多和人交谈，多观察，多思考，也都是重要的。这一切条件互相配合起来，才可以不断摄取题材和把它酝酿成熟。自然，最后的，也可以说是最艰难的工序是着笔写它。如果一切条件都成熟了，在写作时漫不经心的话，仍然有可能写出不够好以至很差的作品。

写完后的再三阅读修改，也是很重要的。无论是国外或国内，都有许多出色作家非常重视这最后的一道工序。形象的精确表现，文字的微妙之处，音节的抑扬动听，往往是经过最后的朗声阅读和再三修饰，才能够充分完成的。鲁迅、老舍等先辈，谈到写作经验时都很郑重地提到这一点。

我认为，无论做任何事情，认真对待，困难可以变成容易；马马虎虎，容易也可以变成困难。即使写一篇小文章，也是这样。

如果在自己的观念上，能够认识：写好散文有助于写好其它各种体裁的文学作品，运用这种体裁，可以生动活泼和轻快适意地表现事物，历代都有人经过艰苦的努力，把它写得异常精练优美，我们也应该努力掌握它的特点，把它写好。这样，就容易写得好些了。如果在思想上，认为"小文章，不值得花大气力"，马马虎虎，敷衍了事，那么，小文章，也是不容易对付和写得精彩的。所以，我首先得奉劝有志于提高自己写作水平的人，先过好遇事认真对待这一关，才谈得上其它。

文学界的朋友们，很多都有这样的切身体会：当创作达到一定水平以后，就往往停步不前了。有人把这种现象叫做"结壳"，人们"结壳"以后，长期都是老样子，甚至经过二三十年，都仍然是那副老模样。这种情形是很可怕的。要打破这个"壳"，就得从不自满开始，经常找寻自己的不足之处。"日进不已"才行。有些运动员，为了要使自己的手脚动作迅速一些，常常把重物缚在腕上腿上，然后，加大运动量；艰苦锻炼之后，才能够使自己的手脚动作加快那么一丁点儿。但是这一点儿进步，作用却是很大的。这种情形，给予我们各行各业的人，对于如何把自己的水平提高一步，以很好的启示。这就是：要提高，就得不自满，不断付出艰苦的劳动才行。

博采众长，是提高一个人本领的重要法门。从散文方面来说，多找些历代、中外的优秀散文来看，多找些现代的优秀散文来看，广泛学习各家的长处，很有必要。这些年来，北京的人民文学出版社、中国青年出版社，天津的百花文艺出版社等，都出版了不少现代散文选集，对这些精粹之作广泛浏览一下，兼收并蓄，弃短扬长，是很有好处的。例如从新中国成立三十年来的散文中选拔出来的三大卷《散文特写选》(人民文学出版社出版)，其中精彩之作就很多。一个人如能养成广泛采纳人家长处的学习态度，必然会终生受益。

　　思想、生活、技巧（主要是语言艺术），是创作的三大要素。要提高创作水平，包括提高散文的写作水平，一个作者一定得不断提高这三方面的素养。三者水平都提高了，而又彼此结合得很好，创作能力自然可以增进。因此，提高自己的哲学、政治思想水平，经常深入生活，经常接触名著和各方面的学识，也不断提高艺术素养，深思熟虑，努力创新，都是很重要的。我常常见到有些人只注意这几项中的一项，而忽视其他方面。这种"以偏概全"的学习方法是不利于真正的提高的。有些很努力读书和写作的人，也常常无法打破自己的"结壳"现象，我想：原因大抵就在这儿。

　　创作之前，选择素材，是事关重要的。有了好的材料，加以发挥，鞭辟入里，就可以成为动人的作品。不是抓到任何题材都写，而是选择最有意义的题材来动笔，作品就比较具有吸引力了。谁都知道笋尖、菜心比笋头，菜梗好吃，那么，为什么不在作品——精神食品的选材上，也注意到这一点呢？

　　一篇作品，思想深刻与否，和它的动人程度关系极大，徒有文辞之美，而思想平庸之作，是不会受到读者广泛欢迎的。鲁迅卓越于他同时代的所有作家，与其说是在文辞方面，毋宁说尤其在思想感情方面。这事情同样给予我们以启发。一个题材来到面前，我们不妨自问："我能够把它发挥到什么程度呢？我能够说出什么新颖和深刻的道理来吗？这个思想在整个共产主义思想体系中是否占有它的一席之地？"

　　文学是语言艺术，任何体裁的作品都要讲究语言。但是，散文和诗歌，比较起小说、文学评论来，语言文字的要求更加严格，文笔本身就得很有艺术魅力才好。即使是叙述平常事物，也应当使人感到亲切有味，在节骨眼之处，自然就格外需要撼人力量了。一首二三十个字的小诗，有时可以让人品味无穷。此中奥妙，不可不问个究竟。语言艺术的运用，是一门博大深邃的学问。对这方面认真对待，不惮辛劳的人，才有可能写出行云流水一样、潇洒自如、千锤百炼而又不露斧凿痕迹的书面语言。

在散文中，作者敢于大胆流露自己的思想感情，敢于表现自己独特的语言风格，也是至关重要的。因为，这样做了，就能增强文章的个性，好的作品，除了共性外，总是有它强烈的个性的。

在表现手法上，不要老是陈陈相因，设法创新，大胆突破，也是提高作品水平的一个门道。

在这篇文章里，我就本着自己的一点微小经验，拉杂提出这些，供青年读者们参考吧！看看沿着这条路子走，是否可以把散文的写作水平提高一步。

杂文的生命与性格 *

　　这本集子，是我从自己四十多年来所写的几百篇杂文中，选编出来的。不管我的水平如何，也不管我会活多久，都可以视为我毕生所写杂文的代表作。

　　我是从写作杂文开始跨进文学领域的，因而刊行这么一本书，和出版一般的散文集子不一样，颇有总结过去，瞻望未来的意义，着实"别有一番滋味在心头"。

　　杂文是文学家族中，和理论、学术靠得最近的一员。假如说，"文学家族的成员"，每个都住一间屋子的话，和理论、学术毗邻居住的就是杂文。有些杂文，简直可以作为文学性的理论、学术小品来看待。它的生命力不会同于菌薹蟪蛄，仿佛生机蓬勃，一转眼就归于消亡。认真读书的人，大概是可以从这本书中看到历史的影子，听到人民的呼声的吧，大概也可以从这本书中，摄取一些什么营养，接受一些什么教训吧。

　　"文笔贾祸"的事情，不但旧时代有，新时代也有。因为新时代是从旧时代变革而来的，它残存着旧时代的遗风余习。天地之间，"一刀切"的事情极少极少。事物往往彼中有此，此中有彼。彼彼此此，犬牙交错。问题是哪一方面占支配地位，就决定了一个时代或一件事情的属性罢了。文章可以贾祸，杂文尤其容易闹出乱子。为什么？因为"杂文"的性格有点像三国的许褚和祢衡，或赤膊上阵，或击鼓骂曹，这都是最惹一些人的憎恨的。得罪了基本上还比较正派的人犹自可，得罪了有权有势的卑劣小人，

---

　　* 写于1985年，为《秦牧杂文集》序言，1997年5月11日刊载于香港《文汇报》。本文选自《秦牧全集》（增订版）第11卷，广东教育出版社2007年版，第291—295页。

他们就会咬牙切齿，给你小鞋子穿，或者"怒从心头起，恶向胆边生"，索性向你"踏上一只脚，要你万世不得翻身"，甚至亮出刀子，取你性命。我想起同时代许多杂文作者，差不多有一半已经去世，有些还死得相当悲惨；存活着的，有好些也是饱经沧桑，历尽劫难，就不禁有一种慨然之感。杂文家的生活历程，大抵是坎坷的。情形如此，而写杂文的人仍然前仆后继，生生不息，原因无他，"石在，火是不灭的"。这个道理在起作用而已。从这一点看，每一个时代，是总会有一些可读的杂文的。

以上说的，只是泛论而已，这并不意味着我的杂文写得怎样到家。我从写作杂文开始，跨进文学领域，完全是因为抗战时期，国民党统治的腐败，越来越严重地暴露出来，内忧外患，使人心焦如焚，骨鲠在喉，不吐不快。现在的读者看来，写作这样的文章，仿佛稀松平常，实际上，当时从事这类创作，却是常常得冒点风险，以至可能坠入苦难和死亡的深渊的。我不敢说这些文章写得很好，但是，我们曾经为写这些文章而艰苦斗争过，曾经因此而冒险犯难。在这儿提上一笔，我却认为是合情合理的。

对于杂文这种文学体裁，我一向认为内涵应该丰富些才好。大凡一样东西，发展起来，它就会出现五花八门的形式。景德镇的瓷器是多种多样的，宜兴茶壶是多种多样的。海滨城市的酒家会烹调"全鱼席"，云南山区的菜馆会烧出"全菇席"，就是一个例证。杂文，可以有议论性杂文，也可以有记事性杂文、"故事新编"式的杂文，还可以有寓言形式的杂文。可以三言两语，也可以洋洋数千言（我这个说法可能和时下某些人的观念互相抵触，他们认为杂文只应该是千字短文，并且限于是议论性短文。这没关系，各抒己见，各行其是好了）。鲁迅的多姿多彩的杂文就给了我们这样的启发，我也是本着这样的观点来写作杂文的。惟其如此，我写的杂文是杂而又杂，包括各种各样的形式和林林总总的内容。本书收集的近百篇杂文，我把它分成四辑和一个附录。前面四辑的作品都是解放后写的。它们有讴歌英雄、赞美新风的；也有鞭笞丑类、抨击陋习的；有的是国外记闻；有的是博物小品；还有些是艺林谈趣、事理索微；有些是漫谈杂记、生活偶感。更有一些是历史小品、故事新编（这是更多地以形象来表现的颇像小说的杂文）。我认为：杂文如果内容不杂，不能给人以多姿多彩，火星迸射似的感受，就没啥味道了。这几辑文章，不以写作日期的先后为序，而是大体按照性质排列。因为如果以日期为序，同类性质的作品就不能编在一起，看起来反而有些零乱了。好在每篇作品的后面大抵注上执笔年月，读者们顺便瞧瞧，就会明白它们创作的时间和背景。

这些杂文的写作时间出现了许多"断层"。这是因为：长期以来，特别是我在六十岁以前，专事写作的时间很少，大抵是在岗位工作之暇，偶然写上一点，忙碌时就随时搁笔，或者忙于写作其他体裁的作品，杂文也就少写或不写了。

至于从 1966 年到 1976 年，十年之间，我完全没有写过什么文学作品，断层特别大，那原因是国人皆知，犯不着解释的了。

我把解放前的作品，编在第七辑"附录"一栏里面，这倒不是"悔其少作"，不想把青年时代（那时我只有二十几岁）的作品端出来让人品评。每个人都有穿开裆裤的生活年代，都有比较轻浮（但是也可以说比较更有锐气）的年代，犯不着去掩盖它。所以这样编法，一是因为解放前的作品，我现在能够搜集到的很少很少，和解放后所写的，可以说不成比例（那时候总是随写随丢，并没有剪贴下来出版集子的打算）。二是解放前有些文章，谈的事情在今天看来是骇人听闻的（"十年动乱"期间听起来也许比较好理解一些），例如谈吃人肉一类的文章，和解放后的作品编在一起，不是太不调和吗？那时候写的历史小品和故事新编，大抵是运用曲笔，有所讽喻，对于那段历史时期的政治社会状况了解不多的年轻人，看了也会感到莫明其妙。把它们编在一起，在体例上比较妥善些。"附录"中唯一写于解放后的文章是历史小品《深夜，在绞刑架下》，为了让它和同类体裁的作品排在一起，就硬着头皮采取这样的编排方式了。

在序言中，我得向读者交代的就是这么一些事情。

中国现代散文创作的风貌 [*]

一

　　不论是东方还是西方，文学都包含着一个"家族"，或者说，"文学树"上都有许多枝丫也无不可。这个"家族"中的成员有诗歌、散文、小说、戏剧等。如果再分得细些，那名堂就更多了。

　　"散文"的含义，也和其它好些事物的含义一样，有广义、狭义之分。最广义的散文，那就是和"韵文"并立的两大主体之一。法国戏剧家莫里哀，在他的喜剧《醉心贵族的小市民》中，写一个哲学教师向一个叫做茹尔丹的人说："凡不是散文的东西就是韵文，凡不是韵文的东西就是散文。"茹尔丹问道："那么我们说话，又算是什么文呢？"哲学教师回答说："散文哪！"茹尔丹恍然大悟说："我原来说了四十多年的散文，自己还一点不知道呢！"莫里哀在这里是以谐趣之辞谈论文体，但是实际上他借哲学教师之口阐述的原本就是客观真理。的的确确，不是韵文就是散文，不是散文就是韵文。因此郁达夫说过："中国古来的文章，一向就以散文为主要的立体，韵文系感情满溢时之偶一发挥，不可多得，不能强求的东西。"郁达夫在这里讲的韵文是极其锤炼精粹的诗歌，其实，韵文也可以写作叙事的长歌，以至成为卷帙浩繁的弹词唱本的。

　　这样说来，散文的内容不是广泛异常，连论文、小说之类都包括在内

---

　　* 1985年元月，秦牧应邀参加新加坡第二届国际华文文艺营，任新加坡《联合早报》主办的"第二届金狮奖"散文组评审员。本文是1月9日在阿波罗酒店作主题演讲的讲稿全文，刊载于1月19日新加坡《联合早报》。本文选自《秦牧全集》（增订版）第11卷，广东教育出版社2007年版，第153—163页。

吗？是的，从最广义来说，它的确如此。但是比较狭义的散文，范围就要小一些，在近代的中国，散文是专指文学领城中和诗歌、小说、戏剧并列的一种文体，它包括杂文、抒情小品、随笔、特写、游记、报告等等。而最狭义的散文，则又把议论色事比较浓厚的杂文排除在外，而专指刚才说的抒情小品、随笔、报告等作品了。

这儿要讲的散文，是含义不太广泛也不太狭窄的那一种，即文学范围中诗歌、小说、戏剧以外的一切杂文、抒情小品、随笔、报告等等。因为世间事物很多都存在"交叉状态"，要把议论性较多的杂文，和小品随笔之类完全分开是很不容易的。杂文，有时也可以有许多形象的描绘；小品随笔之类，有时也可以夹杂好些议论。这类作品所以都可以算是"文学家族"的成员，原因就在于它们都具有文学特征：形象性、感情性，以及一定的文采。试对优秀的杂文和抒情散文分析一下，它们不是都多少具有这样的特征吗？

这类作品所根据的，一般和小说、戏剧的虚构情节（自然，这类作品也有一小部分是写实的）不同，它们一般都是根据事实，加以描绘、分析和发挥。"写事实，不虚构"可以说是散文的又一特征。

我们现在讲的这一种散文，在中国是源远流长、传统深厚的。在中国文学史上，诗歌、散文、戏剧、小说，像四大词流流贯在中国的土地上一样，流贯于中国文学史上。如果穷本溯源来说，戏剧、小说还可以说是在诗歌、散文的园地里衍生出来的。因为诗歌、散文出现在中国文学史上，比戏剧和小说要早。最初的略具雏形的小说是寓言杂记之类，它们常常夹杂在散文论著之中，到了后来，才独立发展发扬光大。古代的诗歌逐渐发展，于是而有词有曲。戏曲在这个基础上，才逐渐应运而生。

中国先秦时代的许多论著，都是精彩的散文。《青春》《论语》《孟子》《庄子》《韩非子》《左传》《战国策》等等就是例子。像《庄子》中的《庖丁解牛》,《左传》中的《曹刿论战》等,写得绘声绘影,生气勃勃,都是很精彩的散文。中国古代散文有一个特点,就是它是和论著、史书共生并存的。到了汉代以至于魏晋,散文一步步地发展,司马迁的《史记》,诸葛亮的《出师表》,刘义庆的《世说新语》,陶潜的《桃花源记》,郦道元的《水经注》等等,都是很有文学色彩的散文珍品,虽然它们有些也同时是政论和学术著作。

六朝时代讲究骈俪文,形式主义、苛刻的格律束缚了许多人的才智,需要"自由自在,不受拘束"地抒写的散文一时趋于低潮。但是到了唐代,"文起八代之衰"的韩愈等人倡导的"古文运动",实际上也就是反对形式主义,提倡把文章写得生动活泼的当时的新文学运动。唐宋时期,散文盛极一时,散文家风起云涌,人才辈出。人们常说的唐宋八大家:韩愈、柳宗元、欧阳修、苏洵、苏轼、苏辙、王安石、曾巩八人,实际上是大量散文家的代表人物。后世关于古代散文的选本,唐代散文是经常占着个巨大的比例的。

元、明、清时代,相对来说,散文的兴盛程度远不及唐宋,因此有人认为这是一个低潮期。因为这六七百年间戏曲、小说大大兴起了。文网甚密,禁锢很多,罗织人罪的文字狱的不断出现,使大量的人对于自由抒写生动活泼的散文望而却步,转而去从事虚构性的戏剧小说,以至于钻入故纸堆里搞经史训诂之学去了。但是,所谓低潮,不过是相对而言罢了。在一个散文基础深厚的国度,这数百年间它仍然有一定的成绩,许多笔记体的专集不断涌现。归有光、童君道、方苞、姚鼐、龚自珍等较出色的散文家都写下了不少具有相当特色的散文,也都给后世以一定的影响。

上面提到的这些事情,自然不足以概括中国散文发展的面貌,但是,却可以借此说明一点:中国是散文传统异常深厚的国家。有没有一个深厚的传统,对于后世的影响是很重大的。中国历代的散文家,许多都是身兼学者、诗人，而同时又致力于散文创作。他们不把写短小文章，当做"雕虫小技，壮夫不为"，而是在写璀璨诗篇或学术巨著之余，也极其认真地撰写短小精粹之作，像唐宋八大家中的韩愈、柳宗元、欧阳修、苏轼等人就常倾注心血，简练地写几百字的散文。它们的短小、精悍、精辟、生动，常常成为历代传诵不衰的典范之作。

散文传统深厚了，人们就可以从先代散文佳作中汲取丰富营养，在广泛取材，深刻发撰，运用多种手法，擅长语言运用等等方面得到借鉴。"五四"以来中国的散文艺术所以获得光辉的成就，和中国具有十分深厚的散文传统，关系是很密切的。

二

到了现代，"五四"运动之后，新思想的传播，文学的改革，白话文的兴起，为文学艺术，其中也包括散文艺术的发展，开拓了广阔的道路。

尽管辛亥革命、"五四"运动之后，军阀混战和封建专制统治持续了三十多年的时间，但是帝制推翻了，即使在大军阀的统治之下，人民大众反封建、争民主争自由的斗争，也一天都没有停息过，在军阀矛盾的夹缝里，在租界的特殊环境里，总有一些有利的条件可以运用，所以，中国的文学艺术，特别是在二十年代以后，是有不少的发展的。

散文被人称为"文学的轻骑队"，它形式多种多样，作为表现手段，具有高度的灵活性。它不像小说、戏剧那样，必须经过较长时间的酝酿，往往得之于心即可以迅速抒写成篇。大量的报纸刊物都需要它，丰富的社会生活，外忧内患的煎迫，但使许多人要抒写积愤，或反映各种生活风貌，这些条件都促进了散文的发展。因此，鲁迅曾经评价说，"五四"以来"散文小品的成功，几乎在小说、戏曲和诗歌之上"。鲁迅的一生，在文学创作上主要就是致力于写作广义的散文（其中主要是杂文），他一生写了六百多篇散文。鲁迅的巍然崛起，为散文的成就开辟了一个新的纪元，它不但震动一时，对后世的影响也是十分深远的。这使得散文既有古老的传统，又开创了现代的传统。

和鲁迅大体同一时期的郭沫若、茅盾、巴金、冰心、朱自清、夏衍、叶圣陶、郑振铎、王统照、老舍、沈从文、许地山等人都写了大量的散文。众多具有代表性作家的涌现，说明了散文创作的兴盛。其中有些人是在写作其他体裁文学作品的同时也涉猎散文的，而有些人则完全以写作散文为主。个别人在散文创作的数量上还超过了鲁迅，例如巴金就是。到了八十年代，他出的散文集子超过了二十本。

新中国建立以后，对于"五四"以后到一九四九年的散文创作概括地称为"现代散文"，以区别于一九四九年以后至今的"当代散文"。上面提到的作家群，有一定的代表性，但是却不能以他们概括全貌。这些年来，中国出版了好些现代散文作家（指从"五四"时期以至新中国建国前夕这一时期）的选集、专集和有关对他们的评论。有些批评家把他们归纳为"散文六十家"，有些选家对这段时期的作品选一百篇、八十篇作为代表出版。人民出版社则已在出版鲁迅以外的十六家杂文专集。这些有代表性的散文家大体有好几十人，他们大抵都形成了自己的风格，而具有自己的风格，正是作家们达到成熟境界的标志。这个时期的好些散文，直到现在还被选进了大、中学校的语文课本。

但是，严格来说，这样一串名字是远不足以代表中国散文作家队伍的概貌的。经常发表散文作品的作家，比这张名单，要大许许多多倍。而且，就是非文学类的杂志，许多描述海洋、大漠、边城、森林、航空、探险生活的报告，作者们其实也都是用的散文体裁。许多不怎样为人熟知的散文新秀，运用这种文学形式，驾驭这一文学轻骑反映了生活的各种风貌。唯其散文是这样一种轻便灵活的表现形式："举凡国际国内的大事，社会家庭的细致，掀天之浪，一物之微，自己的一段经历，一丝感触，一屋冥想，往日的凄惶，今朝的欢快，都可以事于纸上，贡献读者。"（周立波语）因此，在生活样貌复杂多样的日子里，它就有了大可驰骋的辽阔的原野。

三

从一九四九年到现在的三十五年间，由于社会的变化人们在生活的激流中感受多了，执笔写作的人大大增加了，散文创作的繁荣程度，又远远超过以往的几十年。

在建国三十周年的时候，中国社会科学院文学研究所当代文学研究室编了《散文特写选》三大卷交人民文学出版社刊行作为纪念。从这部约莫一百六十万字，选拔一百七十家的二百四十篇作品汇编而成的选集中，展示了三十年来（应除去"动乱的十年"）中国散文成就的概貌。

总而言之，就是在作者队伍、出版书刊规模，笔触所及的范围，各种风格的形成以及表现手法的多样化上，都有了进步的发展。除了三十年代、四十年代的老散文家继续作出贡献（特别是茅盾、巴金、冰心、夏衍、萧乾等人）外，又有一批有影响的散文家陆续涌现，他们有些人是在四十年代已经跨进文学领域，逐渐发扬了风格，有些人则是在建国后才成长起来的。大体来说：杨朔、刘白羽、秦牧、魏巍、吴伯箫、徐迟、孙犁、曹靖华、邓拓、峻青、袁鹰、碧野、陈残云、魏钢焰、何为、郭风等，就是经常为人们提起的一系列散文作家。他们中有几位已经去世了，但是绝大多数仍然健在，不断在散文创作上放出异彩。

一九八四年中国大概出版了三万种书籍，三千四百多种杂志。中国书籍的印行量已经跃居世界首位（虽然书籍种数仍排在若干国家后面）。这里面，文学类书刊占了一个相当可观的比重。就是在非文学类书刊中，用散文笔调、散文体裁写的报告、速写所占的比重也越来越大。因为各方面的作者都日益认识到文笔的艺术魅力是必须讲求的。

这个时期比较以前二十多年间的成就是大大超过了。

它表现在这么一些方面：

从散文作者来说，除了上面提到的一系列散文作家，不少人继续写出了更多新作外，新时期又陆续涌现了好些受到瞩目的散文作家，如黄宗英、贾平凹、刘再复、赵丽君等人就是。而大量散文作家，又各各把他们的思想触手伸向更广阔的领域。例如有人专为科学家立传，有人致力写专题的报告文学，有人写文艺色彩很浓厚的科学小品，有人专写散文诗或杂文等。

从出版物来说，过去虽然中央和各省的出版社每年都出版若干散文集子，但是散文一般都发表在综合性文学杂志上，专门刊登散文的杂志可以说没有。近几年来，专门的散文杂志日渐增加，现在，为大家所熟知的，天津有《散文》月刊，广州有《随笔》杂志，郑州有《散文选刊》（专门挑选全国各地杂志的优秀散文集中刊登的刊物），石家庄有《杂文报》等，这些刊物的陆续涌现和坚持出版，可以视为散文创作日趋繁荣的报春之花。自然，其他一般文学杂志经常刊登散文的方针是丝毫不因这些杂志的出现而受到影响的。

从文学社团的纷纷涌现来说，也可以作为一个侧面的印证。在全国性的作协之下，现在又出现许多专门研讨某种文学体裁的全国性和地方性的文学组织。像全国性的散文学会，报告文学学会，散文诗学会，杂文学会等。这些学会的出现，是对散文的研究和写作继续向纵深发展的一个标志。

从高等学校当代文学教学中，散文占了相当的比重，也可以印证它的日益受到重视。"十年动乱"结束以来，中国各高等学校对当代文学的研究，逐渐掀开了新页，它大大扩张了研究领域，当代散文作家大概有十人左右的作品被作为教材，若干高等学校还陆续编写出版了《中国当代文学教材》。

过去，报刊征文一般以小说居多，近年来，征文和评奖渐渐及于散文，出版社还在陆续编选出版全国大、中学生的散文选集，以扶持新秀……

从这各个方面看来，散文创作正在进入一个日益繁荣的境界。

自然，持另一种看法的人也是有的。他们认为散文现在并不怎样繁荣，他们所根据的理由大体是：散文的发展还没有受到高度的重视。散文集子的印数一般都不及小说。全国性的文学评奖也常常漏掉散文。青年散文家涌现不多。相当一部分散文有形式主义，着重文字的绮丽，缺乏思想深度和生活气息的倾向，至于散文的评论也并不怎样热烈等等。

自然，见仁见智，人们尽可各抒己见。

这部分人谈及的状况，在若干程度上也的确存在的。

我个人并不同意这种看法。因为：对任何事情，都必须看整体，看主流，并且作个比较，才有利于判断，较之以前来说，从整体、主流看来，散文是大大发展了的。上面提到的几个事例，就透露了个中讯息。

把文学体裁分列高低是一种传统恶习，自然这种偏见现在并非金元市场。事实上，各种文学体裁各有自己的功能，谁也代替不了谁。历史上，各种文学体裁，诗歌、散文、戏剧、小说，都曾经高踞首席宝座。兴起时代较晚的小说，由于它的着重描写人物和结构故事，总的来说赢得了较多的读者。但是文学体裁各有长短，如果谈到迅速反映事物和抒写作者个性，小说又不及散文那么方便了。有些散文类似绘画上的速写，初学写作者比较容易掌握它，但是并非可以据此说明散文是低级形式的东西。正像诗歌，任何原始民族都会哼一哼它，但它可以是"原始"的，也可以是非常高级的精神产品。散文的情况也是一样。写一篇千把字的散文自然比写一部中篇、长篇小说容易，但是如果以同样篇幅而论，写一千字的散文却常常比写同样字数的中长篇小说片段要难得多，而且文字上的精练要求更高。因此，少数人的偏见是并不影响散文客观上的重要地位和成就的，应该说每一种文学形式都有"各擅胜场"之处。

散文集子一般的印行量不及小说，但又高于理论、戏剧和诗歌，我们不应该据此给它们妄定甲乙丙丁的席次。而且，作为集子来说，散文的发行量虽然小于小说，但是从任何发行一百以至几百万份的报纸杂志，散文都可以在上面占有地盘这一点来看，它的读者量又可能大于小说的读者量了。

因为散文作家需要有丰富的知识和娴熟的笔墨，因此，这个领域青年作家为数较少。有一部分思想水平和生活知识不足的作者着意于寻章觅句，雕琢文辞，产生了形式主义的倾向。相当部分评论家对散文的成就也注意不足。这些情形都是存在的。但是，并不足以影响蓬勃发展中的散文赢得它应有的评价。

生活丰富多彩的时代需要多种多样、五光十色的散文来反映它。"叱咤风云的，剖析事理的，讴歌赞美的，谈笑风生的，给人以思想启发和美感陶冶的。"我们都需要。而现在，在这个散文传统深厚的国家里，散文也真正在这样发展了。但是怎样使它更"深化"，更丰富，更多彩，仍是摆在散文作家们面前的课题。因为：任何领域事物的发展，都是永无止境，永无穷期的。而广大读者的要求，也总是在不断提高之中。生活的广度，思想的深度，艺术的强度，都要求人们不断突破和有所创新。这一点，是肯定不疑的。

海内外文学交流的盛举 *

——谈港台、海外华文文学评奖

《四海》编委会决定开展港台、海外华文文学的评奖活动了，办法已经公布，它引起了海内外的瞩目。这是一项盛举，它为世界华文文学大规模的交流开了先河，影响势将及于广阔的地域和遥远的未来。

出自各种各样的历史和社会原因，主要是由于旧中国曾经受到列强的侵凌，使华人足迹遍及全世界，其中有许多人已经取得了不同的国籍，成为各国的公民。随着这种状况的出现，华文文学活动也已经成为一种世界性的文化现象。换句话说，以汉族语文写作和出版文学作品的，已经不限于中国大陆、台湾和港澳的作者了；各国的华文作品反映了各国的丰富生活，并不仅限于寻根活动、怀念故园一类的内容而已。

华文文学已经像英语文学、法语文学、西班牙语文学、阿拉伯语文学等一样，各自在世界上形成了一个体系，它的通行范围，早已超越了国界，成为世界各地华族人士不需经过翻译就可以直接阅读的本国或外域的文学了。

表现内容多彩多姿，五花八门，题材各有不同，这是各国华文文学的"异"的一面。但是尽管如此，世界华文文学仍然有它"同"的一面。不仅它们都采用汉语写作，有一种共同的语文色彩，而且，由于执笔者都是我们习惯上所说的"炎黄子孙""龙的传人"，他们的作品里自然而然地闪耀着民族的共同传统。民族传统是一种很微妙的东西，它既可以体现在巨大

---

* 原载《人民日报》1988 年 11 月 8 日，本文选自《秦牧全集》（增订版）第 4 卷，广东教育出版社 2007 年版，第 459—463 页。

的方面，有时也可以体现在微小的事物之间，对端午、中秋之类节日的亲切感情，对长城、龙凤之类标志的深刻印象，固然是民族传统，有时它还可以潜藏在对一双筷子、一首唐诗、一句俗谚的反应之中。只有华族人士才能够迅速地了解它、感应它。民族传统相同，这使华族人士阅读各国华人所写的华文作品，有了一种驾轻就熟、息息相通的乐趣。

这种民族传统并没有被不同的国籍所隔断，美国有些老一辈的华人，要他们已经加入了美国籍的儿孙到中国寻根，并且特别要他们看一看家乡的水井，拍下纪念照片。泰国有些华人要他们加入了泰籍的孩子到中国来逛北京，登长城，并且嘱咐他们在长城上高呼一句话："我的祖先是中国人！"就都是一些令人深深感受到民族传统坚韧性的事情。

华文文学活动成为一种世界性的文化现象，各国不少人都注意到了。新加坡举办了好几届国际华文文艺营（它实际上是各个国家和地区华文作家的集会），日本、法国有些学者专门研究了各国的华文文学，就都是一些明显的事例。

我国自从实事求是地执行了改革和开放的政策以来，除了其他方面各项巨大的变化以外，还有一项，就是对台、港和海外华文文学日益重视，好些大学设立了这方面的课程，好些地方，像北京、上海、广州、深圳、厦门等地举行了有关这一课题的座谈会，邀请台、港以及海外各国的文学同行参加。国内专门登载这方面作品的杂志已有多种，出版社，特别是中国文联出版公司出版了大量此项内容的书籍。我自己曾经在深圳和厦门参加过讨论港、台和海外华文文学的座谈会，各方朋友济济一堂，用普通话亲切交谈，热闹融洽，几乎忘记了区域的不同和国界的差别，这种民族感情交流的场面，给我留下了深刻的印象。

面对着世界华文文学日益蓬勃发展的局面，人们禁不住会想："应该怎样使华文文学交流得更好呢？""在大批的这类作品中，究竟有哪些是最出色的呢？"人们有这样的意念是很自然的。那些出类拔萃、优秀超常的作品，应该推荐给世界各地的华文读者普遍阅读才好，因为这将可以让大家开拓视野，陶冶性情，提高精神境界，获得美的享受，它们难道不是华文读者共同的精神财富！但是要做到这一步，就应该有评奖活动。

大家知道，西班牙设有"塞万提斯奖"，奖励世界范围的西班牙语文学中的优秀之作，拉丁美洲各国，就常有作家获奖。美国、法国也有些文学奖，是授予本国以外的英语文学、法语文学的作家的。对世界华文文学，如果展开评奖活动，就可以加强交流规模，并且使精彩之作脱颖而出，更为世人所知。

这样的评奖活动，多年以前，就常有人谈论过。《四海》在发刊词中，也提到这种活动必有来临的一日。大家有这样的议论，应该说是十分自然、完全可以理解的事情。

评奖活动，由谁出头举办好呢？自然，各个国家和地区，热心的华族人士，都可以进行该项活动，但是，如果由世界华文文学的发祥地——中国来进行，岂不更加得心应手和顺理成章？现在好了，中国的《四海》丛刊编委会决定举办这项活动了。如果影响所及，各国和地区都有人起而响应，评奖活动之花随之到处盛开，促进全世界华文文学的发展交流，那是值得喝彩，而不需要眼红的美事。

这次的评奖活动，范围是《四海》丛刊以及中国文联出版公司《香港、台湾与海外华文文学丛书》所刊登、出版的作品（以及将要被刊登出版的作品），这在评奖初次举办的时候，是比较切实可行的办法。因为各地华文文学作品浩如烟海，总得划定相当的范围，方才有利于进行。上述丛刊和丛书，刊登、出版了一百几十位著名华人作家的优秀作品，作者面遍及中国台、港，东南亚及欧美各国，出书质量受到普遍的好评，产生了广泛的影响。这些作品具有较高的代表性，因而也就为评选活动提供了坚实的基础。

评奖分为中国台湾、中国港澳、东南亚和欧美、其他各国四组进行，每组各评出六名获奖作品，这样的办法照顾到各地创作发展的不平衡，避免顾此失彼，也是比较实际的办法。

评奖活动的锣鼓敲响起来了，愿各方人士给予有力的支持，愿华文文学有更大规模的交流！如果通过这类活动，不但使中国，也使世界各国涌现出更多的华文文学大师来，进一步提高华文文学的表达水平，丰富华文文学的宝库，进而使有些作品能够风靡世界，通过翻译，为世界其它语种的读者所共赏，那就更值得高兴了。

"敢为天下先"。我赞美这一项盛举！

谈黄药眠的两部长诗[*]

——关于《桂林的撤退》和《悼念》

　　文坛宿将，中国作协顾问黄药眠同志于一九八七年九月三日在北京逝世了。

　　黄药眠是一位对时间、人生、死亡、科学法则都认真思索过的长者。他在这方面讲过许多哲人式的格言警语，例如："唉，时间，我天天同你见面，但始终没有露出你的真实的面容。在我想象中，你大概是一个几千岁的健康老人吧！——不，你应该是几十亿岁的年轻人哟！""时间又是不可挽留的，如果它真的逗留下来那就太阳不出来了，河水不流了，海水不泛波涛了，要生的，生不下来；要死的，死不过去；要成长的，成长不出来；一切都僵死了。""从自然科学看来，死不过把我们从自然那里借来的财富还给自然罢了。"等等就是例子。这样的人物，当然是本着十分理智，非常冷静的态度来对待死亡的。早在几年之前，他就常常含笑地说："我是随时准备走路的，但是阎罗王不来找我，没有办法。"当他缠绵病榻的时候，竟平静地写了一封信和我"告别"，暗示他将不久于人世。这种方式的"告别"信，我生平还是第一遭收到。

　　然而，这样旷达的人物，又是有他对生活的十分执着的一面的。他在病榻上曾表示，他还有一些文章要写，写完后，就"可以走了"。在给我的信中，他这样写道："现在有件事想同你一商，花城出版社替我出版了《黄药眠自选集》……这本书，篇幅太大，恐怕你没有时间都看，现在我只想

---

　　*　原载《当代文坛报（广州）》1988 年第 1 期，本文选自《秦牧全集》(增订版)第 4 卷，广东教育出版社 2007 年版，第 474—483 页。

请你把卷首的两首长诗细说一下，写篇批评，文章不必长，也不必称赞得如何好，只求对书中的时代背景、诗的特点、它的长处和缺点略加指点就够了。"在最后的日子里，他对自己丰富的著作（散文、评论、诗歌、小说等等）特别记挂着《桂林的撤退》和《悼念》两部长诗，可见他自己是格外看重它们的。我当时读了，印象甚深。我复信答应写这么一篇文章。但因为杂事缠身，一直未曾动笔，如今药老已经谢世了，评介这两部长诗的文章更是非写不可，一来，藉以纪念药老；二来，是赞扬他的力作；三来，也是践诺。

在对黄药眠同志的告别会上，他被称为："我国著名的诗人、作家、文艺理论家、美学家、教育家和杰出的革命文化战士。"可以说，这些头衔，这位北师大的一级教授都当之无愧。但是作为药老最大的特色的，应该说是诗人。他率直、敏感、质朴、诚恳、联想丰富、感情洋溢，对于足以令人"一咏三叹"的事情总是萦回于心，不能自已。有"春蚕到死丝方尽，蜡炬成灰泪始干"那样的一种气质。他的夫人蔡彻说："药眠的灵魂里充满诗情。""少年时期的药眠就很喜欢诗。他说：'我心里有着爱，但爱什么？我又说不出来……原来我的灵魂里充满着唱不出的诗情！'"

药老年纪很轻的时候就爱诗写诗，他爱读屈原的《离骚》《九歌》，爱读唐诗。他从在广东高师念书的时候起，就读了拜伦、雪莱、济慈、乔叟、斯宾塞等大量的英文诗。"五四"以后，泰戈尔、冰心的诗，对他也有很大的影响。二十年代他在上海参加创造社活动的时候，就已经从英文诗选译了《春》和出版自己的白话诗选《黄花岗上》了。

《桂林的撤退》和《悼念》两部长诗，先后写于他的壮年时期（一九四六年）和老年时期（一九七七年至一九七九年）。前者是写抗战时期，日本侵略军队长驱直入，国民党军队溃退，桂林失守的事迹的。后者是写一九七六年周恩来同志逝世。举国悲怆，政治上彤云密布的情景的。这都是撼动人心的历史大事件。药老都没有在当时立刻命笔，而是蓄积心头，再三酝酿，然后才像岩浆突破地壳似的，喷涌而出，形成了壮阔的诗篇。

读优秀的诗作，特别是长诗，常有这样的感受，它像江河奔腾似的，浪花相接，壮丽多彩。总是令人感到：原来在这么一个题目之下，竟可以作这样多方面的发挥，奇峰迭起，令人再三咏诵。而许多的精彩的譬喻，由衷的心声，独特的想象，隽永的警语，又是这样的源源喷薄而出，组成一个和谐的整体，读后令人获得深刻的感受。药老的这两部长诗，就具有这样的特色。

一九四四年的"湘桂大撤退"，是国民党政府腐败的最彻底的暴露，日本侵略者从迅速侵占长沙开始，很快地进陷衡阳，并移军西向，侵占了桂林、柳州，它的先锋部队，甚至未遭抵抗地一直到了贵州南部的独山。"越打越肥"的官僚资本家，度着荒淫无耻的生活，他们所统率的军队，根本士无斗志，这个时期几乎谈不上什么抵抗。当国民党当局一把大火自己把长沙烧成焦土，使大量居民葬身火海，仓皇撤退之后，"大后方"的官方报纸竟大肆宣传："战局稳定，胜利具有信心"，"我们的重兵，已布置在衡山和湘水之间，准备围歼敌人。"有人还在那里高呼"镇定"，"不久即将反攻，第四次大捷的奇迹就要来临"。但是曾几何时，桂林就吃紧了，国民党的将军公开宣称"桂林是不能守了"。于是就开始了混乱的桂林、柳州大撤退，百万的难民队伍向西北移动，每个火车站都遗有死尸，苍蝇嗡嗡。一方面是兵痞流氓在聚赌，一方面是瘫痪的火车在喘气。军队的坦克也被用来做卖黑市车票的逃难工具。坦克晾着小孩的尿布屎裙，杂在人流之中，隆隆向西转进。"桂林大撤退"充分暴露了国民党政权的性质和面目，正是在这之后，"大后方"的民主运动蓬勃发展了，人们都普遍地感到：国民党政权是不可能也不应该长久存在下去了，于是政治的新局逐渐酝酿成形。荒诞离奇、悲惨万状的湘桂大撤退是应该在文学作品中有所反映的。黄药眠的这部一千多行的长诗《桂林的撤退》，应该在文学史中占有一席，人们读一读它，就可以重温那段令人难以想象的历史的真相了。

在卷首，药老宣称："我愿意自己变成一个巨大的竖琴，为千万人的悲苦而抒情。"接着他以二十九节的诗篇，从各个方面描绘了桂林撤退前前后后的情景。它首先写当年，作为抗战后方的一些人醉生梦死的生活："啊，/桂林，/谁还记起战争！/在大饭店的橱窗里，/宝玉色的瓷盘/盛着紫红的腌肉，/贵妇们的发饰，/彩蝶般随意地飘，/闪烁的珠光，/在肉汤的蒸汽上浮动……"

然后写长沙、衡阳失守后，湖南大批难民涌到广西的情景：

难民像潮水般涌到桂林。/有些是乘汽车来的，/有些是爬在火车顶上来的，/有些是跑路来的，/每个人的脸色，/都像纸一般黄，/在黄昏的薄光中，/踯躅在桂林人的屋檐下面。

以简练生动的诗笔，三下两下的，就完成了一幅幅生动的剪影，是这些叙事诗的精彩之处。例如他描绘装腔作势、实际上是决心一个劲儿向后跑的将军的神态，有那么一段：

将军说完，/就一百八十度打个转身，/将军的领上闪着金星，/将军的长靴发着亮，/将军的腰间佩着刀，/上面镌着"不是成功就是成仁"。/将军用安闲的步伐，/踏上流线型的汽车，/将军的面孔还是那样庄严……

在这一段中，一大串地描写"将军"威武庄严的神态，越发显示了丢弃国土，拼命逃跑的"将军"的猥琐和卑污。

湘桂大撤退时，火车的样子变得奇形怪状，从顶上到车厢下（人们在车下搁块横板藏身，火车启程时不少人都跌死和轧死了）一共堆叠着五层人体，为中外古今所仅见。诗人这样描绘道：

> 列车爬在地上不动，/ 每个车窗里都紧塞着 / 快要溢出来的人。/ 马桶和人头被堆叠在一起。/ 车顶上车肚下，/ 车厢和车厢的间隙，/ 也全都是人呀！/ 两只手，两只脚的人呀，/ 两只眼睛，一个头颅的人呀！

> 火车还没有开，/ 车皮上，/ 反射着焦灼的阳光。/ 汗变成了胶汁，/ 热气吹成了风。/ 堆在车站上的人 / 一个个都变成了热锅上的蚂蚁，/ 一个个都变成了 / 发着腥臭的动物。

曾经目击过那种情景的人们，对这样的描写，是会感到十分亲切和生动的。

湘桂溃败的时候，有若干愿意抗战的国民党将领，却没法找到兵源补充，兵到哪里去了呢？诗人这首长诗的后面指出："但是，真的没有兵吗？好多好多兵，还屯在渭河的平原上啊！他们闲着在捉虱子呢，他们闲着在挖耳朵呢，他们闲着在草地上晒太阳呢，他们在竖起红旗，做他们训练用的靶子呢……"揭发了严峻的事实，而又使用了辛辣讽刺的笔锋，这就增强了诗的撼人的力量。

在《桂林的撤退》的最后一章，诗人索性把章名题为《诅咒》，他用了一串长长的语句，以宣泄自己愤慨激昂的心情。

"对那些平时只会敲剥百姓出卖民族的'伟人'们，我们是永远记得的；对那些看着敌人进来而贪生怕死的将军们，我们是永远记得的；对那些剥削士兵、吞食空额的官佐们，我们是永远记得的；对那些打家劫舍在敌人面前只会逃跑的懦汉们，我们是永远记得的；对那些贪污腐化遇事仓皇的'官僚'们，我们是永远记得的；对那些敲诈人民，敲骨吸髓的酷吏们，我们是永远记得的；对那些囤积居奇垄断市场的富豪们，我们是永远记得的……"而以"让我们都记录在账上吧！总有一天，我们要和他们全都算清啊"作结。这些看似不加修饰，十分散文化的句子，在这里发挥了特殊的作用，抒发了一种愤慨激越的感情。算账的日子后来终于来临了，像百川汇海似的，它归结为党所领导的中国人民解放战争的胜利和中华人民共和国的建立。所以，尽管长诗《桂林的撤退》写的是一场大悲剧大惨剧，它的最后的格调却是昂扬的。

谈完了《桂林的撤退》，再来谈谈《悼念》。

《悼念》是在周恩来同志逝世之后，诗人缅怀悼念之作，如果说《桂林的撤退》的基调是控诉与诅咒，《悼念》则是讴歌与赞美。据药老的自叙，这首长诗是在一九七六年写的，但是起初充满了悲怆的情调，他写成之后，把诗搁在抽屉里，两年之后，拿出来重看，省悟到"总理是一个伟大的国际活动家，我怎能以我个人之蠡去窥测大海之大呢？我怎能以寒蛩的哀叹去吟咏巨大的逝世呢？我怎能以我个人的感伤的情调去怀念革命者的丰功伟绩呢"，于是决定重写。就是在事隔两年，重写千行长诗这件事情上头，也反映了诗人那种块垒在胸，不能自已的情怀。这首长诗参考了历史上国内外诗人的表现手法，调动了多种的艺术手段，气势磅礴，而又回肠九转。诗情有时像飞流直下，有时又像涧水迂回，读来令人激动和神驰，可以想见，诗人写这部长诗的时候，有时是噙着泪水的。

诗人在听到周恩来同志噩耗的时候，感到"我胸前好像突然受到了一击，心痛使我立刻躺倒"。以后，他写他参加了告别式：

　　环绕他的遗体，/移行着愁容满面的人群。/有些拄杖的老人老泪纵横，／有些老太太放声哀号。／我低头咽着悲泣，／但心胸里翻滚着波涛。

　　我从告别式的房间里出来，／全身都充满着过度激动的疲乏，／我茫茫然看着车轮东走西奔，／我不知道应朝哪个方向迈开我的步伐。／行人的脸孔好像都蒙着一重灰暗的云，／宏伟的建筑群也好像失去了颜色！／人人心中都有这样的疑问：／是什么命运在等待着我们的祖国？！

以几笔简练的句子立刻就把人带入一个预定的境界，并使人体味到强烈的诗情，这正是诗之所以为诗。这么一个题材要写成一千多行的长诗，又该怎样去驰骋想象，发挥感情呢？药老采用了笔墨向四面八方展开，夹叙夹议的手法。他从告别式写到送葬的行列，写到灵灰洒遍天涯的情景，追怀着总理毕生尽瘁革命的往事。南昌起义，上海起义，战斗，长征，西安事变，谈判，解放后的建设和斗争中周恩来同志的种种丰功伟绩，"四人帮"对总理的迫害，人民群众和总理水乳交融的感情等等，于是，非常辽阔的画面展开了。给人以一种上天入地，纵横驰骋的印象。

内容既丰富，手法又多种多样，这就使得这首长诗，虽然很长，但又给人以丰富多彩，并不觉得长的感受。例如，在一些段落之间，他还插入散文诗作为间隔，由于文字和诗情是彼此交融的，我们读来觉得像是浑然一体，也并不感到突兀。例如下面这一段，是穿插于《送葬的行列》篇章之中的，就是例子：

　　中国古代帝王，在他活着的时候，就抓了千千万万的劳动人民为他个人的"尊荣"搬砖运石，为他修筑陵寝。他生怕死了以后，有人知道他的残暴与无知，又下令要那些在他豢养下的文士，寻找最美丽的词句为他装饰丑恶。但死神还没有把他从卧榻上带走，他的虚假的声名就已开始发臭。

像这样的散文小段，由于它的强烈性，也充满了诗情。长诗中痛斥"四人帮"一伙无耻之徒的诗句，也使人想起了散文诗。

叙事、抒情、议论、想象……在这首长诗中互相交错，使人想起了溪水纳入江河，江河流向大海，浩浩荡荡，气象万千的情景。在长诗的后面，诗人这样写道：

> 啊，总理，/你一生转战在各个战场，/你的伟大的功勋和崇高的品质，/真是说也说不尽，/讲也讲不完。/如果我是荷马，/我一定要为你写出史诗万行。
>
> 在革命队伍中涌现出了多少英雄，/像是群山屏列迢递绵延，/而总理则是高峰中的一个高峰，/苍翠扑人/头顶白雪，/傲视苍天。

这首长诗写出了亿万人内心的感情，在悼念周恩来同志的长诗中，是有数的力作之一。

读这两首长诗，使我感到，诗真是最精练的文学，诗人低吟豪唱，耗尽了心血，用大量的时间写成的篇章，即使是千行之作，我们在一两个钟头之间就可以把它读完了。如果历史上一些重大事件，都有人用长诗来表现它，形成一个"诗库"，那么要在极短时间里淋漓尽致、曲折入微地理解那些事件，就不困难啦。药老在病榻上，在他的丰富的著作中特别惦念这两部长诗，决不是偶然的。

谨以此文，评介一下《桂林的撤退》和《悼念》两部长诗，并纪念黄药眠同志。

| 第三编 |

创作随谈

散文创作谈 *

因为自己经常动笔写点散文，出版过几本散文集子，就常常收到一些读者来信，提出各种问题："散文的界限怎样？""什么样的材料适宜于写成散文？""你们写作散文的经验是怎样的？""怎样才能把散文写得精彩些？"等等。

我很难一一答复每封来信，答复了也不一定能使读者满意，何况，有些问题，我也未必理解得透彻和掌握得准确；但因为常常收到这类信件，有时就想，概括谈谈也好。从"聊供参考"的角度看，谈得准不准并没多大关系，反正是只供参考罢了。

我是很少读"文学概论"那一类书籍的，即使从前这一类书籍充斥书肆时也是如此。一个词的定义，旁征博引，一写就是几万字那样的事情，太繁琐了。如果笼统划分，文学作品可以分成散文、韵文两大类，押韵的就是韵文，不押韵的就是散文。但是这样区分，那就不仅杂文、小品、随笔、札记，就连理论、小说、戏剧、寓言、童话，也都是散文了。这又未免太笼统啦。有人觉得这太广泛，就定得严格一些，只在文学作品的范围内区分，不属于小说、戏剧、诗歌、童话等范围，以描写真实事物为基础，抒发作者感情的那部分作品，才叫做散文。这样一来，报告、随笔、札记、杂文之类方在散文之列。还有些人又分得更严格些，把记事抒情性的作品算做散文，把偏重于说理的杂文（虽然它也具有形象、感情等文学特征）从散文里面再区分出去，这就分得更细了。

自然，粗粗细细，都只是大体的一个区别。文学体裁的区分决不像一

---

　　* 最早收入秦牧《长街灯语》（百花文艺出版社 1979 年版），本文选自《秦牧全集》（增订版）第 2 卷，广东教育出版社 2007 年版，第 244—254 页。

块木材和一块铁那么容易截然分别。世界上许许多多事物都存在着"交叉状态"，动物和植物之间有这种情形，陆生动物和水生动物之间有这种情形，文体也有这种情形。某些作品，你可以叫它小品文，叫它随笔，叫它杂文，叫它札记，极严格的界限是没有的。我想，对这一类事情，认识一个大体的界限也就可以了，犯不着去花费太多的气力。

但是，漫谈这些事情，也是有点用意的。我们可以把散文的范围定得宽些或者窄些，但是从比较狭义来说，散文无论如何是文学作品，文学作品就得有文学的特征。它是有别于一般的理论文章的，就是除了思想性，还必须有形象性，还必须倾注作者的感情，讲究语言的精练，等等。就是偏重于说理的杂文吧，也丝毫不能忽视这个特征。要不然，它就得从文学园地中消失掉了。

中国是一个散文传统深厚的国度。先秦诸子，在思想和文采上各逞雄长，庄周、荀况、李斯、韩非这些人不仅是思想家，也都是散文家，汉代的贾谊、司马迁、王充、诸葛亮等人，不仅是政治家或历史学者，也都是散文家。他们的文章富有形象的特征，"笔锋常带感情"。唐宋时候，散文就更加发扬光大、蔚为宏观了，因而有了什么"唐宋八大家"之类。这里的"家"，并不是指他们在诗歌方面的造诣，而是推崇他们在散文方面的成就。其后，诗歌一支，小说一支，散文一支，像三条大河，并排浩浩荡荡地奔流。什么"笔谈""笔记""文集"一类的集子，在文学库藏中具有重要的位置。稍后，剧作又脱颖而出。就像有四大江河流贯在中国大地上一样。这四道文学河流，也闪闪发光地流贯在中国文学史上。

在新文学运动史上，鲁迅巍然崛起，使散文的创作大放光芒。鲁迅毕生三百多万字的作品，除了二三十篇小说，若干诗歌和文学史著作外，其他的杂文、小品、随笔、序跋、书简等等压倒多数，都是散文。鲁迅使各个品种的散文，特别是像匕首、投枪一样的杂文发扬光大起来，放射出夺目的光彩。那影响的深远，可以说直通到现在和未来。

因此，中国是一个散文传统异常深厚的国家。客观实际也需要我们发展各式各样的散文创作，以满足多方面的需要。叱咤风云的，剖析事理的，讴歌赞美的，谈笑风生的，给人以思想启发和美感陶冶的，我们都需要。只要这些散文是有利于社会主义革命和建设，有利于人民革命事业的就好。我们需要革命功利主义，而这种革命功利主义，应该是广泛的而不是狭隘的。因此，在散文题材方面，应该高瞻远瞩，主次兼顾。不应该目光短小，画地为牢。

由于各种各样的历史、社会原因，诗歌、散文、小说、戏剧各种文学形式都曾经在某些时期一度高踞过"王座"。然而以我们今天的眼光看来，在文学领域里，这种"封王拜相"的把戏，常常使另一些文学形式受到冷落。写一部长篇小说自然比写一篇童话花的力气多，写一部多幕剧自然比写一首小诗吃力，然而却不能说坏的长篇小说比好的童话伟大，糟糕的多幕剧比一首精彩的小诗崇高。或者不以具体作品而以文学形式论，也不应该推许某一种文学形式比另一种文学形式高贵。在文学体裁的问题上，正确的态度也应该是"百花齐放"。实际上，谈到表现事物，每一种文学形式，都是各有长短的，有时可以说"寸有所长，尺有所短"。我们的确需要气势雄浑、时代长卷似的鸿篇巨制：长篇小说、剧本、叙事诗之类，同时，我们也十分迫切需要大量精彩的散文、小诗。散文因为比较短小，既能够敏捷地反映迅速变动的事物，又方便报纸刊物及时登载，因此，散文创作风气的浓厚与否，和我们社会各方面的风貌能否被充分地生动地反映到文学里面来，大有关系。散文的文风怎样，也一定会影响其他体裁的文学创作。

正因为这样，我们应该大力推进散文的创作活动。在一个散文传统如此深厚，社会主义革命和建设正在着着推进的国家，散文创作的风气自然应该是十分蓬勃才好。

　　文学创作离不开思想、生活知识、表现手段（主要是文学语言）这三者。一个作者，这几方面的造诣各各如何，是不是达到水乳交融的境界，决定了这个作者的创作水平。尼泊尔有一句谚语说："无论怎样大的烙饼也大不过烤饼的锅"。这本来谈的是生活常识，但是我们也很可以把它当作一句哲学格言和文学格言来看待。作为哲学格言者，任何人的才能，都要受他的时代的培养和限制。作为文学格言看，一个作者所写的作品，不管他怎样花尽气力，都得受他的思想、生活知识、语言技巧水平的限制。在这个意义上，"孙大圣跳不出如来佛掌心"。因此，不断提高这几方面的水平，对于一切文学工作者来说，都是重要的，不用说也包括了散文作者。要烙饼大一些，锅也得更大一些才行。

　　事物一般都有它的核心。原子有原子核，细胞有细胞核，地球有地核，太阳系的群星有太阳。这个核就是这大大小小事物的重心所在，吸引住它周围物质的中心。一个作品，几十万字也好，几百字也好，也总有它的"核"，这也就是它的主题，它的思想。思想是主心骨。如果没有这个主心骨，那个作品也就变得松松垮垮不知所云了。思想是统帅，是灵魂。没有正确的政治思想，就像没有灵魂一样。

　　每一篇散文，它的中心总在宣传一个什么思想。正面讴歌无产阶级英雄人物，讴歌共产主义，鞭挞反动腐朽事物的散文固然是这样，就是剖析一件事情的道理，描绘山川风物，帮助人开拓知识领域、重温辩证唯物主义思想，或者获得美的感受，情操的陶冶的那部分作品，又何曾不是这样。一篇小小的散文，自然不可能系统地宣传整个共产主义思想体系。然而要写得好，却必须在这个思想体系指导下来执笔。一篇好散文自然只能以某一个思想为主题，并不能够无所不包。然而这个思想，却必须在整个共产主义思想体系中找到它的位置才好。这样的作品才能够为革命起擂鼓助阵的作用，推动时代的前进，为人民所需要。散文虽"散"而不乱，全靠思想把那一切材料统一起来，用一根思想的线串起生活的珍珠，珍珠才不会遍地乱滚，这才成其为整齐的珠串。

因此，我们散文作者必须不断提高自己学习马克思列宁主义、毛泽东思想的水平，并且学习党的政策，坚决站在共产主义战士的立场、党的立场上，才能够有敏锐的眼光去发现一切应该歌颂或者必须鞭挞的事物，才能够有一具"思想的天平"去精确权衡一切事物的轻重。

作者思想水平的高低，认识事物是唯物的还是唯心的，是辩证的还是形而上学的，是精确的还是模糊的，他写作的时候，思想是炽热状态还是微温程度，在作品里是无所遁形的。它瞒不过具有慧眼的读者。一篇好的作品如果能使人产生强烈共鸣的话，那实际上也不过是一种先进的思想，由于通过生动的形象描绘，通过比较卓越的文学手段，使人从感性到理性，引起共鸣罢了。

有了思想的线，还必须有生活的珍珠，才成其为珠串。占有丰富的生活知识的材料，对一个散文作者是十分重要的；这样，对一个道理，发挥起来，才能够有丰富的材料加以体现。而接触一件新鲜的事物，也才能够引起丰富的联想。我们必须是深入生活斗争的战士式的文学工作者。广泛的直接知识，感性知识，不到生活实践中就不会知道。鲁迅譬喻过，从干荔枝的味道，是没法推想鲜荔枝的风味的。没有丰富的直接生活知识，就没法吸收摄取间接知识，"瞎子摸象"的故事就是一个很好的说明。同时，我们也应该知道，间接知识的广泛吸收，也有助于丰富和整理直接知识，使它条理化系统化，特别是概括力巨大的正确的理论，又能够对一切知识起一种"以简驭繁"，融会贯通，去粗存精，去伪存真，以及帮助记忆的作用，使得应用起来更加"左右逢源"和得心应手。

选材，对于写好一篇散文是十分重要的。大家都知道，笋尖比笋身好吃，菜心比菜梗好吃；厨房大师傅更是深知"此中三昧"。但是，有些人写起文章来，却忘记了这个道理，不去区别什么是生活材料中的笋尖和笋身，菜心和菜梗；捡到一点有些儿光泽、有些儿意义的事情就写，结果就只能写出很平常的作品。实际上，并不是任何一件有点儿意义的事情都可以写成好作品的。文学要求"比普通的实际生活更高，更强烈，更有集中性，更典型，更理想，因此就更带普遍性"。文学要求浓缩，集中，概括，凝练。有一个外国作家讲过这么一句话："文学写作的本领，不就是凝练的本领吗？"这是有相当道理的。小说，依靠的是用概括的、典型化的手段，从现实生活的基础上虚构了情节，使人物和故事给人以强烈感。散文，一般写的是真人真事，作者夹叙夹议，抒发自己的联想，倾注自己的感情，使它产生艺术感染力。这就要求作者必须去选择"尖端状态"，突出的、具有较大意义的事物，加以发挥，给人以强烈感、新鲜感。接触实际，就可以发现许多这一类事物。参加过革命战争的同志谈起英勇力大的战士一刀砍下去，能把敌人砍成两半；或者，有的人骑马赶上敌人的坦克车，跳了上去，揭开车盖，拉着手榴弹的引线，喝令敌人出来投降那类的事迹，是我们平时想也想不到的。我也是在实际生活中，才知道有的劳动模范，一连五年不愿休假；有个别大力士，能把四五百斤的东西挑上肩膀；有的渔民、摔跤手，一顿能够吃四五斤的鱼或肉；或者，有的牛能够长到二千斤；海南岛有的树，砍下来做电线杆，却仍能生长这一类事情的。我们不一定写那些材料，但是借此以概括其他，既然各个领域都有独特的、尖端的、强烈的事物，选择这一类突出材料，加以描绘阐释，而且使用新鲜独特的语言，把道理说通说透，不就可以使散文给人以强烈感，从而使蕴藏于其中的思想，让阶级立场相同或接近的人产生共鸣吗！

自然，这里还得谈谈文学表现手段。文学技巧，是有广泛内涵的。这里面最重要的，是语言的运用。文学被人称为"语言的艺术"，如果词汇简单贫乏，语言枯燥无味，那还谈得上什么"语言艺术"呢？所以掌握文学语言本领是很重要的事，懂得粗犷和细致互相结合，意笔和工笔交错运用，节骨眼上的精心刻画，关键之处的感情奔注，都是重要的。再回到那个譬喻上面来吧，有了线，有了珍珠，还必须有一双巧手把它们穿起来，这才成其为珠串。

一切文学都是语言艺术，但是可以说，散文和诗歌，对于语言的要求还要更高一些。我想这样来譬喻一下，一座大山上有一小堆的乱石，并无损于大山的壮观。但如果一个小小园林中有一堆乱石，却很容易破坏园林之美。一部长篇小说，只要整体精彩，个别片段稍为沉闷，正像一株大树有些枯枝，并无损于亭亭如盖的大树的雄姿。但是一篇短文章，"败笔"之处就显得十分刺眼了。散文如此，诗的要求就更严格。小诗甚至容不得一个字的瑕疵，一个字用得糟糕，就可以使整首诗大大降低水平，读的人甚至倒了胃口。我觉得我们写散文，应该在十分平易流畅的基础上讲文采，在十分平易流畅的基础上求奇警。如果文字别别扭扭，结结巴巴，或者装腔作势，"诘屈聱牙"，人家读来，就像米饭里面夹着许多沙子似的，吃的时候得不断地拣，还有什么心思来领略饭菜的美味！有人说，我们必须有几套笔墨。是的，写各种各样的事物，应该有各种各样的笔墨，写"三万里河东入海，五千仞岳上摩天"一类的事物，和写"小荷才露尖尖角，早有蜻蜓立上头"一类的事物，文字风格怎能一个样呢？我们的笔墨，有时应该像怒潮奔马那样的豪放，有时又要像吹箫踏月那样的清幽；有时应该像咚咚雷鸣的战鼓，有时又应该像寒光闪闪的解剖刀……但是这几套笔墨，实际上也可以说就是一套：一套曲折尽意、栩栩传神的笔墨。努力学习掌握这样的文字功夫，描绘事物时，形象生动；倾注感情时，激越感人；发挥议论时，鞭辟入里；而且像云母在石头里闪闪发光一样，妙语，警语，精彩的譬喻，贴切的描绘，也能够在整篇作品里闪闪放光。在思想内容达到一定水平的前提下，这样，也就能够较大程度地发挥作品的艺术力量。

节骨眼上的细致加工，是十分重要的事。一篇作品能不能感动人，这常常是关键所在。如果"万事俱备，只欠东风"，节骨眼上的加工不够，就像登上一个高原之后，不能再攀上一个山峰似的，视野也就难以更加辽阔了。一篇作品里面，总得有它的特别强烈细致的尖端部分。正像一出戏剧有它的高潮，一阕音乐有它的旋律紧张处一样。如果从头到尾，都像缓慢的泥河似的，流水不快不慢，毫无突出之处，就不会动人。古代有些画家，画人像眼睛时，要留待精神最好的时候才下笔，有些刺绣艺人，把绣眼睛的技艺当做"家传之秘"，绣线粗细和颜色深浅都有特别的考究。这些，也说明文章的画龙点睛之处，必须特别强烈和细腻。我自己在写作散文的时候，碰到这些节骨眼的地方，往往放慢速度，特别细心地写。有时甚至另纸起稿，以一两个小时来写那刻意求工的三五百字；再三修饰之后，才把它誊到正稿上去。

散文作者在作品里面，不但应该以具有个性的语言适当发挥议论，还应该直抒感情，"倾诉胸臆"。这才能"以情移人"，使读者读来感到亲切。当"我"字游离于革命集体之外甚至和革命集体对立的时候，他是软弱无力以至渺小可恶的；但是当他真正融汇于革命集体之中的时候，"我"的思想感情也就是集体的思想感情的组成部分，甚至还可以具有一定的代表性。在这里面，个人的思想感情的流露，并不会造成什么不良影响。反过来说，如果一个散文作者不敢流露自己的感情，不敢用自己的个性语言来讲话，这样的散文，艺术感染力就会降低，因为那作为文学作品的特征被削弱了。

这里写的都是一些粗浅的经验之谈，我早就说过，不过是供读者们参考参考罢了，它未必都正确。在运动场中，经常跳高的运动员应该努力设法把横竿向上挪，但是对于广大体育爱好者来说，尽管进入运动场就行了，原不必理会别人的跳高横竿放在哪一格。体育竞技场是这样，文艺竞技场也是这样。从总的趋势来说，新进入竞技场的好手，经过艰苦的锻炼，是终究要取得崭新的经验和刷新一切以往的记录的。我们这些年龄较大的作者有责任提供自己的写作经验，但是却决没有勇气来说，自己的经验是成熟的。

短小文学作品的重量*

大概是篇幅短小的文学作品，报刊的需要量很大，而精彩之作又总是供不应求吧，各地不少报刊，现在都在努力征求短文了。这里举几个例子：《福建文学》杂志，专门向全国各方组稿，从七月份起编了一千字为度的短小散文的两个特辑问世。《南昌晚报》，正在向全国大、中学生悬奖征求一千五百字以下的散文。《南京日报》的"周末版"，也悬奖征求一千五百字以下的"微型小说"……而且，奖品还是颇为贵重的呢！

这些事情，可以看做一个讯号，那就是：许许多多的报刊编辑部，都伸出手来，向作者们打个招呼："多写些短稿子吧，多写些好稿子吧！"

这些事情，也可以看做一个信号，那就是：文章的冗长之风流行，以至于许多报刊编辑部，被压得喘不过气来，急谋有所改变。

以往，大概每隔一段时期，我们就看到有人在报刊上大声疾呼，文章应该写得"短些，短些，更短些"，但是喊者自喊，长文却越来越多。不但长风难煞，而且越来越甚。以小说来讲，从前，短篇小说一般是五六千字，现在，动辄一万多字，甚至两三万字。现在，在分量上，短篇小说大抵已经拉成从前的中篇小说，中篇小说则拉成了从前的长篇小说。从前，三几万字的小说是被算作中篇的，现在却给叫作短篇。从前，十来万字的小说是被称为长篇的，现在却给人叫作中篇。至于时下的长篇小说，更有越来越长的趋势，三四十万字，已经不被人们当作一回事，写长篇小说的人，不少都叱咤风云，气吞河岳，似乎不写则已，一写都要来个上、中、下三

---

* 原载《天涯》1982 年第 3 期，本文选自《秦牧全集》（增订版）第 3 卷，广东教育出版社 2007 年版，第 474—477 页。

卷，一百万字以上才过瘾。中国历史上，一百万字上下的长篇小说，本来寥寥可数，也不过是《红楼梦》《三国演义》《水浒》等那么寥寥几部而已，那大抵是概括了一个时代的风貌，描绘了整个社会的横断面的。而到了我们的时代，一百万字以上的长篇小说突然风起云涌，整批出现。这种现象，豪则豪矣，但是，难道它尽是"可贵""可喜"，而没有其它值得推敲、议论，以至应当变革之处吗！

本来，任何作品都是该长则长，该短则短。说短文一定好，长文一定不好，那都是不对的。反之，也是一样。一个胖子，衣料自然得多用些，一个瘦子，衣料自然得少用些，一个大胖子，衣料就得很多很多了。"量体裁衣"，这个道理，像一加一等于二那样简单。古代的诗论说："凫胫虽短，续之则忧；鹤胫虽长，断之则悲。"这就是说，该多长的东西就让它多长吧！勉强拉长和缩短都是不行的。现在的问题是：文章越写越长的人，把千把字的材料写成万把字，动不动就写百万字以上长篇的人，是不是存在这样的心理呢："文章要写得长而又长才够气派，小材料要写成长文章才'划得来'。"有没有"藏之名山"，靠个"长"字一鸣惊人等等心理在作祟呢？鉴于有些出版社常常收到好些连起码的文字通顺也做不到，却大写其几十万字长篇的作者的稿子，那么，怀有那种不健康心理的人，就不能说完全没有了。就是已经出版的作品，即使材料不错，文字也过得了关，但是，由于拉长和繁冗的缘故，掺沙掺水，降低了艺术魅力的，难道就没有么？我国近几年来，出版事业很发达，每年出版的中篇、长篇，常以几十部以至近百部计，但是，引起广泛注意的作品却相当稀少，大多数作品，问世之后就如同石沉大海，什么反响都没有，连评介文章也见不到几篇。这种情形，是值得人们深长思之，探索一下它的原因的吧。

我们现在大量的报刊需要短小精悍之作，而写短文的风气却没有普遍发扬，"长"风难煞，短小精悍之作供不应求。因此，对短小的文学作品，人们应该充分估计它的重量才好，应该有更多的人来提倡它、写作它才好。

写精粹的短小散文和短篇故事，本来是中国文学的一个优良传统。中国古代的短篇小说，常有几百字、一两千字就是一篇的。散文更是常有短至百把字、几百字就是一篇的。现代作家鲁迅、茅盾、朱自清、叶圣陶等，都写了许多千把字的脍炙人口、流传不衰的好散文。这种优秀传统应该大大发扬才对。

报刊需要大量短小精悍的作品。一篇优秀短文登在销行一百万份以至几百万份的报纸上，登在销行一二十万份以至七八十万份的刊物上，它的读者面，比起洋洋洒洒的几万字、几十万字的作品，一般来说，要广大得多。群众格外需要它，因此，出版界理当大力提倡它。最近，好些报刊都在悬赏征求短文，用意大概就在这里了。

要使写作短文的风气能够蓬蓬勃勃发展，煞住"越拉越长"的文风，就一定得破除某些人流行的荒唐观念：以为写长作品，出版大部头东西才有价值。其实，大部头而又优秀的作品才有它的可贵之处，沉闷繁冗的长篇，价值何在？它们实在比不上一首精彩的小诗或一篇出色的微型小说或简洁散文。"宁吃鲜桃一口，不吃烂梨一筐。"人对物质和精神上的食品的要求，道理是一样的。

但是要煞住粗滥冗长的文风，单靠大声疾呼是不行的，你力竭声嘶喊那么一通，喊者自喊，写者自写，事过境迁，"长风"又卷土重来，而且势头更猛，这已经是屡试不爽的事情了。因此，得有些具体办法，配合施行，起点保证作用才好。例如：奖励优秀短文，奖励专写短文的作者；每年选出粗滥冗长之作数本，公布书名，让全国周知；字数十分庞大的作品（假定：一万五千字以上的"短篇"，五十万字以上的"长篇"之类），超过某一字数限量的部分，每千字稿费应该递减之类的办法，出版界、文学界是否赞成试行一下呢?

　　积数十年之经验,深知做任何事情,光靠"空嚷嚷",作用是不大的。要煞住"长风",要改进文风,总得有些具体办法才行,除了编辑部把关之外,也还得有些什么措施才好。你说,这话有道理没有?

笔谈随笔 *

从比较广义的角度来说，报告文学、抒情散文、杂文、小品、札记、随笔这一类体裁的东西，统统可以称为散文。它们之间，正像柚子、柑子、橙子、橘子、柠檬、金橘等等东西一样，有许多共同点，而且往往可以杂交，繁衍出许多又像这个，又像那个的东西来。有时，彼此之间，极其严格的界限是没有的。有些这类体裁的作品，你可以给它戴上这顶帽子，也可以给它戴上那顶帽子。但是，一般地讲，我们所说的随笔，是指篇幅比较短小，表现手法比较自由的那种散文。一部长篇报告，或者一篇洋洋万言的抒情散文，大概就不会有人称之为"随笔"了。短小精悍，应该说是"随笔"的一个很大的特征。

报纸、刊物的文艺副刊，需要登载大量随笔。一本厚厚的书，阅读的人往往只限于几千人，几万人。但是一篇精彩的随笔，登在发行一百万份以至几百万份的报纸上，往往可以拥有百万之上以至千万的读者。从广泛的革命功利主义观点出发，这着实是非常值得我们注意的。现在，不是有人感叹作品的"长风难刹"吗？自然，任何作品，该长则长，该短则短，削足适履是不好的。但是，硬把作品拖长之风，却是"万不可长"的吧！我觉得，不论对任何作者，都应该提倡经常写些短东西，即使是专写长篇小说的人，有时也得敦促他们写些短文。这样子，才能有更多的人读到他们的作品啊！要使报刊上有大量精彩的短文可登，"随笔"这种体裁的文学作品，就应该努力提倡、发扬光大才好！

---

　　* 原载《随笔》1983 年第 2 期，本文选自《秦牧全集》（增订版）第 3 卷，广东教育出版社 2007 年版，第 483—485 页。

每个经常从事写作的人都有这样的经验，碰到新鲜的材料，如果马上把它记下来，就可以独立成篇。但是，如果搁下来，准备过一个时期再写，或者想积聚得更深厚一些才动笔的话，那以后就很难保证完成了。因为，写成的固然有，"胎死腹中"的更是不少。我认为，任何作者，经常写点随笔之类是有好处的，一是满足众多报刊的大量需要，二来在自己方面也起了不断练笔，以至于积累素材的作用。中外都有许多作家，致力于"笔记文学"，即使原本从事小说、戏剧、诗歌创作的，也不例外。像韩愈、柳宗元、欧阳修、苏轼等人，就是这样。还有一些人，到了老年，更是专门致力于写杂记、散文诗等短小精品。例如中国的陆游写《老学庵笔记》，俄国的屠格涅夫专写散文诗之类就是。这种情况，很值得我们借鉴。中国的随笔文学向来有光辉的传统，有些大作家连一两百字一篇的东西也写，并没有什么"贬低身份"之类的无聊顾虑。这种精神，值得人们继续发扬。

随笔因为"短小"，因此，应该更加要求"精悍"，一座大山，一座森林，靠它的雄浑气势。偶尔有一堆乱石，一棵枯树，并无损于它的雄姿；一个小小的园林，如果有了一堆废物，那就大煞风景了。所以，写随笔，更应该有细致认真、一笔不苟的精神才好。如果能够以生动、深刻、精练、优美之笔来写精彩的题材，那就最好不过了。

任何作品，归根到底，总是应该以思想来取胜的。古代中国，人们老早就深切地体会到这个道理了。"凡为文，以意为主，以气为辅，以辞采章句为之兵卫。"（杜牧）这种"以意为主"的主张，历代文论诗话中屡见不鲜，这是十分中肯的，和它具有同样意义的一句话，是"士先器识而后文艺"。这也就是我们现在所说的"正确的思想是作品的灵魂"的意思。除了谈飞潜动植之类的随笔，能够做到生动、准确、有趣，就很不错外，凡是包含着一个主题的作品，无论如何短小，都要求那个思想是先进的，正确的，有助于推动历史前进的。思想深刻，表现得又很自然，作品也就有光辉了。没有光辉的作品像纸扎的花，和生机蓬勃、明丽照人的鲜花是完全不可同日而语的。

我是怎样走上文学道路的 *

《文艺报》出了这么一个题目给好些文学界的朋友作文章，我想这是颇有意思的。大概对于我们这样年龄的人，是想让我们回顾小结一下，而对于一大批的文学青年，则是让大家借鉴借鉴：那些白了头发的人，当年是怎样走上这条崎岖道路的？有没有什么经验可以供后来者吸取？

好些人，很清楚地记得他的第一篇作品，叫什么题目，发表在哪里。这样的事情，我的记忆可就模糊了。我不能记住我的第一篇作品叫什么，发表在哪里。这大概因为我起初写杂文居多，杂文短小，也不是什么呕心沥血之作，数十年以后，就不容易记住它的题目了。再说，我从做学生的时候起，就开始写一些小文章登在当地报纸上，年代久远的事，自然也不会记牢。

虽然有人把我算做"老作家"，实际上我的写作资历是比较浅的。我不能归入三十年代作家的行列，严格地说，我是四十年代初才跨入文学领域的。虽然三十年代，我在学生时期就开始写一些东西，三十年代末，抗战初期，我接近二十岁的时候还在韶关（那时是广东的省会）一家报纸担任过副刊主编，副刊上缺什么，我就写什么。但那大抵是些鸡零狗碎、不成气候的东西，并没有什么社会影响。我真正比较严肃地跨上文学道路，是四十年代初的事，即在一九四一年太平洋战争爆发之后。那时我在桂林当中学教师。

我为什么走上文学道路呢？理由不止一端。一来，由于穷困，必须以写作帮补生活；二来，是由于作出不平之鸣，抒发义愤；三来也是由于在

---

* 原载《文艺报》1981年第10期，本文选自《秦牧全集》（增订版）第3卷，广东教育出版社2007年版，第268—275页。

经常性学习中，总是有些心得，有了心得，就总想发而为文。

如果我只举出三项原因中的一项两项，而不谈别的，就不全面了。当年，这各方面的原因，是都存在的。

那时，日本侵略军步步进迫，局势艰危，日寇飞机每轰炸一次，就要死一大群人，在这些死难同胞枕藉的尸体旁边走过的时候，心情沉痛，是难以言喻的。但是在这种苦难的日子中，国民党的官僚却大做生意，大发横财，大搞摩擦，大后方的奢华颓靡的风气越来越甚。记得戏剧家欧阳予倩写了一个剧本，叫做《越打越肥》，就很好地反映了当年景象。在这种情形下，广大群众的生活越来越苦，桂林的情形在当时的"大后方"是比较好的。但我也看到有成群鸠形鹄面被押解过境的壮丁；看到有人吃了饭没钱付账被罚举张条凳跪在饭店门口；看到在额上把三支茄楠香插进皮肉里，血涔涔滴下面庞，以这种方式来乞怜化缘的和尚；看到密探打手之类的人物，在众目睽睽之下殴打手车工人……这种情形，使人感到不进行民主斗争，中国的前途是很可忧虑的（湘桂溃败以后，又进一步认识到非打倒国民党不可）。正是由于这样，我逐渐拿起笔来参加当时的鼓吹坚持抗战和争取民主的斗争。抗战时期的桂林有"文化城"之称。这个"文化城"的活动，事实上是三十年代上海文化活动的继承和发展，许多秘密共产党人就是它的支柱。虽说在后一阶段"皖南事变"以后，桂林文化城的光辉已大不如前，但是由于桂系人物和蒋介石的矛盾始终存在，桂林在整个国民党统治区中，相对来说，仍然是气氛比较自由一些的。因此，文化出版活动仍然比较活跃。《文化杂志》《文艺生活》《野草》等杂志，《大公晚报》的副刊《小公园》，我们都可以在上面发表稿子。《大公报》本来是政学系的报纸，它那个时期对蒋介石的态度是"小骂大帮忙"。但是旧中国的报纸有一个奇异的传统，就是它的副刊常常与它的社论和整个方向步调不一，以至于背道而驰。这从二十年代的北京《晨报》和三十年代的上海《申报》的状况就可见一斑。

《大公晚报》副刊，当时常常发表相当锐利但又转弯抹角抨击国民党腐败统治的文章。左翼文学作者经常在上面发表作品。它的主编给我们很多的支持。

我走上文学道路，和这个时期发表稿子相当顺利以及好些编辑给我的支持和鼓励很有关系。

当时，穷困也是迫使我们不得不经常写些稿子的原因之一。抗战时期，大概在汉、穗沦陷以后，蒋管区的通货日益膨胀，"法币"一天天贬值，物价一天天上升。那个时候的币值是千变万化的，我已经记不得它的具体状况，反正生活异常困难。每月工资除了一个人的粗茶淡饭之外，大概只能再买上一双皮鞋就花个精光了。由于营养不良，知识分子当中几乎没有了胖子。当时桂林出版社虽然很多，但奉行"红烧作家肉，清炖读者汤"宗旨的可不少。有些人写了一本书，经过空头支票的拖延付款，经过货币贬值，所得总是寥寥无几。那个时期我先后到过田汉、邵荃麟、艾芜等人的家，到处都看到贫困的阴影。有一次我请田汉到我教书的学校班级给学生们做报告，事后我费了好大的劲，请他在我的房间里吃饭，也只能端出相当寒碜的两菜一汤。穷困，驱使我非得熬夜写点稿子不可，写了，就投到稿费比较有保障的报刊上面去。

一九四三年、四四年间，我的作品好像有一些社会影响了。因为反动派的报纸开始在骂我，说我"不是共产党却偏装作共产党"。并且，我们从甲城市到乙城市去，那些比较"中间"的报纸还在《艺文简讯》的栏目里登载我们这种所谓"文化人"的行踪消息。现在回想起来，这是相当好笑的，那时，我们不过是二十多岁的青年人罢了。"文化人"云云，实在是打肿脸孔充胖子。

但是唯其这样，一九四五年我到重庆的时候，经过朋友的介绍，开明书店竟愿意接受我的杂文集了。这就是一九四七年在上海出版的《秦牧杂文》，里面收的文章大抵是我在桂林时期写的。审阅和采用这部稿子的是叶圣陶同志。多年以后，当我也成为一个老人，在北京见到八十岁高龄的叶老时，我握住他的手问道："叶老，您还记得吗？我的第一本集子是您给我出版的。"他显然还记得这桩事，不断地点头说："记得，记得。"

抗战胜利后，我到上海住了半年，在白色恐怖下，上海站不住脚了，又到香港，在那里住了三年多。华南解放前夕，才辗转到了东江解放区。我在桂林重庆度过短期的职业写作生活，一九四六年至四九年，则差不多有三年完整时间，在香港度过职业写作生涯，虽说时间这么长，出成集子的，却只有一本中篇小说《"贱货"》，现在这本书到处都找不到了。当时为了生活，写作量是不少的。差不多天天都要写两千字，否则就无法生存。那段日子我半天从事写作，半天进行学习和社会活动，数年间大概写了一二百万字，因为大抵是急就章，自知并无保存出书的价值，所以随写随丢，连剪贴的事情也不愿干。这样的写作方式自然不能写出什么好作品。那个时期的作品从没结集就是一个最好的说明。但它对我的写作效率的提高却起了一定的锻炼作用。现在，我在必需的时候可以写得比较快捷，和那段时期的写作生活有一定的关系。

解放后，我的创作态度认真了许多，虽然十多年间我基本上都是个业余作者，但写成的作品却大抵可以结集出版。粉碎"四人帮"以后，十七年间的旧作差不多都获得重版的机会。至今重版和新版的书籍共六本，数量差不多有一百万字，包括散文、小说、文艺理论、童话等等，（《艺海拾贝》《长河浪花集》《黄金海岸》《长街灯语》《花蜜和蜂刺》和《巨手》）。还有两本正在印刷中（四川版的《秦牧选集》和广东版的《晴窗晨笔》）。从这一点可以看到，认真的创作和匆忙的赶写，效果是大不相同的。前者看似量少，实际影响大；后者看似量大，实际影响小。

文学工作者的队伍，"筛选率"却很大，这就是说：从事文学工作而能长期坚持下来的，比例一向颇小。譬如今年有一万新手进入文学创作领域，三年后，这一万人中继续在写的，就要减少很多，十年二十年之后，更是只存下很少的若干人在继续努力。这种状况，从近代文学史中可以看到，从我们当年周围人物后来的变迁中也可以看到。所以如此，除了认真的创作的确是一件相当艰苦的劳动以外，还有多方面的复杂原因。例如，有没有巨大的动力使这个创作者坚持不懈，锲而不舍？他是否能够过比较艰苦朴素的生活，以便从事那种艰苦而寂寞的劳动？他是否能够不断地深入生活，学习和思考，使创作之泉源源不竭？在取得若干成绩之后，有了荣誉甚至某些人廉价加以恭维的时候，是否会踌躇满志，躺在成绩簿上睡大觉，不再奋勇攀登？在遭到挫折甚至受到某些人无理打击和横加践踏的时候，是否会一蹶不振，以至于垂头丧气，气息奄奄，再也鼓不起前进的劲头？我以为必须解决这类文学工作者常常难免面临的问题，才能够有数十年如一日的毅力和气魄。

最巨大的创作动力，就是对革命、对事业的责任感，只有这样的动力是可以长远燃烧，永不枯竭的。以任何的私心杂念为动力，都不可能胜不骄，败不馁。但是对革命、对社会的前进具有责任感，可就完全能够做到这一步了。

脑力劳动和体力劳动一样，在合理和正常的情形下，可以取得报酬。但取得报酬是一回事，以市侩主义的态度来从事工作，一心只叨念着报酬，"金钱挂帅"却是另一码事。一个市侩主义者，是不可能呕心沥血，认真劳动的。就算他在某一个时期内能够这样做，他也不能长远如此。利大大干，利小小干，无利不干的精神状态，决定了这样的人不可能有崇高的风格，作品也不可能有撼人的力量。而且，在前进的历程中，他也不可能克服见异思迁的念头。因为一个唯利是图的人，以图名图利为目的，那么，当他见到什么事情更有利可图的时候，就必定会"跳槽"，那是自然不过的事。

三十年代上海滩上的那一部分市侩主义文人，如张资平、穆时英以及"论语派""宇宙风派"基本人物后来的发展道路，不就很好说明了问题么！和我们一起在四十年代跨进文学领域的人物，也不乏这样的角色。他们尽管也有一定的文学才能，但是后来终归嫌这样的道路太艰苦，改行当经纪去了，做生意去了，至今在香港成为资本家的，成为地皮商人的，也颇有人在。

一个人在年轻的时候，贫困的时候，坚持学习是比较容易的。但是在"人到中年"或者渐入暮年的时候，特别是生活比较优裕的时候，坚持学习，坚持和群众保持密切关联，就不是那么容易了。对物质生活斤斤计较，追求舒适不遗余力的人，尤其难以做到艰苦的学习与劳动，过虽然朴素无华，但工作却可以很有效率的生活。我想，这正是文学领域对它的从事者的"筛选率"总是那么大的原因所在。

我所以能走上文学道路和大体能在这条道路上坚持下来，不管别人看法如何，我认为自己还算具有相当的社会责任感，应该算是一个重要的原因。

我现在已经无需为生活而写作。老实说，假如我一个字不写，我的生活将可以过得比现在舒适。我将有较多的文娱生活和从市场采购到较多好吃好用的东西，也可以有较多的旅游活动。不此之图，而保持着比较严肃、朴素、辛勤的生活方式，正是社会责任感对自己的鞭挞和督责。为生活而写的那个因素大大降低了它的地位，读者的鼓励和社会的督责则大大提高了作为一个新因素的比重。好些科学家、艺术家的格言，也常常像革命家讲的一样，给我们以很大的鼓舞。像达·芬奇说的："劳动一日可得一夜的安眠，勤劳一生，可得幸福的长眠。"富兰克林说的："懒惰，像生锈一样，比操劳更消耗身体；经常用的钥匙总是亮闪闪的。"这类的说法是我相当服膺和赞赏的。

尽管我在文学创作中谈不上有什么很出色的成绩，但是把自己跨进文学领域的"穿开裆裤的时代"和"长胡子的时代"，各样的事情和思想活动，扼要说一说，我想，对于年轻的爱好文学的朋友也许是有一点儿参考价值的。不论从社会的发展和国家的需要方面来说，还是从约稿催稿的报刊函电把我们搞得头昏脑胀这些私事来说，我们都希望更多青年人跨进文学领域，并且持之以恒，辛勤努力，扎扎实实地成长起来。

我为什么要写《菱角的喜剧》*

　　我有几篇散文，被选进了全国中学统一语文课本，新近被采用的一篇，叫做《菱角》，收在高中语文课本第五册。它的原题是《菱角的喜剧》，二十多年前首先发表于《人民日报》，后来收在北京版的散文集子《长河浪花集》中，编辑课本的同志采用的时候，把题目给改了。

　　我写东西从来没有想到它们会被采用作教材。被采用了，心头自然高兴，但是也有一点无可奈何、诚惶诚恐的心情。因为文章一被收进课本，无穷无尽的麻烦事就会接踵而至。这样，那些询问你文章为什么如此写法，为什么要分段，或者斟酌一个字，讨论一个标点的信件会源源涌到，会使你难以应付。关于这篇《菱角》，昨日就有一位读者写信来说，他觉得这个题目不如原来的题目《菱角的喜剧》风味好。这里，我想顺便答复一下：编教科书的同志对于他们所采用的作品，改动题目和文字，并不需要征求作者的同意。我对这一点是举手赞成的。因为他们对于学生的程度、状况了解得比我们多，他们权衡利弊得失也会更全面些。《菱角的喜剧》作为一篇小品文的题目，是比较有风趣的。但是作为一篇课文的题目，却可能使学生们费解。因此，改动了也好。

　　实在抱歉，我无法一一回答各地老师、学生所提出的无数问题。但是，有些问题，还是非答不可的。例如：刊物编辑部所提出的"你为什么要写《菱角的喜剧》"这么一个题目，我觉得阐释一下也好。因为回答了，对于某些教师，可以"聊供参考"，对于好些读者以至于我自己，也还有"温故知新"的意义。

---

　　* 原载《中学语文》1984 年第 1 期，本文选自《秦牧全集》（增订版）第 3 卷，广东教育出版社 2007 年版，第 731—737 页。

《菱角的喜剧》一文，开头用异常浅显，连小学生也看得懂的文字来叙述自己的经历。目的是一层一层发掘，引申出一些比较深刻的道理。我说自己从做小娃娃的时候起，就唱过"菱角儿，两头尖"那样的童谣，玩过许多菱角，吃过许多菱角，但是，从不知道菱角有三个角、四个角、无角以至"如果加上个别变异者，说不定偶然还有几个一个角和五个角的。"这段叙述根据的完全是年轻时候真实的经历。我起初看到三个角、四个角的菱角，的确很诧异。当查辞书，弄清楚菱角的家族原本的面貌就是这般样以后，我就想到：这么一件普普通通的事情，很可以发挥成为一篇文章，批评奉自己的经验为金科玉律，故步自封的人。批评人们易犯的思想简单化、绝对化的毛病（自己一向看到的菱角是两个角的，就以为天下的菱角都只有两个角，这就是经验主义，这就是思想方法的简单化、绝对化），从这里可以引申出下文的许多道理。阐释这点道理，对别人、对自己，都有一定的现实意义。

在长期的生活经历中，我深深地感到：经验主义、主观主义、绝对化、简单化，是大量的人（请注意：并不是小量的人）思想方法上的通病。为什么人们（这当然也包括我自己）容易犯这种思想方法上的毛病呢。原因是：每个人都只能根据自己的素养、经验来判断事物，而这种素养、经验又难免是有缺陷的。因此，碰到崭新、独特的事物的时候，这种判断就难免不准确了。当一个人不警惕自己，无论如何高明，都有一定的无知性（在知识的海洋面前，不管如何博学的人，对某些具体事物都有一定的无知性），自以为是，又不虚心广泛听取各方意见的时候，错误的判断就难免发生了。

这样说，有些人可能觉得还是太笼统了，就让我举些具体例子说明一下吧。

有一次，我听到一位老知识分子和人争论植物叶子的形状。他很有学问，但并不是研究植物学的。在争论中，他竟振振有词地叫嚷道："植物的叶子，当然末端都是尖的啦，叶子还有不尖的么！"

他这些话对不对呢？不对。

如果他说："植物的叶子绝大多数末端都是尖的。"这自然对。但是，把所有植物的所有叶子，都说成是尖的，就不对了。

莲叶、瓜叶莲、紫荆、米兰……好些树木花草的叶子都不是尖的，而是圆的或椭圆的。

把一部分的事象扩大为全部的事象，把局部的真理扩大为全面的真理，这就错了。

正确和谬误有时相距十万八千里，但是，有时则不过是一步之差。

我们习惯用经常见到的事物来构成一个个概念，并用这些概念来权衡同类事物的是非。这样做，碰到一般状况的时候，是贴切的。但是一旦碰到了复杂的、特殊的事物，就失灵了。例如：假使有人告诉你：一头猪，可以重达一千斤。一头牛，可以重达两千斤。一只南瓜，可以重达一百斤。一个乌贼（墨鱼），可以重达数百斤……你相信不相信呢？大概不少人会认为这是无稽之谈吧！但是，实际上，千斤猪，两千斤牛，一百多斤重的南瓜，数百斤重的乌贼，是的确存在的。前面三种东西我是曾经目击。深海里的乌贼可以重达数百斤，我起初是在有关海洋生物的书籍里看到，后来又在一张日本图片里看到，它被吊了起来，躯体的长度比一个人还要高，它的真正名字叫做"大王乌贼"。为什么许多人对这些比较特殊的事物会觉得不可相信呢？因为他们脑子里早已经有了"大猪一般是两三百斤重"、"大牛一般是五六百斤重"、"南瓜一般是一二十斤重"、"乌贼一般是几斤重"这样的概念，一旦碰到"一般范围"以外的事物，当然就觉得不可思议，难以置信了。因此，过于相信自己脑子里各个概念的正确和完备，对新事物就会采取排斥的态度，而排斥了新事物，有时也就排斥了真理。

有时，就是科学家，如果陷入思想简单化、绝对化的泥潭中，也会做出十分幼稚的判断。我们知道：岩石有火成岩、水成岩、变质岩等几大类，其成因是多种多样的。而在上一世纪，有些地质学者只承认有火成岩而不承认有其他岩石的存在，这就是所谓"火成岩学派"。另一些地质学者坚持另一个极端，只承认有水成岩而不承认其他岩石的存在，这就是所谓"水成岩学派"。两派互相反对，争议不休。其实，他们都只对了一部分，如果他们是互相补充而不是相互排斥，那末，其理论就可以逐步完备起来了（后来的学者正是这样做的）。可见，简单化、绝对化的思想，是多么误人不浅！

"眼见为实，耳听为虚。"在许多场合，这话是对的。但并不是在一切场合都对。眼见的东西，如果只看表面，不深入了解实质，它有时也可以是"虚"；耳听的东西，有些是自己原本不知的事物，经过实践的检验，也可以证明它毕竟是"实"。本着"我必定对很多事情有所不知"的态度，比本着"我对一切都已知道了"的态度，要科学得多，也更容易探索得到真理。正因为这个缘故，古今伟大的科学家常常谈论到"无知之知"（理解自己必定有所不知的那种自知之明）的重要。古代希腊有一位哲学家说："我比别人聪明一点，不过是我知道自己的无知。"这样的话，真够得上说是真知灼见了。

《菱角的喜剧》一文写于一九五九年，那时是所谓"大跃进"的年代，实际上瞎指挥、浮夸风十分严重。有一些人凭着自己的一知半解，或者采纳别人的片言只语，完全不听老农的意见，用行政命令胡乱指挥生产，搞什么每亩"万斤稻""十万斤番薯"甚至"百万斤番薯"的试验田，或者听到别的地方有什么"新经验"，不问当地具体情况怎样，就照搬推行（这种情形后来造成的严重恶果，是许多明白人都知道的）。在浮夸风很严重的日子里，我曾经悄悄问一位老农："这样搞法你看行吗？请和我说句心底的真话。"那老农说："现在是在拍心口，卖膏药（意指像江湖卖药汉子般胡乱吹牛），谁敢说真话！这哪里能行？什么十万斤番薯，百万斤番薯，完全是瞎扯！你想：一亩地有多大？能不能够放上一万个竹箩？慢说一万个竹箩放不下，就说放得下，箩底那一丁点儿地方，能够生长出一十斤、一百斤番薯吗？"经他这么一说，我的脑子就清醒得多了。当时写这篇《菱角的喜剧》，固然不是为了漫话往事，但毕竟是有所讽喻的。我希望那些凭着简单化、绝对化的思想方法，推行极端主义花样的人有所警惕，易辙改弦。但是当时脑子发热的人很多，浊浪滔滔，这么一篇小文，当然也不会发挥什么作用。但是在我自己来说，我幸得尚能保持比较冷静的头脑，没有写过一行文字去鼓吹什么"万斤稻"和"十万、百万斤番薯"。

简单化、绝对化，自以为是，妄断武断，是害人不浅的。以这样的态度去治学，必然治不好学。以这样的态度去办事，必然败坏了事。以这样的态度去理案，必然会制造一批批冤案假案。多年来，特别是在"十年浩劫"中，我们创巨痛深，教训是大家都看到的了。

时时刻刻，本着"我必定对很多事情有所不知"的态度去治学，办事，去倾听各方面人物的意见，甚至倾听和自己完全不同的意见，好处非常之大。因为感到学海无涯，自己所知甚少，就会努力求知了。这样，读书就会认真些，勤奋些。观察就会周密些，细致些，调查研究也会更详尽些，客观些。采取这样态度的人又是必定能够比较谦逊和虚心，比较具有群众观点的，不会听到几句好话就志得意满，也不会听到反对的意见就像个皮球碰到地板一般，蹦得高高的了。

我写那篇《菱角的喜剧》，有什么命意呢？这些就是命意所在。在该文中，实际上我也清楚地说出来了："只知道一般道理，不掌握事物的复杂性、多样性，常常是我们做事摔筋斗的原因。""广泛地吸取古今中外的人们艰苦积累起来的丰富知识（学理论学文化），深入实践，多方听取意见，肯定自己有所不知，随时随处努力求知，不只掌握事物的一般性，还掌握它的特殊性……这一切是多么重要呵！”“事情是复杂多样的，我们得和绝对化、简单化的认识方法打仗。这‘捞什子’——简单化、绝对化的思想方法，常常把人害得好苦呵！”这些话写于二十年前，现在看来还是站得住脚的。

这篇小文能够被选进当前的高中语文教材，对我来说，是很大的激励。如果它可以帮助许多年轻人克服简单化、绝对化的思想方法，使行为符合于客观规律，少走些弯路，少摔些筋斗，尽快地成长起来，那自然使我喜出望外了。

一本书的奇异经历 [*]

——1981 年版《艺海拾贝》前记

《艺海拾贝》，从初版至今，将有二十年的时间了。关于本书写作的动机和经过，一九六二年，我在原稿付印之前写的跋文中，已经作了说明，本来不需要再讲什么了，但是，由于这书二十年间的曲折经历，在新版出书的时候，我不但作了新的校订，再度润色了文字，修改了差错，并且抽掉一九七八年版的《新版前记》，重写了这篇《前记》。

为什么要这样做呢？因为往事回首，作为执笔者的我，也感到本书的经历和命运相当奇异。它的坎坷和幸遇，一切都出于作者意料。

这么一本不够二十万字的文艺随笔集，放在书店的柜台里，并不怎样惹眼。但是它出版以后所遭遇的风暴雷霆和承受的阳光雨露，却完全逾越常情，以至在二十年后的今天，新版出书之际，我禁不住想把这些奇遇扼要告诉读者。

二十年前，我经常收到读者们的来信，询问："你们的写作经验是怎样的？""文学创作有什么门道吗？"一封封信都答复，是不可能办到的事。我就有了一个念头，把我所知道的若干艺术表现手法写出来，作为回答。经过《上海文学》杂志编辑部的鼓励，就一篇篇地写下去了。当时，一般的文艺理论书籍，印行数大抵只有一两万册以至数万册。我颇有意用一种轻松风趣、活泼生动的笔调，寓艺术道理于谈天说地之中，希望能够创造一个纪录，使本书销行十万册。

---

* 原载《文汇》月刊 1981 年第 4 期，后被《新华文摘》1981 年第 7 期转载。本文选自《秦牧全集》（增订版）第 9 卷，广东教育出版社 2007 年版，第 45—50 页。

五十年代后期，"左"的错误已经日渐抬头，许多无辜的人遭到各种不幸，特别是大批的人被错划为"右派"，造成了相当的历史影响。在这种情形下，文艺界有一种讳言艺术技巧的风气，仿佛谁谈论这方面的事物，谁就是想脱离政治，就是不走正路而走歪门邪道。书店的架子上，探索艺术本领的书籍寥若晨星，似乎只要"突出"一下政治，一切艺术问题都会迎刃而解。略为有点趣味的东西被目为"趣味主义"，谈论技巧则被目为"技巧主义"。但由于六十年代初，正值经济困难时期，万事待理，一个空前规模的政治风暴，还没有酝酿成熟，即后来的"十年浩劫"还没有来临。所以表面上还没有什么风浪。尽管如此，好些朋友已经纷纷向我提出警告："你为什么写这种东西？""谈论艺术技巧是最危险的，将来你就知道。"但是，我自问无他，"把一些艺术表现手法的道理告诉年轻读者，帮助他们掌握文学手段，有什么错误呢？"实际上，我是始终拥护广泛的革命功利主义的，我一直认为文艺应该对无产阶级的革命事业起推进的作用才对。但是，文艺为人民、为社会主义服务，范围是广泛的，而不是狭隘的。我反对狭隘的，开口闭口"斗争"，而完全不涉及解决各种实际问题，连提高一般读者文化水平也不放在眼里的"理论"。因为觉得自己朝着这条途径写点文艺理论并无错误，于是一个劲儿写下去，并且把稿子交给上海文艺出版社刊行了。

《艺海拾贝》出版后受到读者相当程度的欢迎，数年之间，印刷了好几次，除上海外，新疆也印了一版。总计起来，销行了约莫十万册，和我原来预期的状况差不多。还有好些大、中学校，把它作为学生补充的学习教材。

不久，"史无前例"的十年浩劫开始了。"左"得离奇怪诞的"横扫一切"的浊流汹涌，《艺海拾贝》在华南首当其冲，被批判为"反党反社会主义的大毒草""全面地、系统地反对毛泽东思想的大毒草"。报纸这样一声讨，数日之间，有几千人冲进我的住宅，捶破了门，踩烂了床，并搬走了我大批的书籍。报纸用大字标题称呼我为"艺海里的一条响尾蛇"。我对这一切"批评"，煞像是丈二和尚摸不着头脑，完全感到莫名其妙。在以后的一段日子里，到处都在焚书，这本书当然也在被焚毁之列。但是在我整个丧失自由的日子里，我对本书，只承认有欠缺，从不承认是什么"大毒草"。事后，我才知道因阅读和藏有这本书而受到各种程度"冲击"的人是相当广泛的。

在这个时期，大陆上的"禁书"，有不少在香港被书商们乘机翻印牟利了。《艺海拾贝》也被翻印了好几版（这是若干年后书业界的朋友告诉我的）。由于这样的缘故，本书又被辗转销行到海外好些地方。一些海外读者因此熟悉了我，以至于后来，新加坡、马来西亚等国的华文报纸还登了关于我的访问记。

粉碎万恶的"四人帮"以后，拨乱反正，我国各项工作逐步走上了正轨。在历经"十年浩劫"，创巨痛深之余，社会主义民主和法制逐渐恢复，文艺界也日益出现了繁荣景象。《艺海拾贝》和许多曾经被禁的书一样，增订再版出书了。它在上海文艺出版社印刷了两次，一共四十万册；浙江租了纸型，也印行了三万册。它们都迅速售罄。我收到了大量读者来信，二十年间前后合计约莫有两千封，发信人遍布全国各地。这些书信，有的表示欢迎，有的热情鼓励，有的是商榷某一观点或者指出某些瑕疵，而最大量的，则是夹了钱币（这当然是不合邮局规定的，但由此可见他们求书心切）或邮票，委托作者代他们购买。对这最后一点，我只能满足边远省区很小一部分读者的要求，其他的都把钱退回去了。现在，上海文艺出版社决定在一九八一年再印行十万册，如果连同从前海内外印刷的一起统计在内，那么，它的总印数就将近是七十万册了。

我自己觉得：《艺海拾贝》在读者中间是产生了相当影响的。就是在它被查禁期间，也有些读者冒着风险，把它换了封面，悄悄保存下来，更有好些读者，独力或几个人手抄成本，在各个范围内暗自流行。两年前，有个读者买到了新出的书，就把手抄本亲自在北京赠送给我了。因为它在读者中间产生了相当影响，中央人民广播电台曾经摘要对本书作了介绍，北京人民广播电台更是好几次广播了其中的约莫三十篇。一本文艺随笔集被电台作了系统广播，这大概是一件比较新鲜的事了。

我写下这些，既不是诉说不幸，以期博取人家的同情，也不是"卖花赞花香，卖酒赞酒辣"。我只是把前前后后的事情综合起来谈一谈，以说明《艺海拾贝》一书的奇异经历。近十多年间，有这样奇异经历的文艺作品大概并不很少，这实际上正是当代中国曲折历史的一个投影。事实上，《艺海拾贝》并不是我付出精力最多的一部书，它的系统性也并不很强，虽说好些篇章写得稍为生动活泼和饶有风趣，但也并不是所有篇章都如此。这本书历经风暴而没有摧折，二十年间能够不断重版，在文艺理论书的印数上创造了一个比较高的纪录，它说明为读者所实际需要的东西是压不死的；而以饶有风趣、通俗生动的文笔来介绍文学理论知识，确为广大读者所欢迎。实际上本书所阐释的道理，并没有多少深奥之处。这种状况说明，以较为活泼的文笔，通过形象和故事，介绍自然科学、社会科学、哲学、艺术各方面的理论知识，都着实大有可为。我想：在生动活泼的文风能够日益发扬的情形下，更好的文艺理论书籍必将大量涌现，那时，我这样的书就可以"消亡"了。我个人希望：这本书将来能够销行到一百万册，然后"寿终正寝"。在这种情形下，本书出版生命的结束，我将感到顺理成章，十分高兴。

一九七八年，经过"十年浩劫"之后，《艺海拾贝》重版的时候，我曾写过一篇新版前记。那个时候，对于"十年浩劫"的结论，党中央还没有完全下定，我对好些事情的措辞仍然煞费苦心。另一方面，经过十年的封锁，长期搁笔，一个人也有点像蚕茧里的蛹似的，蛹虽然能够活动，却不大活泼。因此，旧前记中有些措辞是存在一些不够恰当的地方的。在这一版中，我接受好些读者的意见，把它抽去了，另写了这一篇新的前记。这对于原来并不知道本书曾经有过一段曲折经历的年轻读者，可能会有些参考价值。

读者们如果想要知道本书的写作经过，就请看看原来的跋文吧！这里，我顺便向各方热情给我来信鼓励的读者们致意，请你们原谅我未能一一复信吧，我是感谢你们的。

我是怎样创作《花城》的?

——答青年学生问 *

　　常常有些青年学生写信给我，询问《花城》这篇作品的写作经过，这儿，我就来谈谈这件事。

　　《花城》是我所写的散文中较有影响的篇章之一，它已被采用为国内大、中学校的语文教材，被编进了各种散文选本；而且，自从这篇文章发表后，广州才开始有了"花城"的称号。在此之前，人们并没有这样称呼它。

　　我写这篇文章，执笔的时间很短，只不过花了几个小时，是一口气完成的。但是，写的时间虽短，酝酿的时间却相当长。我对于广州的年宵花市很感兴趣，解放以后，差不多年年都到那儿流连欣赏。那时候我还是个青年，精力旺盛，有时竟欣赏到凌晨三四时才回家。我对于年宵花市那热烈壮丽的景象，总想有朝一日得生动描绘它一番才好。我把这个题材搁在心头很久，到了一九六一年，散文创作比较蓬勃发展的时候，我终于把它写出来了。这篇文章，听说不少人读了感到兴趣盎然，我想，这并不是由于我的文字美妙，而只是广州这个年宵花市和它的情调，引起各地读者的兴趣罢了。可见，选择大家喜闻乐见的题材，对于写出好文章是十分重要的。

　　从清代末年起，每年农历除夕，广州都有摆设年宵花市的习俗，而且规模越来越大。解放以后，人民群众的生活逐渐得到改善，一年一度的花市，规模更加可观了。这种风俗为什么只在广州才有，国内别的省会却没有呢？这是因为广州地处亚热带，北回归线就在它北面不远的地方穿过，

　　* 原载《中学语文教学》1987年第11期，本文选自《秦牧全集》（增订版）第5卷，广东教育出版社2007年版，第63—67页。

气候暖和的缘故。广州在春节前后，就到处都是一片明媚春光了。加上花农们巧夺天工，具有高明的栽花技艺，能够使鲜花延迟或提早开放，控制它们的开花时间于春节期间，这样一来，在年宵花市上，就可以看到各式的鲜花，杂然纷陈，集中在一起的美丽风光了。

十里花街，姹紫嫣红，灯光把它照得像在白昼似的，辉映着一张张游人的笑脸，那景象是多么迷人啊！我看到这般景象，的确有一种心头像被鹅毛羽撩拨着的痒痒麻麻的感觉，的确有一种像喝到醇酒一样的沉醉的心情。我决心把这种风光和感受写出来。因为我想，令我感到美妙和为之着迷的景象，大概也是可以引起别人的共鸣的。

但是，仅仅是写年宵花市美妙动人，那可不够，一定要写得深厚一些，丰满一些才好；还要进一步突出一点意思来，也就是具有相当的思想性才好。我们每个人吃果子，总是喜欢吃果肉肥厚和香甜的，不喜欢吃那些果肉瘦薄又酸又涩的，是不是？看文章，道理也是一样。即使文章讲的是一件简单的事情，我们也喜欢读那些有所发挥，发掘深刻一些的作品，而不喜欢读那些简单，平板，浮光掠影的东西。我们对别人的文章，希望它写得深厚丰满一些，自己写起文章来，怎能够马马虎虎，随便讲几句就拉倒呢！假如我写花市的文章，只是说："广州的年宵花市很美丽呀，那里有桃花、梅花、海棠、茶花、菊花、玫瑰、吊钟、金橘什么的，人很拥挤，还有金鱼、古董什么的，真是好看呀，大家有机会都去看一看吧！"这可不是变成了小学生作文吗！就算我在里面硬塞进大堆形容词，说它怎样怎样美丽，非常非常有趣，它也是不会动人的。要写得动人，就得详细地观察一番，把值得写的东西都在脑子里记下来（我说"在脑子里记下来"是因为我一向不大用笔记簿，用笔记簿当然更好），还得有所发挥，例如把这种具有东方情调的美好习俗和旧时代过年的一些不好风气（例如赌博、迷信活动、把燃烧着的爆竹掷到舞狮舞龙的人身上去之类的坏风气），比较一下等等。

我又想，应该怎样使这么一篇小小的作品具有一定的思想性呢，一篇作品没有一定的思想性，就像一个人没有一条脊梁骨一般，会站不起来。于是，我想到解放后劳动人民翻了身，生活逐渐好过，市里能够有更多的人出来看花买花了。描写花市的热闹场面，不也就间接反映了人民的翻身么！再说，鲜花是聪明的花农培育出来的，在这篇文章里面，还可以赞扬劳动人民的智慧和技艺。在花市里，可以看到各国的五光十色的鲜花，这还显示了文明是世界各地人民所共同创造的道理，世界各地的人民，都应该摆脱反动派的影响，互相友爱才好。在这方面点一点题，我想就可以使这篇作品具有一定的思想性了。

这样想过之后，我觉得这篇作品可以写了，就再到花市去盘桓；不但到花市，还到文化公园和花木公司去看看，又到珠江河滨观赏花农运花入城的情景。一面看，一面在直观的景物之前构思一些比较不落俗套的精彩句子。可能我写的东西并不好，但是在下笔之前，我总是竭力想使它出奇制胜，不同凡响。这样的一点好胜心，我觉得是需要的。这才能使自己下最大的功夫把文章写好。尽管写出来的作品实际很差也罢，但是就我个人来说，已经尽了自己的最大努力了。

《花城》就是这样写出来的。我执笔写它的时间只是几个小时，但是酝酿它，思索它以至于再三观察各种场景，则是用了大量时间的。

如果从这里面可以总结出什么经验的话，那么，我可以告诉同学们：

第一，不要看到一点儿生动有趣，饶有意义的事情就写，对题材应该多酝酿，多思索。这样一来，那个题材就可以像滚雪球似的，越滚越大，越来越丰满了。

第二，认真观察事物是十分必要的。仔细地看，才可以发现特点，写起东西来，也才会比较生动。

第三，在作品中，应该写出新鲜的东西，努力写出精警的句子。

第四，作品一定得有个中心的思想，用这个思想把一切材料贯串起来，这个思想应该是和广大人民群众的利益完全一致的。

关于《花城》这篇作品，我就讲这么多，你们瞧，是不是有一些意见可以供你们参考的？

我的散文创作 *

我在写作体裁上涉及范围颇广，但以写作散文为主，散文作品的字数，大概占我全部写作量的十分之七。因此，报刊上常常把我称为"散文家"，虽然实际上我也写小说、艺谈、儿童文学，偶尔还写点剧本和诗。我有一首哲理诗，叫做《伟大的平凡》，在《人民日报》发表过，六十年代曾被苏联《诗歌日》年刊所采用（《诗歌日》一年只出版一本，刊登苏联和各国的诗歌代表作）。我谈到这事，是想说明我的写作方面是比较广泛的，并不以只写散文为满足，不过我并无意于当诗人，所以诗写得极少。但是对小说、艺谈和儿童文学，我倒是一直保持着相当兴趣的。

我所以以写作散文为主，和我的创作经历有密切关系，我是在抗战的艰苦岁月中跨入文学界的。那时生活紧张，职务上的事情（青年时期我当过几年中学教师）相当忙碌，没有多少时间可以构思长篇，细刻精雕。而且社会上的黑暗、不平现象，使人一似骨鲠在喉，不吐不快。散文（我这儿讲的是广义的散文，即包括抒情、记事的散文和具有议论色彩的杂文），这种文学形式，抒写起来轻便灵活。长篇巨制，写后时常要几个月后才能刊登，但是一篇短文，往往写成之后，一两周就可以发表，特约的稿件，甚至隔天就能够见报。我比较熟练地掌握了散文这种体裁以后，自然地又广泛注意这方面相应的题材，相应地也就更多写出此类作品。解放以来，直到我六十岁之前，我极少有专业写作的机会，写文章都得忙里偷闲，硬挤时间，这也是我继续以散文为主要写作形式的一个因素。

譬如"十八般武器"，有人使刀，有人动剑，有人耍锤，有人舞铜。但

---

* 原载《新文学史料》1989 年第 3 期，本文选自《秦牧全集》（增订版）第 5 卷，广东教育出版社 2007 年版，第 499—503 页。

即使是多少能运用几种武器的人，他总有一种武器运用起来是最得心应手的。掌握文学体裁的道理也然。

由于长期主要写作散文，我对这种体裁，比较起来是掌握得最熟练的。写一篇散文，所需时间当然没有一定，我有时用三两天，有时用一天半天，而对于材料酝酿完全成熟，一两千字的篇章，有些我可以动笔之后一口气把它写完，中间甚至不需休息。我写作的速度不算极快，但也不慢。加上对大多数散文，我并不需要起稿、誊正，而是写了之后，修饰若干地方，用墨涂去改动之处，就直接送出付印。因为这样，我能够写得较快，但唯其如此，难免有时才有些粗率之处。

我也不是对所有散文都写得很快。有时给人写序，就写得很慢，还有其他需要字字琢磨的作品，也写得颇慢，晚年，江西上饶三清山管理部门约我写一篇《三清山题壁》，要刻在这座名山入口处的巨大石壁上，我写那几百字的短文，竟整整花了一天工夫。

我究竟写了多少本散文集呢？这么一个简单的问题，回答可并不容易，所以不易，是因为有些集子出版以后，应出版社之邀，又从其中挑选出若干篇来，并入新出版的集子中，这就难免有些重复，至于完完全全的"选本"，是从各个集子中拔萃汇编而成的，当然更不能算。大体说来，内容不同的集子，有下列15种：

1.《秦牧杂文》（1947年，上海开明）

2.《星下集》（1958年，广东人民出版社）

3.《贝壳集》（1958年，作家出版社）

4.《花城》（1961年，作家出版社）

5.《潮汐和船》（1964年，作家出版社）

6.《长河浪花集》（从《花城》《潮汐和船》两书选拔加上新作合编而成。1978年，人民文学出版社）

7.《长街灯语》（1979 年，百花文艺出版社）

8.《花蜜和蜂刺》（1980 年，人民文学出版社）

9.《晴窗晨笔》（1981 年，花城出版社）

10.《秋林红果》（1983 年，人民文学出版社）

11.《翡翠路》（1984 年，上海文艺出版社）

12.《访龙的故乡》（1985 年，湖南人民出版社）

13.《大洋两岸集》（1987 年，花城出版社）

14.《华族与龙》（即出，1989 年，人民文学出版社）

15.《哲人的爱》（即出，1989 年，广州文化出版社）

我的艺谈文论《艺海拾贝》《语林采英》也是用散文形式写的，但是就不好计算在这张书单中了。其他的，凡是从这些各自独立的集子中挑出文章编成的选集，例如《北京漫笔》《地球龙迹》《秦牧知识小品选》《秦牧旅游小品选》等等，就不该计算在内了。

人民文学出版社是刊行我的散文集子最多的一家出版社（作家出版社从前也属于人民文学出版社），它先后为我出了七本。

我的散文集子，印数有多有少，书籍市场的供应状况，出版业的景气与否，时时都在变动中（当然书的质量也有关系），因此，这是不能一概而论的。我的《花城》一书（后来大部分篇章辑入《长河浪花集》），是印数最多的一本，前后印了约三十万册。

收集在这十五本集子中的约莫六七百篇散文，影响当然大小不同，大多数发表以后，也就像是过眼云烟一般。但也有一些，是影响颇大的。1978年，我讽刺"四人帮"的追随者的《鬣狗的风格》一文，只不过两千字的样子，在《人民日报》发表后，就收到过七八十封读者来信。法新社记者特地向海外拍发电讯，《参考消息》又登了这则电讯。我还有一些散文，像《土地》《花城》《社稷坛抒情》《古战场春晓》等被选进大学语文教材及全国中学统一语文教材。香港则选了《榕树的美髯》《海滩拾贝》《蜜蜂的赞美》作中学语文教材。再说，由于澳门是采用香港的课本的，因此，澳门也采用我的作品作教材了。当我在"文化大革命"中受到批判的时候，新加坡也曾经一度采用我的作品作语文教材。事实上，学生群众买我的集子的，在比例上实际很少，但是由于作品被采为学校教材的缘故，认识我的人就很多了。我在各省旅行，见到大量青年人，他们大都知道我。最有趣的，是有一次我到香港访问的时候，检查护照的出入境管理人员认出了我，竟拿出一个本子要我签名留念。

可以说，作品被采为教材，影响就非常广泛了。这部分文章，在我的作品中只占一个微弱的数量，然而它们却发挥了巨大的作用。

中国是一个散文传统非常深厚的国度，这种体裁，掌握起来灵活轻便的特点很值得重视，我们应该发展多种多样的散文创作，以满足广大出版物和众多读者的需要。优秀的散文，应该言之有物，思想健康，文笔优美，富有个性，独具风格，饱含感情。我认为题材丰富和手法多样，文笔潇洒自如，才是较高的境界。一切文学都是语言艺术，但是可以说，散文和诗歌，对于语言的要求还要更多一些。我们的笔墨，最好不拘一格，有时应该像怒潮奔马那样地豪放，有时又要像吹萧踏月那样地清幽，有时应该像咚咚雷鸣的战鼓，有时又应该像寒光闪闪的解剖刀……这几套笔墨，实际上也可以说就是一套，一套曲折尽意、栩栩传神的笔墨……这就是我在多年写作散文中的一点体会。

1989 年，我获得了中国作协等单位举办的新时期优秀散文全国奖，得奖的作品是人民文学出版社刊行的《秦牧散文选》。

我的小说创作 *

　　小说在我的作品中约莫只占 20%，分量不大，但是它有五十多万字。我写过两部中篇：《"贱货"》和《黄金海岸》；一部长篇：《愤怒的海》；十几个短篇小说，即《在中国的大地上》《残雪》《盛宴前的疯子演说》《饥饿时候讲的故事》等；还有约莫十篇历史小品（可以说这是又一形式的短篇小说），即《拿破仑的石像》《伯乐与马》《壁画》《深夜，在绞刑架下》等。

　　我写小说，大概是碰到一件事情，引起自己的激情，有了创作的冲动，蕴藏在心，随时注意和它有关联的人物事件，那个题材就像滚雪球似的，越滚越大。到了一定程度，就觉得可以执笔了。写短篇小说，我草拟的是腹稿，并不写提纲。写中篇小说，我只写出一个粗略的骨架。只有写长篇小说，我才分章写出提纲，然后按照这个蓝图，逐章下笔。

　　我出身在一个庞大家族，这个家族，既有华侨工商业者，也有店员、农民，但不管是哪一部分的人，在思想意识上都具有浓厚的封建色彩。它的各"房"，常有好些悲惨的令人叹息的事件发生。例如，被称为"少爷"的人诱奸婢女，到了婢女怀孕以后，主家怕败坏门风，只塞几个钱就硬把她遣送回乡。婢女生下婴儿，有放在竹篮里，吊在树桠杈上，让路人收养的。婢女在娘家将将就就地嫁给贫农，以后往往就不见踪迹了。这样的事情在我们那个家族里发生过。这使我从小义愤填膺，早就有把它写出来的念头。

　　1947 年，解放战争时期，我因为上海闹白色恐怖，站不住脚，在上一年底到了香港，那时"夜气如磐"、"万家墨面没蒿莱"的蒋管区，妓女、盗

---

　　* 原载《新文学史料》1989 年第 3 期，本文选自《秦牧全集》（增订版）第 5 卷，广东教育出版社 2007 年版，第 504—511 页。

贼、乞丐遍地都是。报纸上常有许多惨不忍闻的消息揭载，例如妓女卖淫一次收入的钱仅够吃三两碗面条，而当她们纳不起"花捐"，或者得罪了警察局的什么人物的时候，她们受到的刑罚则常常是被捉来剃光头游街，这类消息，有时香港报纸一天就登了好几则。我把这些事情糅合起来，结合我对于下层社会黑暗面的了解，写一个农家少女阿银，因家贫被卖身当了婢女，在她长大以后，地主家的少爷诱奸了她，她怀孕的当儿，又被逐出家门，由于后来婚姻的不如意，加上生活所迫，她沦落风尘，在县城里当了暗娼。她赚来的钱，还得支持穷困的父亲应付生活上的困难，包括拿来上下使用帮助亲哥哥躲避抽壮丁。有一次，她不肯被白嫖，向警察局的侦缉追索款项，竟被捉到警察局剃了光头。这时候，她的哥哥虽纳了钱，仍被抓去当壮丁，也在营盘里给剃成光头了。我借这样的题材表现了蒋管区底层群众水深火热、辗转呻吟的苦难生活。这部中篇小说《"贱货"》，只有三万多字，1948 年在香港南国书店先后刊行了两版（当时出版物印数很低，大概总共是印四五千册的样子）。解放初期，曾被香港一间电影制片厂拍摄成电影《吸血鬼》。

解放初期，报上登载了有三个七十五岁以上，风烛残年的老华工从夏威夷高威岛被遣返中国的新闻，并约略介绍了他们的生平。他们是十九世纪的"猪仔工"，被诱骗出国后，在高威岛从事甘蔗种植几十年，老板们一个个发财了。他们的工资却只从每年八块增加到十块，在他们已经几乎完全丧失了劳动力的时候，檀香山的中华公所帮助他们叶落归根，买票回国。他们劳动了几十年，竟然身断分文，如非中华公所资助，势将葬骨荒岛。这样的事情就发生在繁华的檀香山附近，而且就发生在当代，真是太骇人听闻也太触目惊心了。不久，我又看到画家司徒乔为这三个老华工画的肖像，那风干袖子一样的，皱纹密布的脸孔啊！一看，就让人心领神会，知道那是毕生从事非人劳动、被榨尽了膏血的人。对着那幅画像，我愤怒、哀伤，眼皮都沉重得垂了下来，于是我以那篇新闻报道为骨干，加上我少年时期在海外耳闻目击的事情，塑造了一个老实农民李灶发的形象，再穿插许多华工和洋人的故事，写成了一部十万字的中篇小说《黄金海岸》，这部作品起初在香港《文汇报》连载，后来在华南人民出版社出版，接着又在北京中国青年出版社刊行（曾有一版易名为《远洋归客》），七十年代它又在花城出版社重版。它篇幅虽不很长，但是由于华侨题材当年是个缺门，小说里面生离死别、沧桑变化的情节多少能够激动人心，而且，它的故事多少也揭示了原始资本积累的秘密。因此，它颇受欢迎，汇计起来，一共印刷了八九次，总印数大概是三四十万册。它在北京、广东的人民广播电台播送过，在上海被改编成连环图，并在香港被拍摄成电影《少小离家老大回》。

在大半生中，我只写过一部长篇小说，这就是三十万字的《愤怒的海》。五十年代末以卡斯特罗为首的古巴人民推翻巴蒂斯塔独裁政权的斗争，震撼了全世界。当时国内报纸大量登载了有关古巴的历史和现状的文章。从这些资料中，我获知古巴向来是一个华侨众多的国家，不仅当代的"七二六运动"，有华侨义勇军参加，十九世纪末，古巴为建国而进行独立斗争的时候，就有大量被西班牙殖民主义者迫得走投无路的"契约华工"（即民间习俗所称的"猪仔工"）和古巴人一道并肩作战，人数最少也有好几千个。他们战斗得那样英勇，以至于古巴立国以后，在哈瓦那旁海的一条街道上，古巴人特地建起了一座圆柱形的大理石纪功碑来纪念他们，碑座的铜牌上刻着两行西班牙文："在古巴的中国人，没有一个是逃兵，没有一个是叛徒！"（这是十九世纪末一位古巴爱国将军对当地华侨的评语），这气壮山河的一页，和许多国家的华侨与当地人民一起抗击压迫者侵略者的英雄事迹是交相辉映的。由于中篇《黄金海岸》受到相当的欢迎，我就萌发了一个念头，想搜集大量史料，写一部场面广阔、人物众多的长篇，以讴歌中、古人民的国际主义友谊，并表现"宁可直立而死，不愿跪地而生"的主题。1961 年年初，我用了大半年的时间专门读书，这张书单包括范围颇广，有清代的历史、小说笔记、清朝外交官的日记，以及清代人物的画稿等等，接着就读外国的，包括美洲各国独立史话、何塞·马蒂（古巴国父）的传记和诗歌、古巴的历史、古巴华侨写的回忆录、西班牙的史话小说等等。凭这些书籍，再根据自己的生活体验，故事的轮廓和人物的面貌在我的脑子里冉冉升腾，从模模糊糊到逐渐清晰了，我就开始执笔。1962 年底，当这部《愤怒的海》写出一部分的时候，我获得一个机会，参加中国文化代表团，访问了古巴，在那里的二十一天中，我们跑遍了古巴的六个省。我除了和代表团一起，参加各项访问外，还腾出时间，找寻和补充我写作这部长篇的有关材料，例如：亲自去瞻仰哈瓦那的华侨参战纪功碑，在历史博物馆里看古巴民族英雄何塞·马蒂、马塞奥的遗物，包括他们的佩剑、吊床和信札，参观了原来西班牙总督府的遗迹，凭吊了圣地亚哥市何塞·马蒂的坟墓以及华侨坟场等等，还特地去唐人街盘桓了很久，这对我写作《愤怒的海》提供了不少的资料和增强了不小的信心。

《愤怒的海》的故事梗概是：十九世纪末，中国的城乡贫民，由于各种各样的原因，被迫签了契约，到西班牙统治下的古巴做工，和他们一同出国的，还有洪门秘密会党和太平天国战士的后代。这些人到达古巴之后，被当做蔗奴奴役着，有人被折磨死了，有人自杀，在忍无可忍的情形下，恰值何塞·马蒂领导的革命爆发，华工队伍终于参加了起义，演出了许多可歌可泣的故事，华工领袖有积累战功当了营长的。华工们虽然牺牲惨重，但是和古巴人民却建立了兄弟般的情谊。我不但写了华工的群像，也写了古巴的民族英雄何塞·马蒂、马塞奥等人，然后又把故事延伸到现代，写当年义军的儿孙们长大后又参加了古巴人民推翻巴蒂斯塔独裁政权的斗争。这部长篇，历史背景是完全真实的，人物和故事，则有许多是虚构的。

我在从化温泉，单独一人住进一间因有住客死亡曾被长期封闭起来的小楼里，根据历史资料和自己的见闻苦苦构思，辛勤执笔，后来又转到新会县去，最后，1964年终于把这部长篇写了出来。但是这个时候，写当代题材的调子越唱越高，上头对文艺界批评的语气越来越严厉尖刻，文艺界大量的人都感受到越来越大的压力。我写成后无暇修改，就被派到阳江农村搞"四清"运动。1965年又重新被调回《羊城晚报》当副总编辑。稿子送到中国青年出版社后，他们原则上已经同意出版，但是要我作一些修改。过不了多久，所谓"文化大革命"的浊浪排空而来，我度过几年艰难竭蹶的生活之后，"解放"出来的时候，被搜去"审查"的一份底稿早已尸骨全无，但在归还给我的物品中，我原本交给中国青年出版社的一份稿子，赫然竟在其中。虽然已有残缺，我也喜出望外了。我很感慨地在一篇文章里谈到了这件事，湖南人民出版社文艺部的负责人黄起衰（他是我所见到的一位很好的编辑，可惜也是半生坎坷，搞坏了身体，后来在升任社长后过早逝世了）给我来了一封信，要我把稿子交给他们出版，我补充了残缺部分，并删去了描绘现代部分（因为国际局势的发展，按照当年的写法出版已经不大方便。这主要是和古巴的关系已没从前那么亲密了），交给他们。《愤怒的海》，1982年终于公开出版，1983年又印刷了一次，一共约莫印行了十二万册。1984年福建人民出版社印行一部五十万字的《秦牧华侨题材作品选》，除了收入我的一批散文和短篇外，也把《黄金海岸》和《愤怒的海》编了进去。

《愤怒的海》是我花力气最大，出版也最周折的一部书，但后来影响还好。由于在未出书前曾在《羊城晚报》断断续续连载，后来又整本出版，颇引起海外的注意，据中国新闻社的朋友说：国外许多华文报纸都加以转载，我所确知的，是古巴和菲律宾的华文报纸，先后转载了它。

我写小说并没有我写散文熟练，不论是《黄金海岸》还是《愤怒的海》，都存在不少缺陷，我自己也并不满意。但是它们先后在海内外都激起一些反响，大概因为华侨题材的作品一直比较稀少，而它们的出现又较早的缘故。可见，写大家所关心的题材，这一点是相当重要的。

我的短篇小说中，有一部分既是成人文学，也是儿童文学，例如《回国》《盒子里的秘密》等就是。

历史小品是我很喜欢写的一种体裁，可惜忙忙碌碌，为杂事操劳，我没有集中精力大量写它。在这方面，我所选择的题材，都是曾经令自己激动或沉思的历史片段。例如：《拿破仑的石像》写拿破仑侵略俄国的时候，曾经带去一座自己的雕像，准备竖立在莫斯科，但是后来大败而回，这座雕像就被弃置在仓库里堆积灰尘了。《深夜，在绞刑架下》写外科医生先驱维萨里，冒着被处绞刑的危险，盗取被处决的死囚的尸体，在家里偷偷解剖，以期造福人群的故事。中国题材方面的历史小品，选材的根据大抵也是这样。

1987 年，广西人民出版社根据中山大学教师陈衡搜集的材料，出版了我的中短篇小说集《盛宴前的疯子演说》，里面收入中篇小说两部：《"贱货"》和《黄金海岸》，短篇小说九篇，历史小品七篇，共二十八万字。我的中短篇小说基本都被搜集进去了，它大体上反映了我的小说创作的风貌。

我很有意于写幽默短篇小说，《盛宴前的疯子演说》，就是我尝试写成的一篇。以后，如有可能，我将努力在这个园地耕耘一下。"人是唯一会笑的动物。"幽默文学是大有可为的。但是，幽默小说，我觉得我们现在还是相当稀少，要是能够把它写得像个样子的话，是很可令人耳目一新的。

我的艺谈文论 *

我并不是理论工作者，搞文艺理论不是我的专业。但是，理论并不是什么神秘的东西，它不过是事物道理的概括。有一定实践经验的人，概括自己的经验，如果是归纳准确，足供"一以反三"的话，也是理论（自然，接受辩证唯物主义指引，才会避免片面性，不至于错误地把局部的经验当做普遍的真理）。从这一点来说，有相当实践经验的人，多少都会形成自己的一套理论，也都可能发表一点理论。自然，问题是在正确与谬误，深刻与浮浅之分罢了。

正是由于这样，我也发表过一些艺谈文论，不过，这些都是采用散文体裁，以谈天说地的形式写出来的。它散见于我的散文集子中，辑录成书的只有两本，一本是研讨艺术表现手法的《艺海拾贝》，十七万字；一本是探索语言艺术的《语林采英》，十二万字。这两本书出版的时间距离二十年，但是它们是姊妹篇。

1961 年，经济困难时期，我获得了来之不易的专业写作机会（从三十岁到六十岁这段时间，我只度过三年专业写作生活，它就是从此时开始的），当时我准备写作长篇小说《愤怒的海》，正在积极搜集材料，同时，也浏览一点文艺理论书籍。那段时间，向我约稿的来信仍然纷至沓来，没法应付，后来，转念一想，不如就利用这段时间附带写点对艺术表现手法思索所得的漫谈，一来是整理自己的经验体会，二来也可向杂志交差。在写了几篇给《上海文学》，不断受到热烈鼓励以后，我就一个劲儿写下去了。

理论上的问题，由于概括了，抽象了，当它不和具体的事例密切结合

---

* 原载《新文学史料》1989 年第 3 期，本文选自《秦牧全集》（增订版）第 5 卷，广东教育出版社 2007 年版，第 512—516 页。

在一起的时候，往往容易变得枯燥，有时，甚至还容易流于偏颇，好些文学理论文字，就常有这个毛病。因此，我比较注意笔调的优美和行文的情趣，特别是注意由近及远、由此及彼，多从具体出发。例如，从鲜花百态，各有妙处谈到艺术风格多种多样的可贵。从并蒂莲、比翼鸟能够给人以美感，而雌雄终生拥抱不离的血吸虫却只能使人厌恶，谈到思想美是艺术美的基础。从仿真之作的艺术品未能博得人们最大的喜爱，谈到自然主义的局限性。从齐白石画虾，各只虾姿态不一，谈到朴素和深厚的关系，从许多民间诙谐譬喻的深入人心，谈到幽默的力量。从艺术上一些相反相成的习惯手法，谈到辩证规律有意识的运用等等。总之，我努力做到文笔能够情趣横生。书名所以叫做《艺海拾贝》，我在"跋"里作了这样的说明："这既可以说是学习心得，也可以说是经验之谈。我好像是来到艺术的大海边缘捡拾贝壳的弄潮儿似的，在茫茫的海滩上俯身拾起一枚枚小小的贝壳。它们也许是古老的鹦鹉螺和塔贝，也许是美丽的星宝贝和织锦贝，也许是丑陋的骨贝和冬菇贝。不管它和海洋、海滩比较起来是如何地渺小，也不管这种贝壳在乘风破浪，作过万里壮航，捧过巨大的唐冠贝，珍珠贝和夜光螺的老渔人看来是如何地平凡，而自己呢，翻开沙石，追逐浪花，在海滩上找寻它们，有时沉思，有时惊叹，可也是花费了一番心血的。"这段话说出了我当时写作本书时的心境。

《艺海拾贝》，1962 年在上海文艺出版社出版后，受到了热烈的欢迎，出乎我的意料，它受欢迎的程度，竟超越我所有一切作品。在短短时间内，上海文艺出版社连续印了好几次，后来新疆、浙江也各印了一版，有些大学中文系，还指定它为学生课外必须浏览的读物。

"文化大革命"的黑浪掀卷起来时，这本书在华南首当其冲，被批判为"反党反社会主义反毛泽东思想的大毒草"（我始终不理解，一本探索艺术表现方法的书，何以会有这样的罪名），对我的批判竟拿这书作为中心。因此，我过了几年被侮辱被损害的生活。当然，在那时"横扫一切"的黑风之下，我即使不写《艺海拾贝》，也会有别的事情被当做打开缺口的根据的，这一点我完全领会。那几年艰难竭蹶的生活在前面的章节里已经作了描述，这儿就毋须重复了。

当狂风恶浪逐渐平息，"十年动乱"过去的时候，这本书又获得了一印再印的机会，我这才知道，在我受批判期间，它在香港被盗印了多次，新加坡也出版过一次，如果以上海文艺出版社七八次印刷的，加上新疆、浙江、香港以至新加坡印刷的合计，它大概一共出版了七十万本以上。前前后后，我因此收到了读者来信两三千封（大多是要求代购的），"十年动乱"期间，还有一些地方出现了手抄本，曾有一位浙江读者送给我一本。《艺海拾贝》，还在北京人民广播电台被广播过，内地的读者因此相当普遍地认识了我。

《艺海拾贝》因为比较生动有趣，因此赢得了这样的欢迎。可见理论大众化是一条十分宽广的道路。再说，当时由于以这种形式写的书籍十分贫乏，所以它能引起广泛注意。如果是在八十年代后期，它大概就没有什么醒目之处，甚至可能默默无闻了。

我们这些写作者，大抵都经常收到读者探询如何掌握文学手段的来信。这类信件，着实复不胜复。但是有些来信情辞恳切，又使我们感到不答复几句，于心不安。久而久之，到了八十年代初，我又萌发了一个念头：写一本关于语言艺术的书，作为总的回答。因为我感到：阻碍某部分文学习作者顺利走上写作道路的，自然有各种各样的原因，而缺乏生活和学识，文笔未能过关，应该说是最大的原因了。许多报刊编辑部的大量来稿，过半不能刊用的缘由就是语言文字不行。有感及此，我从 1981 年开始写这本《语林采英》（起初发表时用的题目是《探索文学的语言艺术》），它包括：阐释文学是语言艺术，介绍各国作家锤炼语言的故事，论述语言文字的传统势力，探索掌握语言艺术的各种障碍，口语的宝贵，若干古代词语的生命力，外来词的吸收和消化，生活知识和丰富语言的关系，文学语言的独特性，音乐美以及譬喻、警语、隐语、排句的魅力等等。它虽然谈不上是什么高深的著作，但却是我学习文学语言经验的结晶。

　　这部著作逐章在《作品》连载，后来由上海文艺出版社和广东花城出版社共同出版（因为两家出版社都愿意出，由他们协商好同时分两地出版，各付出稿酬的一半）。我在该书的"后记"里这样写道："我为什么要尝试写这么一本书呢？原因是：在《文学基础知识》一类的书籍里，虽然大抵都辟有谈及文学语言的一章，阐论掌握和运用文学语言是如何如何地重要，但是，关于研讨文学语言的专书，却并不很多，初学写作者如果想研习一下，该怎样办呢？就让我也试写一本，凑凑热闹吧！"

　　《语林采英》作为《艺海拾贝》的姊妹篇，也受到相当的欢迎，上海和广州都各印了两次或三次，总计印数三十多万册。

　　《艺海拾贝》和《语林采英》两书，汇计印数超过一百万册，它们合起来说，是我的作品中印售量最大的。

我的儿童文学作品 *

儿童文学作品，也是我写作的一个方面。我之所以写儿童文学，既是出于兴趣，也是出于责任感。我认为，每一个作家，最好都腾出点时间来为儿童写作，不宜把责任都推给专业儿童文学作家。从前，我曾经在一本书里说过这么一段话：

> 不论现在胡须怎样长，脸上皱纹怎样多的老头子、老太婆，或者什么彪形大汉、巧手阿姨，他们都曾经当过小朋友。而且，大抵都曾经是爱听人家讲故事的小朋友。幼年时候，听大人讲故事，可真有趣，听到兴高采烈的当儿，饭也可以不吃了，糖也可以不吃了。听到可怕的故事，两只脚都缩到椅子上来啦，还要再听。听到悲哀的故事，泪珠儿都在眼睛里荡漾啦，还是要听。那时候，听的故事，印象好深啊！几乎一辈子都能够记牢。

我爱好文学，就是从爱好儿童文学开始的，我小时候是个顽童，全凭对于书籍的爱好，使我长大以后，不会像一头猪那样滚下斜坡。我记得幼年时代，在新加坡的那段日子里，每当父亲给我买来《小朋友》《儿童世界》一类读物时，我总是伏在地板上连夜阅读，神驰万里，那个时候我所知道的冰心、叶绍钧（圣陶）、陈伯吹，我对他们一直印象很深，长大后我有机会见到他们，握手欢叙，内心一直深感尊敬。就是在成长为一个大人以后，我也仍然不时浏览些童话，我觉得童话常常能够给人以启发，特别有助于

---

* 原载《新文学史料》1989 年第 3 期，本文选自《秦牧全集》（增订版）第 5 卷，广东教育出版社 2007 年版，第 517—520 页。

发展想象和幻想。外国的小红帽、睡美人、丑小鸭、皇帝的新衣、大人国小人国、鲁宾逊漂流记，中国的齐天大圣、哪吒、老虎外婆、阿凡提等故事，我都是从儿童时代、少年时代开始，就一步步熟悉它们的。

小孩子们读书很快，一本厚厚的书，一到他们手里，一天半天，甚至几个钟头工夫，他们就可以读完。我曾经在一些少年文化宫之类的地方调查过一些少年儿童的读书状况，令我深感惊异的，是很多厚厚的书，他们都普遍阅读过。认为儿童的读物只应该是薄薄一本那样的观念，客观上并不符合实际，特别是不符合于高年级儿童的实际。我看过好些日本的儿童杂志，它们就常常是厚厚的一本。

正是基于这样的认识，我也不时写点童话、儿童故事、儿童小说一类的东西。

我写过《亲爱的妈妈》《蜜蜂和地球》《雏鸟出壳的故事》《骆驼骨》等童话，《回国》《松鼠》《盒子里的秘密》《狮子叔叔》等儿童小说，《狼孩》《猎虎老人的传说》等儿童故事，它们曾分别发表在《人民文学》《作品》《儿童文学》《少年文艺》等刊物上。一共有二十多篇，约二十多万字。

我写这类作品比较注重儿童情趣。因此也多少赢得了一些小读者的喜爱。在写儿童文学时，我有一种写其他作品所没有的欢愉，仿佛自己也变成了一个小人儿，以菌为伞，骑鸟飞行，让童心像野马一样，痛快奔驰一场。

这儿没有必要去开列出我所写儿童文学作品的篇目，就是散文和小说部分，我也认为不需要这样开列，此处只需扼要谈谈几篇就行了。《亲爱的妈妈》写一个儿童在梦中参加了"世界动物母亲大会"，各种动物的母亲纷纷到会参加，发表了它们爱护幼儿的经验之谈，大量动物爱护幼儿的状况都是令人热耳酸心、可歌可泣的。轮到"人妈妈"讲话的时候，她的"同中之异"之处是讲出了一切动物都没有涉及的内容，她除了不惜牺牲自己以爱护幼儿这一点和其它动物相似外，还讲到如果她生下的孩子是害群之马的时候，她也可以亲手把他除掉。我借这个童话说明人类的母爱应该高于一般动物之处。《雏鸟出壳的故事》写小麻雀开始学习当记者，猫头鹰总编辑吩咐它去采访各种禽类怎样孵蛋这么一个课题；小麻雀原本以为所有的禽类都是由妈妈孵蛋的，深入采访一下，才知道情形的复杂，虽然大多数蛋都是由妈妈孵的，但是驼鸟蛋是由雄鸟孵的，鹤蛋是由雌雄轮流孵的，杜鹃是把自己的蛋偷偷放进苇莺巢里，由苇莺代它孵的，雌家鸭自己并不孵蛋，它们的蛋是人类交给其他的家禽代孵的，在实际采访中小麻雀终于大大开拓了眼界。在《松鼠》这篇儿童小说中，写中国小孩和马来小孩建立了很好的友谊，他们结伴到英国人家里看长尾鸡，遭受到英国小孩的驱逐。他们到森林里捉来了松鼠，本着小孩的好胜心理，向英国小孩示威，却遭到英国成人的欺凌，松鼠也被捏死了。中国小孩和马来小孩为松鼠下葬，并哭泣着宣誓要报仇。我借这个故事反映了当年殖民地中的种族歧视和它在儿童心中造成的创伤。《狼孩》则写印度一个婴孩被狼叼去，由于母狼吃得很饱没加伤害，婴孩在摸索中吮了狼乳而和狼建立了感情，长大后成为"狼孩"，再度回到人类社会中始终无法恢复人性，终于在半狼半人状态中逝去。这类故事是真正发生过的。我借它表达了童年教育的决定性意义这么一个主题。这里举出几个故事的梗概，以说明我的儿童文学创作状况的一斑吧。

1979年，北京人民文学出版社刊行了我的儿童文学创作集《巨手》，后来，在这个基础上我大加补充，编成了《秦牧作品选》（儿童文学集）一书，约二十四万字，1989年在北京中国少年儿童出版社出版。

天津新蕾出版社刊行《作家的童年》书列，我还给他们写过《童年十忆》一文。这篇文章中有些片段，被北京景山学校采为语文教材。

这就是我的儿童文学创作状况的一个梗概。

我的写作习惯 *

作家们各人有各人的写作习惯，我也没有例外。有些人，非到宁静的夜间无法写作；有些人，得点燃一根烟卷才能执笔；还有些人对于纸张极为讲究，非用某种纸张，就难以写出文章。

在这方面，我没有很多的"洁癖"，大概是解放前在香港度过几年职业作家生活的缘故吧，我的选择不严，不太费劲的文章，有时在茶楼里人声嘈杂中也能写。但高度集中精神来写的东西，就非得找个宁静的环境不可。我从不抽烟，青年时代试抽一根香烟就头昏，所以始终没有上瘾。我也极少喝酒。所以，我从不用烟酒来刺激思想。中青年时代我有一边吃零食一边写作的习惯，到了老年，就把这种坏习惯戒掉了。但是我对于纸张很有选择，我只在有格的白纸或者纯白的复印纸上写作，我不喜欢一切有色的纸张。

我把一个个题材蓄积在心头，酝酿到大半成熟了，就下笔。写时再不断思考加工。如果要等到想得十全十美才写，有时就可能无法完成了。我对某一部分素材，曾有过写作的意图，但是始终没有写成，就是由于迁延时日，逐渐失去了创作激情的缘故。

如果是酝酿充分，写作时又刻意加工的作品，完成之后，是比自己起初想象中的要好一些的；反之，就达不到预期的水平了。"强扭的瓜不甜"，写作的道理也是这样。

写一千字左右的短文，我常常是先打好腹稿，坐到书桌旁（有时也到公园去写），一口气写成。如果是写两三千字的稿子，我就随便在一张小纸

* 原载《新文学史料》1989 年第 4 期，本文选自《秦牧全集》（增订版）第 5 卷，广东教育出版社 2007 年版，第 535—542 页。

片上写出要点，然后按次序下笔。

至于写作中、长篇小说和系统性的理论文章（如《语林采英》）那就准备好一本笔记簿，分段写出要点，把参考材料也粘贴上去，然后，逐章"按图索骥"地写。写的时候，仍然是振笔疾书，只有在需要精雕细刻或者骨节眼处必须穿插警语、铺陈排句的地方，才放慢速度，字斟句酌。有时，这样做仍嫌不够细致，就另纸起草，再三修改，然后再联接到原稿上。

写作，有时顺利，有时艰辛。大抵对材料熟悉、激情澎湃的时候，写起来就颇像平原跑马或者开顺风船那样，可以振笔疾书。但是，遇到自己不甚熟悉，需要不断起身翻查材料，或者企图写出逻辑性很强，精细加工的段落的时候，那就虽欲迅速运笔而不可得。在这种场合，写作的艰苦性对人就是很大的考验了！每当此际，我就不断地激励和鞭策自己："任何劳动都是有它的困难的，不坚韧一点怎么行！"这样，也就比较能够坚持了。但是如果觉得下笔太过困难的话，我有时也索性搁笔，再作思索，重新酝酿，等到精神饱满的时候再说。

每当工作一两个小时，感到疲劳的时候，我就轮番去从事各种不需使用脑筋的劳动：浇花、洗衣服、擦皮鞋、给鱼缸换水，或者迅速地在楼梯间跑上跑下开信箱取信之类，然后再继续工作。干那类杂事我是当做休息看待，并不当做劳动的。

我的写作时间一般在早晨（"好钢用在刀刃上"，早晨精力饱满的时候，用来写作是最好的了）。我曾有一本散文集，就以"晴窗晨笔"四字为题。青年、中年时代我有时还熬熬夜，偶尔写到深夜一时（但也不经常）。后来，我觉察这种做法不好，夜静更深，虽然容易全神贯注，但是那样熬夜之后，往往无法入睡，隔天总是没精打采。有些人，青年时代长期这样干了之后，步入中年就百病丛生，身体差到难以写作（没有一定的健康和精神，是很难从事强度的脑力劳动的）。以一天来计算，一个人加大劳动强度，熬到深夜，那一天是可以提高工作效率的，但以整年或整月计算，这种"预支明天精神"的做法并不足取。因为，这样搞法，全年的劳动时数、工作效率并没有增加，甚至还要下降。

我经常每天上午写作（在不是从事专业创作的时候，我就在晚上或者星期天执笔），下午参加开会、阅读、接待来访者或出访他人。如果写作任务紧张，那就上下午都写。即使闲在家里，也安排好生活，自己给自己规定"上班""下班"的时刻。一个写作者，自己管好自己，加强自律，克服惰性，我觉得是十分重要的。我也有两条生活保护线，一是中午必定休息一二小时，晚上十一时（夏时制则是十二时）必定上床睡觉。这样做，尽管工作紧张，还是能够得到必要的休息。解放以来，一直到六十岁的三十年间，我只有三年时间从事专业创作，其它时间都担任着各式各样繁忙的职务，或者"蹲牛棚"，过着道路泥泞的日子，虚抛岁月。"十年动乱"中，我在文学作品方面，是一个字也没有写的。只是到了近年，虽说仍挂着几个职衔，但已经不需要天天上班了，才又有了较多的写作时间。这数十年间，实际上可以使用的时间很零碎，但我仍然写了两百万字以上，包括十几本各式各样的集子。其所以能够如此，就在于生活较有规律。我认为：毅力，比一时的拼搏、冲刺重要得多，水滴石穿，绳锯木断。毅力常常可以取得意想不到的结果。

如果一篇文章是分几次写成的，那么我在第二天续写的时候，总是把它重读一遍，边读边改，读后再写，这样，内容和文气就显得连贯自然了。文章写完后，再阅读再修改是一项十分重要的不可或缺的工序。中外作家谈他们的写作经验，对这一点都是十分强调的。有些作家，甚至改十遍八遍，以至好几十遍。列夫·托尔斯泰就说过这样意思的话："主要的是：不要急于写作，不要讨厌修改，而要把同一篇东西改写十遍，二十遍。""应该毫不惋惜地删去一切含糊、冗长、不恰当的地方，总之，删去一切不能令人满意的地方，即使它们本身是很不错的。"中外有不少作家修改作品的毅力都非常惊人，留下了许多令人震动的轶事。这些方面，我远远比不上他们。我没能修改这么多遍，但是一篇文章（或者一本书的每一节），写成后，我起码修改两次，有时是三次。一面朗诵一面改，不但改掉错字别字，理顺句子，删去繁词冗段，搞好标点，加强修辞，也还注意文字的节奏音响。总得修改到可以朗朗上口才罢。个别重要片段，我觉得不满意的，往往还重新写过，然后加以剪接。

修改，并不是消极的"改错"而已。它也是又一次的积极的"创作"。有时在修改过程中换上一个新词，常常会使自己感到衷心的喜悦。

有些人说我颇注意作品、集子的命名，这是真的。我觉得：题目起得好不好，和能否吸引人们阅读关系很大。写一篇千把字的文章，我不过花两三个钟头。但是起一个书名，我时常前前后后要用好几个小时（有时是一连好几个晚上）来思索。间或还把想到的题目，都开列在纸上，一一推敲，"择优录用"。我的"艺谈录"《艺海拾贝》《语林采英》，中篇小说《黄金海岸》，长篇小说《愤怒的海》，散文集《长河浪花集》《长街灯语》《花蜜和蜂刺》《晴窗晨笔》《翡翠路》《访龙的故乡》《大洋两岸集》《华族与龙》《哲人的爱》等等，没有一个是信手拈来的，非得经过再三斟酌不可，才决定下来。《语林采英》这个书名，是采纳了上海文艺出版社编辑的意见，《花城》是采纳紫风的建议才用上的。

以上说的是我在下笔写作时的习惯。但是，认真讲来，在整个创作过程中，下笔只是最后一个阶段的事。在它之前，还有一个萌发、蓄积、酝酿、构思的阶段。不经过这个阶段，心中只有"氤氲一团"，就没法写成任何东西。

我觉得，一个写作人，思想水平，文化积累，生活阅历，语言技巧，样样都得达到相当水平才好。各方面条件越高，而且互相配合得好，就越能够掌握和处理题材，并且触类旁通，头头是道。我自己在这方面自然是差得很远的。但是，我深知提高这各方面的素养（它们缺一不可），并使它们互相配合的重要。

有些评论者说我掌握某些素材，有些像滚雪球似的，总是从一小点东西出发，越滚越大。这是有相当根据的。我是怎样抓住一个题材，加以发挥的呢？大抵是：在访问的过程中，或者在阅读闲谈当中，一件事情触发起我的联想，我就把它搁在心头，加以酝酿，准备来日写成一篇或长或短的作品。

自然，一个相当完整的素材飞临笔端，只要抓住它，作些艺术加工，写出来就行了。但是这样便当的事情不是经常都有。大抵来到面前的材料仅仅是一鳞半爪，得使它深厚、丰满起来，才适宜动笔。这有点像一颗树籽，刚刚冒出双子叶，它可以长成树，但这时还不是树。它也有点像人的胚胎，初期刚刚在胎里长出来的手脚仅仅像一个个小芽，还不成其为手脚。这个胎儿的整体还远没有具备人形呢！

我把简单的素材搁在心头之后，不时思索它，吟味它，读书、私人谈话的时候，碰到能使自己触类旁通，可以增补上去的事，又再记在心上，或者写在本子里。如果这还不够的话，有时就专程再作访问，使材料能够深化，酝酿到比较成熟的时候，我就这样反问自己："这个材料写出来能有一定的深度，足以动人吗？""有什么片段足以写得精彩吗？"我自己给准备写的一篇篇作品打分，如果只能得到七十分以下，我就放弃掉。可以写到七十分以上，我就力争把它写到八十分。但是我允许自己的作品水平在七十分以上，八十几分以下浮动。因为要使每一篇作品都精彩，那是很困难的事。我有一些较好的散文作品，如《古战场春晓》《土地》《社稷坛抒情》《花城》《花蜜和蜂刺》《长街灯语》等，被选入大中学校的语文教材，回顾起来，大抵是因为我酝酿时间较长，执笔时又作了细致加工的缘故。

但是，有些素材搁在心头，未能写成的事也是有的。有一些，是自己觉得写出来，流于平常，决心舍弃之外，还有一些，是为了想把它写得精彩，而赖以发挥的材料又嫌不足，就迟迟没有下笔，久而久之，创作冲动消失了的缘故。

我觉得：最重要的是把基本成熟了的材料，迅速写到纸上，有了这个"底子"，修饰就比较容易了。我不赞成字斟句酌，慢吞吞地写，那样子做，像凿隧道似的步步艰难，很影响写作情绪。

我脑子里酝酿的素材，并不是只有一个，而是同时有好几个，甚至十个八个，"兼收并蓄"。哪一个首先成熟，就先写哪一个。我觉得：这样做，才能泉流滚滚，不断产生成果。你听说过古代恐龙牙齿的特点吗？它们的牙齿用钝了之后，牙槽里又有新牙生长出来，不断弃旧更新。作家的脑子，也得像恐龙牙槽那样，不断有材料在酝酿和孕育才好。这样做，脑子是经常都有负荷的，但是脑子越用越灵，只要劳逸有度，并不至产生什么恶果。睡眠对一个脑力劳动者是至关重要的。"不懂得休息，就不懂得工作。"有了好的睡眠，精力就容易恢复。我睡眠前常给自己下一道命令："我现在的任务就是忘记一切，好好睡觉。"这样就比较容易入睡。能够得到充分的睡眠，明天自然又有明天的精力。

责任编辑：宰艳红

封面设计：石笑梦

图书在版编目（CIP）数据

秦牧集 / 李亚萍 编 . —— 北京：人民出版社，2023.12

（暨南中文名家文丛 / 程国赋，贺仲明主编）

ISBN 978 - 7 - 01 - 025939 - 0

I. ①秦…　II. ①李…　III. ①中国文学—现代文学—作品综合集

　IV. ① I217.2

中国国家版本馆 CIP 数据核字（2023）第 171665 号

秦牧集

QIN MU JI

程国赋　贺仲明　主编 李亚萍　编

人民出版社 出版发行

（100706　北京市东城区隆福寺街 99 号）

北京盛通印刷股份有限公司印刷　新华书店经销

2023 年 12 月第 1 版　2023 年 12 月北京第 1 次印刷

开本：710 毫米 ×1000 毫米 1/16　印张：17.5

字数：220 千字

ISBN 978 - 7 - 01 - 025939 - 0　定价：75.00 元

邮购地址 100706　北京市东城区隆福寺街 99 号

人民东方图书销售中心　电话（010）65250042　65289539